Je suis morte
et je n'ai rien appris

Solenn Colléter

Je suis morte et je n'ai rien appris

ROMAN

Albin Michel

A Philippe, Titouan, Embrun,
comme tout ce que je fais,
et à Béatrice.

Dimanche, 16 h 45

Un sifflet déchire l'obscurité : les bizuts lèvent la tête. Projecteur, bref aperçu du décor, apocalypse.

– *Beuzeus !!!*

– *Vous allez crever !!!*

– *Vous êtes déjà morts, sous-merdes !!!*

Mugissements, déflagrations, tonnerre de hurlements. Devant, derrière, partout à la fois, des monstres brament, rugissent, des gourdins s'abattent, des cravaches sifflent, des cornes de brume vocifèrent. Un vacarme de fin du monde laboure les tympans.

Laure sent plus qu'elle n'entend sa voisine hoqueter. Crânes rasés ou encagoulés, faciès crépusculaires, bouches béantes sur cris de haine, yeux exorbités, la vision qui... nouveau coup de sifflet : la jeune fille repose la tête sur son pupitre.

La clameur s'éteint comme si les bizuts l'avaient rêvée.

Deux secondes d'un chaos aveuglant, puis plus rien. Des pans de la scène restent gravés sur la rétine de Laure. Désordonnés, épars. Battes de base-ball et poings américains, têtes de mort, tenues paramilitaires ornées d'inscriptions assassines : BORN TO KILL, J'AURAI TA PEAU BØZØ... Sa vision périphérique lui a révélé d'autres accessoires. Lesquels ? Impossible de les identifier. En tout cas il y a du noir, beaucoup de noir, effarante imitation d'un royaume des ténèbres ; maquillages sombres, cirage, charbon, noir à ongles, noir à lèvres, noir à paupières – et du rouge, comme de larges giclées de sang frais.

Mais le pire est ailleurs.

Des cadavres. Squelettes d'animaux, charognes, volailles éventrées. Une vache au regard vitreux.

Non : une tête de vache seulement, corrige Laure. Qui surplombe un corps humain.

Que vient-elle faire là ?

Tout est tellement irréel – à peine apparu, aussitôt disparu...

Certains de leurs agresseurs sont assis sur un échafaudage ; sur la plus haute marche, un bizuteur à l'épaisse carrure a enfilé une dépouille bovine sur son visage. La langue de l'animal pend, bleuâtre.

Le premier moment de stupeur passé, Laure s'efforce d'analyser la situation. Le scénario a été étudié pour marquer les nouveaux : les laisser entrevoir quelques bribes d'une hallucination, suggérer plutôt que montrer... Tête contre le pupitre qu'on lui a attribué dans la pénombre, Laure prête l'oreille aux bruits qui lui parviennent. À l'autre bout de la pièce, des voix déguisées s'élèvent, insolite michemin entre hurlement sifflé et glapissement chuchoté.

Une conversation indistincte, puis un couperet :

– *COUPABLE. ÉXÉCUTEZ-LE.*

Laure frémit. On traîne quelqu'un sur plusieurs mètres.

Balbutiements de protestations, vite étouffés ; vacarme assourdi ; grognements de bête en rut.

– *C'EST BON, ÇA, BEUZEU, HEIN ?*

– *CRÈVE, SOUS-MERDE !*

Souffles rauques, coups sourds, gémissements.

– *T'EN VEUX ENCORE ?*

Seul le silence répond, le silence et un râle de souffrance.

– *BEUZEUS…*

Toujours ce cri étrange, un taureau furieux qui aurait avalé une vipère.

– *COMME TOUT À L'HEURE : À MON SIGNAL, VOUS ALLEZ AVOIR LE PRIVILÈGE DE LEVER LA TÊTE À LA HAUTEUR DE VOS VÉNÉRÉS ANCIENS. AU DEUXIÈME COUP DE SIFFLET, VOUS LA BAISSEREZ.*

– *SI ON VOIT TROP LONGTEMPS VOS FACES DE RATS, ON LES ÉCLATE SOUS NOS SEMELLES !*

– *À MON COUP DE SIFFLET…*

Un son strident éventre l'air.

Sang. Entrailles fumantes. Un garçon est à terre. On l'empoigne par les cheveux pour l'obliger à faire face à ses camarades.

– *FAIS UN SOURIRE À TES P'TITS COPAINS…*

Regard révulsé, incompréhension, panique. Flash : on prend une photo. Sifflet : les fronts s'écrasent précipitamment sur les tables. Et les première année conservent en eux la brûlure stroboscopique de ce nouveau délire.

Sous les immondices, le bizut nauséeux est méconnaissable. Tout ce qu'elle sait, c'est qu'il ne s'agit pas de Martin.

Il est nu. Au moins torse nu : il y a ce contraste, déferlement écarlate sur chair blanche. Il baigne dans une mare d'intestins. Autour de lui, de nouveau ces énergumènes grimaçants et ces volailles éviscérées.

Une douleur fulgure, se répercute dans le crâne de Laure. Une batte de base-ball vient de s'abattre au bord du pupitre de bois et de métal sur lequel est appuyé son front.

– *C'est pas le Club Med, salope : on ne s'endort pas sur la table...*, susurre un bizuteur à son oreille.

Elle sursaute : des mains la touchent. On appuie sur sa tête. Craquement – Une matière non identifiée s'écoule le long de son cuir chevelu. Odeur de soufre. Un œuf pourri ? D'autres liquides poisseux viennent compléter la mixture qui dégouline le long de son cou et s'infiltre dans l'encolure de son sweat-shirt. Un nouveau coup de batte dans la table, et le bizuteur passe son chemin.

Soulagement. Ce n'est pas pour cette fois.

Une voix tonne plus loin, sur la droite.

– *COUPABLE. EXÉCUTEZ-LE.*

On ne parle pas d'elle. L'alerte a été chaude, mais les anciens ont jeté leur dévolu sur quelqu'un d'autre. Joie lâche d'appartenir à un groupe, d'être noyée dans la masse...

Et c'est reparti. Insultes. Bruits divers. Attente. Appréhension. Sifflet. Têtes des bizuts qui se relèvent. Yeux qui clignent dans le faisceau indécent du projecteur, avant de distinguer un garçon couvert de fange. La voisine de Laure sanglote en silence. Flash. Sifflet. Les brillants préparationnaires de bonne famille, élites de la nation, futurs capitaines d'industrie et hommes politiques, baissent la tête sans demander leur reste. Ils réfléchissent à ce qu'ils viennent de voir, essaient de reconstituer la scène, d'évaluer le danger.

Qu'est-ce que les bourreaux ont fait subir à la victime de cette nouvelle « exécution » ? Un shampooing de viscères putrides, visiblement. Des morceaux d'entrailles lui collent encore au visage, dégouttant sur le reste de son corps, jusqu'à terre. Pourtant, le pauvre n'a pas l'air de se soucier des matières qui pénètrent ses narines et s'immiscent entre ses lèvres. Son teint est gris, son regard dépourvu d'expression.

Pourquoi titube-t-il, absent, solidement tenu par deux bizuteurs ?

Soudain, la jeune fille se sent soulevée de terre.

Tout à l'heure, il faisait beau.

Laure est descendue du car ; son petit ami lui a tendu la main. Elle a souri, sauté, mis du temps à lâcher Martin.

Martin. Fils du vent et amant de la mer. Ses yeux sont d'océan, prunelles grises dont l'humeur change au gré du temps. Une éternelle bourrasque décoiffe ses cheveux. Ses joues sont de sable râpeux, son front semble une plage à marée basse.

– Ohé, les tourtereaux ! C'est bientôt fini ?

Martin a adressé une grimace complice à la jeune fille et tous deux ont libéré le passage. De nouveau le flot d'élèves a jailli du véhicule, s'est écoulé, a noirci le trottoir dans un désordre joyeux.

– Chouette, non ?

– Le week-end d'intégration ? Plutôt, même si je ne suis pas trop branchée « bénévolat obligatoire ».

– C'est toi qui dis ça ? Alors que tu es toujours fourrée dans tes organismes de soutien scolaire et autres hôpitaux pour enfants ?

– Justement, je suis une grande fille ; je n'ai besoin de personne pour me dire ce que je dois faire. Si j'avais eu envie d'aller retaper une maison de retraite, j'aurais pu en décider seule.

Martin a eu l'air peiné de cette critique envers le lycée dans lequel tous deux s'apprêtaient à effectuer leur rentrée.

– Comprends-les : Sainte-Thérèse est quand même un établissement catholique. Ils cherchaient un projet fédérateur… quelque chose à faire en commun, pour briser la glace…

– Et ils ont joint l'utile à l'agréable. (Elle a éclaté de rire :) Si tu voyais la tête que tu fais ! Allez, détends-toi, je ne les blâme pas… L'intention est bonne. Sans compter qu'on s'est bien amusés, je dois l'admettre.

– Quel bilan tires-tu de ces trois jours ? Tu connais tout le monde, à présent ?

Laure a haussé les épaules.

– Mieux que jeudi quand nous sommes arrivés, en tout cas. Les filles, vu qu'elles ne sont pas bien nombreuses…, ceux avec qui nous nous sommes retrouvés à table, les équipes dans lesquelles j'ai travaillé… Je dois être capable de citer une trentaine de prénoms.

– Pareil pour moi. Alors tu es rassurée ? Il n'y a pas que des grosses têtes binoclardes et boutonneuses ?

Laure Godin et Martin Pinot s'apprêtaient à intégrer le plus prestigieux lycée privé de Classes préparatoires aux grandes écoles de l'Hexagone. La très jésuite Sainte-Thérèse, à Neuilly, disputait depuis plus d'un siècle son éternel duel avec le lycée public Alexandre-Dumas. Chaque année le même suspense, les mêmes arrogantes statistiques : qui pourrait se prévaloir du plus important contingent d'admis à Polytechnique ? Du meilleur pourcentage ? Combien de leurs candidats y seraient-ils acceptés en deux ans ? En trois ? Qui serait le major du concours ?

Sainte-Thérèse et ses fils de chefs d'entreprises, d'avocats et de chirurgiens l'emportaient la plupart du temps d'une très courte tête devant Alexandre-Dumas dont les rejetons d'universitaires, hauts fonctionnaires et intellectuels en tous genres se distinguaient en revanche par leur accession massive aux Écoles normales supérieures – fiefs de la recherche et de l'enseignement.

La jeune fille découvrait à peine ce nouvel univers. Elle s'y sentait infiniment décalée mais, comme le lui avait fait remarquer son ami, la réalité n'était pas aussi navrante que les clichés qui peuplaient son imaginaire.

Elle a repassé dans son esprit la galerie de portraits rapportée de leur week-end d'intégration. Les préparationnaires qui venaient d'effectuer ensemble des travaux d'entretien et de rénovation dans une maison de retraite délabrée comptaient bien sûr en leur sein quelques-uns des intellos immatures que la jeune fille s'attendait à rencontrer – caricatures de l'insignifiant premier de la classe ou du fayot crispant. Le fin du fin : ce pauvre Tristan bourré d'acné, qui paraissait treize ans et n'en avait pas plus de quinze ; quinze ans de gentillesse, d'excellence… et d'impitoyables moqueries. Car il n'était que visage en biais, nez à jamais enchifrené, peau verdâtre, voix de fausset. L'épaisseur inédite de ses verres de lunettes transformait en têtes d'épingles ses pupilles comme noyées au fond d'un bocal ; son corps maladif reposait sur des jambes fâchées l'une avec l'autre. Comment la nature avait-elle pu infliger autant de tares au même garçon alors que l'état civil lui jouait le tour pendable de le nommer Lebeau ?

Pourtant, ces pauvres représentants de l'espèce humaine à la tête bien pleine mais terriblement mal faite n'étaient pas en majorité parmi les cinquante-quatre élèves de la classe de Sup 1, la meilleure « Mathématiques Supérieures » de l'établissement. On y recensait aussi Ralph, quart de finaliste à Roland-Garros junior deux ans auparavant, Damien, vice-champion de France d'athlétisme, et puis Jeff, qui se servait ouvertement de sa licence de pilote privé pour draguer les filles… Patrice faisait un malheur avec son groupe de rock ; Éric, le blond longiligne, les avait entretenus de théâtre et d'opéra… Il y avait encore Franck, Malo, Pierrick, autant de grandes gueules bourrées d'humour.

Œillade espiègle à destination de Martin :

– Il y a peut-être moyen que je m'y plaise, dans ton école fétiche. L'école où enseigne papa chéri…

La bourrade qu'il lui a décochée a dégénéré en pugilat amical. Laure a éclaté de rire sans apercevoir le voile fugitif dans les yeux de son ami. Elle avait touché un point sensible.

Elle l'a embrassé avec une tendresse jubilatoire, impatiente : par miracle, elle allait débuter avec lui ses études supérieures alors que, deux semaines auparavant, ils pensaient que leurs chemins divergeraient.

Reconnu comme l'un des plus brillants élèves de sa classe d'âge, Martin s'était vu dérouler le tapis rouge par Sainte-Thérèse dès les pré-inscriptions, en février. La candidature de Laure, en revanche, avait d'abord été refusée : elle se contenterait donc du lycée Montaigne, à Bordeaux, loin de l'internat parisien qui abriterait son ami. Celui-ci préparait déjà ses valises quand un coup de téléphone, le mardi précédent, avait informé la jeune fille que sa mention Très Bien au baccalauréat la faisait sortir victorieuse des listes d'attente.

Quel bonheur.

Martin s'est serré contre Laure.

Elle a frémi de désir, de joie, de confiance en l'avenir. Son regard a balayé les autres élèves, les drôles, les bruyants, les gentils, les insignifiants, les arrogants, les discrets, tous fiers d'être là, tous vaguement inquiets. Elle se sentait prête à les aimer, à percevoir le meilleur en chacun d'eux, prête à apprivoiser cet univers qu'elle ne connaissait pas et dont elle n'approuvait pas toutes les facettes, mais dans lequel elle allait jouer le jeu avec bonne humeur.

Puis ses yeux, ses mains, son cœur sont retournés à Martin.

Tout à l'heure, il faisait beau.

Dimanche, 17 h 30

– *PAR TERRE, BEUZEUTE, PLUS VITE QUE ÇA !*

Laure est projetée au sol.

– *TU VAS RAMPER, MAGNE, MAGNE !*

– *À PLAT VENTRE, VITE, RAMPE, RAMPE AVEC TES P'TITS COPAINS !*

– *BAISSE LA TÊTE, SALOPE, LA TÊTE SUR MES GODASSES, REGARDE PAS, REGARDE PAS AUTOUR DE TOI...*

– *À PLAT VENTRE, RAMPE, MAGNE, RAMPE !*

Des ordres fusent. La jeune fille ne comprend rien, sauf qu'elle n'est pas la seule visée. Soulagement, encore : tous les bizuts sont comme elle soulevés de leur chaise et jetés à terre sous les aboiements de leurs agresseurs. Le nez pressé contre un parquet crasseux, ils ne voient rien, juste des rangers menaçants et les semelles du condisciple qui les précède.

– *ILS SONT CONS, MERDE, QUI EST-CE QUI M'A FOUTU DES EMPOTÉS PAREILS ?*

– *TU TE METS À PLAT VENTRE, LA GUEULE SUR LES GODASSES DU P'TIT CO DE DEVANT, ET AVEC TES MAINS GRASSOUILLETTES*

TU LUI TIENS LES CHEVILLES, QUELLE CONNE, VOILÀ, COMME ÇA, ET TU RAMPES, TU VOIS, C'EST QUAND MÊME PAS DIFFICILE !

– *MAGNEZ, LES BEUZEUS, MAGNEZ, ON N'A PAS QUE ÇA À FAIRE !*

– *OH PUTAIN, ON VA Y PASSER LA NUIT…*

Des cravaches sifflent, des rangers atterrissent dangereusement près des doigts. Des battes frappent au hasard sans que Laure sache si elles atteignent quiconque. Anarchie. Une chenille aveugle s'ébranle dans le chaos. Le mouvement de chaque bizut est empêché par ceux, simultanés et contradictoires, de l'étudiant qui le précède et de celui qui le suit.

Le bizut dont Laure tient les chevilles lui lance un coup de pied involontaire dans le nez. Douleur. Des taches lumineuses dansent devant ses yeux. Elle serre les dents et continue d'avancer. Lenteur infinie. La colonne empêtrée progresse sous les insultes, respirant le parquet poussiéreux.

Bois rugueux, une volée de marches qui se descend dans la souffrance, une, deux…

– *MAGNEZ, BEUZEUS, MAGNEZ !*

Trois, un gourdin s'abat à quelques centimètres de sa tête, parquet encore, longtemps, toujours ces invectives beuglées à on ne sait qui, doigts écrasés par la chaussure du copain de devant.

– *ON N'EST PAS AU CLUB MED, BORDEL !*

De la pierre, un marbre vieillissant qui sent la boue séchée et la craie.

– *IL EST DÉBILE, MA PAROLE, IL EST TROP DÉBILE CELUI-LÀ, SORTEZ-LE DU RANG QU'ON LE SOIGNE !*

Une pensée pour l'objet de cette sollicitude douteuse,

encore les doigts, le pas d'une porte râpe les genoux. Bouffée d'air frais : on est dehors.

– *Tu ne perds rien pour attendre, salope, c'est bientôt ton tour* chuchoté aux oreilles de Laure.

Pavés d'une terrasse qui n'en finit pas, escalier, long, interminable sous un orage d'injures, l'arête de chaque marche entame les hanches, nouveau coup dans le nez, l'escalier se termine, allée gravillonnée, épaules écartelées, les graviers entament coudes et avant-bras…

– *VITE, PLUS VITE !*

– *C'EST VRAIMENT DES SOUS-MERDES CETTE ANNÉE, C'EST RIEN DE LE DIRE !*

Cheveux tirés, doigts écrasés, de l'herbe, c'est mieux que les cailloux, mais qu'est-ce que je fais là…

On doit être arrivés à destination : les bizuts sont empoignés sans ménagement, soulevés, déplacés.

– *BAISSE LA TÊTE, CLOPORTE, NE LÈVE PAS LES YEUX SUR NOUS !*

Laure se retrouve de nouveau à plat ventre, nez dans l'herbe (– *ALLEZ, BROUTE, BROUTE, PROFITE, C'EST TROP BON POUR TOI*), mains sur la nuque, doigts croisés. On l'oblige à garder les coudes tirés vers le ciel et les pieds à angle droit (– *C'EST LA VIE DE CHÂTEAU, HEIN ?*), ses épaules tremblent, ses genoux vrillés gémissent. Coup de rangers dans les tibias :

– *EN PI SUR DEUX, LES PIEDS, ON T'A DIT !*

Après une hésitation, la jeune fille corrige l'angle formé par ses pieds. Ça fait mal. Seul aspect positif : elle est noyée dans la masse, au milieu d'un informe paquet de bizuts. La présence des autres victimes la réconforte, elle qui jamais n'a eu l'instinct grégaire.

Un bizuteur manque lui déboîter l'épaule :

– *PLUS HAUTS, LES COUDES ! TU PEUX PAS FAIRE MIEUX QUE ÇA ? ELLE Y MET DE LA MAUVAISE VOLONTÉ, LA BEUZEUTE ? MON CDBIG, IL Y EN A UNE QUI A BESOIN QU'ON LUI APPRENNE À OBÉIR !*

Autour de la tête de Laure, des semelles piétinent la pelouse : le chef des bizuteurs, « Chargé Du Bizutage Intensif Général », s'est approché pour évaluer la gravité de l'offense commise par la bizute. Bref conciliabule. Rire sinistre.

– *BOURREAU, EXÉCUTEZ-LA.*

Tout à l'heure, il faisait jour.

Dix bus venaient de déverser à l'entrée de Sainte-Thérèse quatre cents élèves de première année et les 3/2 appelés « Trois Demis » accompagnateurs, des camarades de deuxième année ou « Mathématiques Spéciales ».

Puis une rumeur s'est répandue dans la foule.

« Bizutage ». Sans qu'on sache d'où il était parti, le mot a parcouru l'assemblée. Il a volé de lèvres en lèvres, bourdonné, enflé, grondé, se déclinant à l'infini : bizutage ; bizuts ; bizuteurs.

– Martin ! De quoi parlent-ils ?

– Le bizutage. J'ai l'impression que ça va commencer.

– Le week-end d'intégration n'est pas fini ?

– Rien à voir !

– Pourtant…

– Le bizutage, c'est autre chose. Une tradition très importante à Sainte-Thérèse.

– Qu'est-ce qu'ils comptent nous faire ? Ça craint, ce truc ! C'est illégal, de toute façon ! Pourquoi ne m'en as-tu pas parlé ?

– Pas le temps : tu viens juste d'apprendre que tu es

admise, non ? Ce n'était pas ce qu'il y avait de plus important. D'autant que ça n'a rien de méchant.

Laure s'est détendue.

– C'est ton père qui te l'a dit ?

– Oui. Il paraît que c'est un peu éprouvant, mais vraiment super.

– Ça consiste en quoi ?

– Je ne sais pas : le secret est bien gardé dans la famille. Mais il n'y a pas de quoi s'inquiéter.

Des coups de sifflet ont retenti. Le ton a changé. La température a fraîchi. Les 3/2 se sont regroupés, frileusement, comme pour se protéger du rituel qu'ils annonçaient et qu'eux-mêmes avaient subi l'année précédente. Ils ont sorti des calots d'apparence militaire dont ils se sont coiffés pour mieux se démarquer de la foule des bizuts. Ce symbole a semblé les rassurer. Leur démarche est devenue austère.

– Mettez-vous par classe, en ligne. La Prépa Thalès, ici ; Pythagore ; Euclide ; là, Newton. Allez, à la queue leu leu.

Bousculade au sein de la Prépa Euclide – la crème des crèmes, jumelage entre les première année de Sup 1 et les deuxième année de Spé 1. Une colonne incertaine s'est formée, reléguant Martin derrière Laure. Le silence s'est fait. La tension était palpable. Sur les visages, stupeur, angoisse ou forfanterie.

Les 3/2 se sont présentés comme leurs amis, simples témoins dans la cérémonie qui allait suivre. Ils seraient des observateurs garants du bon déroulement du bizutage, administré par les « Cinq Demis » redoublant leur Spé. Ils ont dispensé les explications préalables au déclenchement des hostilités : les chambres fouillées, les téléphones portables confisqués, les issues du lycée placées sous surveillance ; les communications devenues impossibles avec l'extérieur pour une durée indéterminée ; les familles prévenues ; les lits supplémentaires installés pour les rares externes. Ils ont évoqué les éventuels problèmes de santé, à signaler d'urgence. Les vêtements qui ne survivraient pas au bizutage. Les objets de valeur, à leur remettre immédiatement.

– Ne conservez rien sur vous, sinon c'est perdu.

Se retournant, Laure a chuchoté :

– Ça ne me dit rien qui vaille, à moi…

Le jeune homme lui a pressé l'épaule pour la rassurer.

– Le bizutage est dur, a poursuivi un deuxième année. Mais il a fait ses preuves. Depuis presque cent cinquante ans, c'est grâce à lui que les anciens inculquent aux nouveaux les valeurs de Sainte-Thérèse. Solidarité, dévouement, sens de l'effort et de la persévérance… Le bizutage est là pour vous armer devant les épreuves de la Prépa et de l'existence. Faites-nous confiance. Faites-lui confiance. Une fois la difficulté surmontée, il restera l'un de vos meilleurs souvenirs. De lui naîtront des amitiés indéfectibles, des vocations…

Laure n'en croyait pas ses oreilles.

Voilà qu'ils veulent m'apprendre la vie, a-t-elle marmonné.

Autour d'elle, l'atmosphère était mi-anxieuse, mi-amusée. Elle-même se sentait plutôt agacée. Très agacée. Qu'attendre de ce simulacre d'initiation ?

Allez, Laure, fais un effort : quelques blagues de potache envers lesquelles tu t'efforceras d'être bon public, une demi-douzaine d'œufs et de la farine… et ils retourneront à leurs cahiers-à-spirales-grand-format-petits-carreaux.

Cavalcade. Un 3/2 essoufflé est apparu.

– Ils arrivent ! Ils seront là dans cinq minutes... Les bizuts sont prêts ? Vous ne leur avez pas encore bandé les yeux ? Dépêchez-vous, quoi ! Ils ont l'air drôlement remontés...

Tout à l'heure, il faisait jour. Puis Laure a basculé dans l'obscurité, une étoffe opaque ajustée devant les paupières. Les voix des deuxième année sont devenues chuchotements soucieux :

– Bien en ligne... plus par là... – Tiens, comme ça, tu ne verras rien, ça vaut mieux pour toi... – Faites gaffe, ils ne sont pas commodes, c'est du sérieux. – Plus un bruit ! Ne parlez pas, n'essayez pas de regarder autour de vous. – Taisez-vous ! Les voilà, pas un mot...

– Et souvenez-vous : tant que nous sommes là, il ne peut rien vous arriver.

Dimanche, 18 h 25

On relève Laure.

– *Baisse la tête, beuzeute ! Plus bas la tête !*

On la tire, on la pousse, poupée de chiffon, un cri perçant, le sol se dérobe sous ses pieds : un bizuteur l'a lancée en direction d'un autre qui la rattrape avant qu'elle ne s'effondre par terre, elle est propulsée contre un autre tortionnaire, quelqu'un hurle dans son oreille, elle s'efforce de garder la tête inclinée mais perçoit par intermittence les bribes d'une scène confuse : cagoules, masques, maquillages, tenues paramilitaires, inscriptions obscènes et assassines tournoient devant ses yeux, on la pousse encore, on la catapulte, on la fait pivoter sur elle-même, elle est un bibelot que l'on tripote avec mépris, elle a le tournis, elle voudrait protester mais aucun son ne sort de sa gorge étranglée, le mouvement infernal s'arrête...

– *Bourreau, exercez votre office !*

Elle est jetée à genoux sur le sol. Frayeur.

– *Regarde-moi, gorette, regarde-moi bien...*

Elle redresse la tête, un cri meurt sur ses lèvres : un crâne la contemple, des yeux qui ont pris place dans des orbites creuses, odeur pestilentielle, poisson pourri, viande avariée, que vont-ils me faire ? Le crâne se précipite sur elle, elle ferme les yeux, un choc mou la surprend, le contact est froid, gluant, et infect, et puant… aboiements, cornes de brume, Laure est plus désorientée que jamais.

– *C'EST BON, BEUZEUTE, T'AIMES ÇA ?*

On la frotte avec ce qui doit être un cadavre de poisson, les cheveux, le visage, les yeux, la bouche, le nez. Elle n'arrive plus à respirer.

– *T'EN VEUX ENCORE ?*

– *OH OUI, BOUFFE, SOUS-MERDE, BOUFFE !*

Le poisson est mort depuis longtemps, les effluves sont denses à en paraître solides, Laure ne voit rien, charogne dans les yeux, fiel sur la langue, narines bouchées par les exhalaisons putrides et la chair décomposée, des cris résonnent, les bizuteurs la poussent, la font tourner, chorégraphie endiablée, des matières fétides dans la nuque, dans le cou, on lui frotte les cheveux en bêlant des menaces de mort, la bouche encore, goût insoutenable, haut-le-cœur…

– *DANSE, BEUZEUTE, MONTRE-NOUS COMME TU DANSES BIEN !*

Où suis-je ? étourdie, nauséeuse. Respirer !

Coup de sifflet, flash, ses condisciples regardent le spectacle, ils doivent se demander pourquoi elle aussi à son tour titube et semble si loin d'eux, deuxième coup de sifflet, de nouvelles mains l'empoignent, sèches, brutales, la traînent jusque dans les rangs, elle tousse, crache, l'odeur la suit, la suivra toute sa vie, sifflements à son oreille :

– *T'as du bol, tu t'en sors bien ce coup-ci !*

– *La prochaine fois le bourreau sera moins sympa, il*

a eu pitié parce que t'es une pauvre petite beuzeute toute fragile...

Surtout qu'ils ne changent pas d'avis, que ce soit fini, qu'il n'y ait que ça, qu'ils s'en prennent à quelqu'un d'autre... mais pas à Martin ! On la propulse au sol, à plat ventre, mains sur la tête, coudes au ciel, pieds en pi sur deux, nez dans la boue et dans sa pestilence, on s'approche d'elle, non, qu'est-ce qu'ils me veulent encore ? Ce n'est rien, les pieds ne sont pas chaussés de rangers, les voix parlent normalement même si elles chuchotent : – C'est bon, elle va tenir le choc – De toute façon je m'occupe de l'autre, là, je crois que c'est une entorse, viens m'aider – Quoi, il est blessé ?

– *VOS GUEULES LES 3/2 OU ON VOUS EXPULSE !*

Laure a mal mais elle essaie de conserver la position inventée par ces déments, elle prête l'oreille au tintamarre qui écrase l'agglomérat de bizuts, des cris s'élèvent, assez loin, d'autres plus près, des battes de base-ball tournoient, les coups et les insultes ricochent. Laure veut s'abstraire de tout ça, rentrer en elle-même, se rappeler tout ce qui lui est arrivé de pire dans la vie, mais ses souffrances ont toujours eu une raison d'être, alors qu'ici c'est censé être un jeu, qu'est-ce que ça veut dire, jouer à souffrir ?

Et le plus douloureux reste le déshonneur d'être là sans oser dire un mot, de se plier aux caprices des bizuteurs, d'avouer par son mutisme que ces gamins à peine plus âgés qu'elle la terrifient, ou pire encore de donner l'impression qu'elle consent à ces méprisables enfantillages. L'attente se poursuit, aveugle, infinie pour les bizuts concentrés sur leur peur et leur honte, honte d'avoir peur,

peur d'avoir honte, et sur la souffrance qui les consume et les déchire.

Doucement, ils glissent dans un monde lointain où le temps ne s'écoule plus.

Dix-sept ans, derrière elle des épreuves qui ne lui ont pas fait perdre ses illusions, un amour débordant pour tout et tout le monde, le désir forcené de sauver la planète et ses habitants – c'est Laure. Issue de la classe moyenne, papa cadre moyen dans l'informatique, maman institutrice en cours moyen : tout la prédestinait à l'existence sans histoires d'une fille ordinaire, à peine trop sensible.

Tout jusqu'à la naissance de son frère, quand elle avait trois ans. Tom, l'enfant adultérin.

D'abord ravie de pouponner, elle avait mis du temps à comprendre pourquoi le nourrisson était le sujet de disputes chaque jour plus violentes entre ses parents. De mystérieuses séances de thérapie de couple avaient ramené une tranquillité de façade chez les Godin, pourtant la famille qui avait menacé de s'effondrer avec fracas continuait à se fissurer en silence. Papa est rentré de plus en plus tard à la maison, maman a rejeté le nourrisson, sombré dans la dépression et, au fil des années, dans un alcoolisme mélancolique. Est restée Laure pour s'occuper du frère oublié, de son échec scolaire, de ses troubles du comportement.

À elle de veiller à ses devoirs, d'imiter la signature de leur mère sur le cahier de punitions.

Elle était déjà adolescente quand l'assistante sociale, alertée, avait envoyé une psychologue encadrer Tom et soutenir Alice Godin dans ses tentatives de sevrage. Le mal était fait. Laure n'avait jamais eu droit à l'insouciance. Culpabilité. Pourquoi n'était-elle pas capable de réconcilier ses parents ? Avait-elle mérité ce père absent, cette mère alcoolique ? Pourquoi la chérissaient-ils alors qu'ils laissaient son frère partir à la dérive ? Pourquoi l'école qui lui apportait tant de satisfactions ne voulait-elle offrir aucune perspective à Tommy ?

Sans effort, la grande sœur caracolait en tête des classes qu'elle traversait les unes après les autres avec indifférence. Et elle en souffrait à chaque interrogation, à chaque bulletin de notes. Comme elle aurait aimé effacer le sourire des professeurs qui la couvraient d'éloges ! – Félicitations, Laure, c'est excellent… Elle allait chercher sa copie, profil bas, confuse des regards qui se posaient sur elle, désolée de donner à ses camarades des raisons de la jalouser. Honteuse de recevoir tout ce dont Tom ne rêvait même plus.

Elle méprisait les gamins boutonneux qui s'extasiaient de leurs bonnes notes comme si rien d'autre n'importait. Elle avait un an d'avance mais ses amis étaient plus vieux qu'elle, les redoublants, les rebelles ; elle parlait peu, les écoutait refaire le monde, et dissimulait sous une apparente exubérance le chagrin qui la rongeait.

Puis étaient venus le lycée, la classe de première et cette rentrée scolaire qu'elle n'oublierait jamais. Le coup de foudre. Martin, sa joie de vivre, son humour, son enthousiasme. Martin, les voyages qu'il avait effectués, les sports qu'il pratiquait avec talent.

Martin que, ironiquement, on considérait comme l'un des deux ou trois élèves les plus brillants de leur génération.

La jeune fille n'avait pas osé lui avouer ses sentiments mais était devenue sa meilleure amie dès les premières semaines. À ses côtés, elle s'était enfin laissé rattraper par la vie. Martin lui avait enseigné le rire et l'espoir ; en échange, elle l'ouvrait à ce qui avait jusqu'à présent constitué son quotidien : Tom, si dur et si vulnérable à la fois, et puis le soutien scolaire, les cours aux enfants hospitalisés... Mais l'époque était terminée où ses pensées n'étaient dirigées que vers son frère, sa mère, tous les êtres en souffrance que son chemin pouvait croiser. Fini le dévouement inhumain, effréné, dans lequel elle s'oubliait elle-même.

L'été précédent, découvrant enfin l'attirance qu'il exerçait sur la jeune fille, Martin s'en était montré heureux. De moniteur particulier d'escalade et de planche à voile, d'initiateur au camping sauvage et aux virées nocturnes sur les plages, il était devenu son amant.

Quand les élèves de terminale avaient dû choisir leur orientation, il l'avait pressée de postuler comme lui à Sainte-Thérèse. Le lycée où enseignait son père, celui où tout mâle de la famille du jeune homme effectuait ses Classes préparatoires. Laure, sa candidature rejetée, n'avait osé demander à son ami de revoir ses prétentions à la baisse pour que tous deux puissent étudier ensemble. Mais elle avait été blessée qu'il ne le propose pas. Après tout, il était certain de décrocher son billet d'entrée à l'X, la sacro-sainte École polytechnique, quelle que soit la Prépa qu'il choisirait. Et le lycée Montaigne, bien que provincial, demeurait excellent.

Martin l'aimait-il moins qu'elle ne l'adorait ?

Dimanche, 20 heures

Les bizuts courbent l'échine.

– *On aura votre peau, beuzeus !*

Les bizuts rampent, se contorsionnent, se déplacent à plat ventre, à plat dos, accroupis, à genoux.

– *C'est mou, magnez, magnez !*

– *Bouge ton cul, on n'est pas au Club Med !*

Exécution. Pour qui est-elle, celle-ci ?

– *Baisse la tête, cache ta sale gueule !*

Les bizuts se vautrent dans la boue, traversent des ruisseaux caillouteux, parcourent des fossés tapissés d'immondices, nuages pestilentiels, les exhalaisons putrides s'infiltrent dans le nez, dans la bouche, engourdissent la langue, s'insinuent par tous les pores de la peau. Des projectiles sifflent, des gourdins s'abattent au hasard.

– *Magnez, magnez, plus vite !*

– *Qu'est-ce que t'as dans les bras, sous-merde ?*

Exécution. Les bizuts pompent, grimpent, tirent, poussent, dégringolent, ahanent sous l'effort.

– *Tu t'endors, beuzeu ? On n'est même pas capable de*

RESTER ALLONGÉ PAR TERRE SANS FAIRE DODO ET ON VOUDRAIT ENTRER DANS UNE GRANDE ÉCOLE ?

Exécution. Les bizuts clament des slogans stupides sous la conduite de leurs tortionnaires.

– Plus c'est long, plus c'est bon !

– C'est la vie de château pourvu que ça dure !

– *AMUSEZ-VOUS BIEN, PROFITEZ TANT QUE VOUS ÊTES EN FORME, CE N'EST QUE LE DÉBUT...*

Coupures, crampes, ecchymoses, foulures.

– *ELLE EST PAS DÉJÀ FATIGUÉE LA BEUZEUTE ?*

Les bizuts endurent les insultes, écoutent les discours mégalomanes qui se succèdent dans la bouche de leurs vénérés anciens.

– Tiens, il s'est évanoui.

– Quand il se réveille, donne-lui un sucre et une couverture...

– *VOS GUEULES LES 3/2 !*

Les bizuts craquent, les larmes coulent, la fin d'après-midi s'étire au-dessus du troupeau aveugle, suant, puant et pleurant, peur, honte, douleur, la fraîcheur puis la nuit n'en finissent pas de tomber, lentes, furtives, saturées d'une aigreur fétide. Aux hurlements des bizuteurs répondent les sanglots étouffés des bizuts, ça y est, l'obscurité est descendue sur le parc, des ténèbres empoisonnées dissimulent le chaos qui secoue la pelouse de Sainte-Thérèse la prestigieuse, et dans le noir les secondes continuent de durer des heures, les minutes une éternité, on doit être déjà demain, ou après-demain, faites que le temps passe, faites que tout cela cesse...

Dimanche, 20 h 45

Pour les nouveaux, tout a commencé en douceur, avec un simulacre de visite de leur nouvel établissement. Les yeux bandés, en file indienne, à petits pas malhabiles qui s'achevaient souvent par un coup de pied dans les mollets d'un camarade, ils ont foulé du goudron, des gravillons, de l'herbe, arpenté des couloirs, monté et descendu des escaliers. Laure a toujours été trop sensible au regard des autres. Elle s'est sentie grotesque, de plus en plus gênée du spectacle qu'elle devait offrir en trébuchant ainsi à l'aveugle devant des anciens invisibles et goguenards. Elle a rongé son frein et accepté la promenade. Bête, mais pas méchante.

Puis les nouveaux se sont retrouvés dans une pièce qui résonnait curieusement à la cadence de leurs semelles. Les rares bruits étaient profonds et glacés. Par des bourrades, on leur a fait comprendre qu'ils devaient lever les bras le plus haut possible, incliner la tête le plus bas possible. L'attente a débuté. Longue. Les bras sont devenus lourds, très lourds ; des mains brutales se chargeaient vite de redresser ceux qui se baisseraient d'un minuscule centimètre. Épaules et nuques ont commencé à brûler.

Laure mourait d'envie de rompre le rang, d'arracher son bandeau en crânant, de laisser ces gosses de riches s'amuser entre eux. Elle s'est retenue : y avait-il un risque de se voir exclure de l'école pour s'être dérobée à cette si sérieuse tradition ? Qu'adviendrait-il si elle rejetait le bizutage ? Serait-elle stigmatisée d'avoir refusé de se plier à un jeu innocent ? Critiquerait-on son absence d'humour ? Comment réagiraient les bizuteurs ? Ils essaieraient de la faire obtempérer. Par des menaces, des plaisanteries malsaines, des attaques personnelles ? Pire ?

Et Martin, que penserait-il ?

Allons, Laure… Ça ne peut pas durer longtemps. Tout le monde est sur un pied d'égalité… Martin aussi… même son père est passé par là sans râler : tu ne vas pas faire la rabat-joie !

Soudain, des hurlements ont déferlé, vrillant les tympans des nouveaux. Il y a eu un discours interminable, prononcé de cette horrible voix trafiquée : en substance, les vénérés anciens allaient tenter d'éduquer les bizuts, de transformer ces sous-merdes en êtres humains dignes de suivre les enseignements de Sainte-Thérèse.

Peu tolérante envers ce condensé d'inepties et d'agressivité, Laure a rapidement vu rouge.

Quels crétins ! C'est ça, l'élite de la nation ? Des sales mômes qui bandent à l'idée de faire peur à quelqu'un pour la première fois de leur vie ? Et les autres, les bizuts ? Pas un pour se rebeller ? Ils sont beaux, les futurs dirigeants de la France ! Des moutons paniqués, oui…

Cent fois, Laure a pensé s'en aller sans plus de formalités.

Cent fois, elle s'est tue. Et chaque fois la démarche devenait plus difficile, comme si elle se sentait ligotée par ce qu'elle avait déjà accepté.

Allons, enlève ton bandeau, regarde-les droit dans les yeux et va-t'en, c'est aussi simple que ça. Ils n'ont de pouvoir que tant que tu acceptes de leur obéir.

Pas tout de suite, négociait-elle dans la foulée. Bientôt. En espérant qu'un autre s'y risquera avant moi : je n'aurai qu'à emboîter le pas. Et je le ferai, c'est promis !

De petite trouille en grande lâcheté, Laure, comme tout le monde, s'est laissé enfermer dans le bizutage de Sainte-Thérèse.

La voix déformée du chef des bizuteurs a entrepris de faire l'appel. L'un après l'autre, on a affublé les bizuts toujours aveugles d'un surnom, et on les a arrosés d'un liquide nauséabond. Laure a un peu appréhendé son tour (*GODIN, GODIN, GODICHE, OUI !*) ; peu après, Tristan Lebeau héritait d'un *LEBEAU, LEBAL, TRISTAN LEBAL, ÇA NOUS FAIT UN MAGNIFIQUE TROU-D'-BALLE, ÇA !* Puis un gargouillis, signe que le trou-d'-balle en question étouffait à demi sous une pluie d'immondices. Son cœur a chaviré quand elle a entendu appeler Martin (*PINOT, PINOT, TU PARLES D'UNE PINE, IL A L'AIR TELLEMENT BÊÊÊTE !*). Les épaules en feu, elle n'a écouté que distraitement la suite.

Jusque-là, elle enrageait, mais restait convaincue que d'une minute à l'autre elle allait les envoyer paître. Elle n'attendait que l'occasion propice pour partir, laisser derrière elle ces humiliantes gamineries.

Mais on a conduit les bizuts dans une salle de classe obscure, on les a assis à des pupitres, on leur a écrasé la tête sur la table, on a ôté leur bandeau – et on leur a donné l'ordre de lever les yeux au coup de sifflet.

Ce qui restait du courage de Laure l'a alors désertée.

À présent elle est là, soumise, honteuse, bouillant de colère. Elle est sale, perdue, elle a mal, et il lui est de plus en plus difficile de se raccrocher à l'espoir que peut-être, bientôt, elle s'élèvera contre la mascarade et quittera cette école de fous.

Un coup de pied dans les reins, qui doit vouloir sanctionner une position incorrecte.

Ça fait mal, bordel ! Ils vont finir par blesser quelqu'un ! Bande de cons !

Eh bien, dis-leur puisque personne d'autre ne le fait. Lève-toi et dis-leur que…

Laure tergiverse, tend l'oreille aux bruits qui lui parviennent, insultes, gémissements, râles, dans l'espoir de surprendre les prémices d'une mutinerie à laquelle s'associer. Pour la millième fois maintenant, elle prépare les mots qu'elle va prononcer dès qu'elle en trouvera la force.

Mais elle se tait, encore. Et plus le temps passe, moins il devient probable qu'elle mettra ses projets à exécution.

Elle se tait, et elle commence à se haïr.

Dimanche, minuit

Voilà des heures que la nuit est tombée. Pâle, d'abord ; puis les ténèbres ont achevé d'étouffer la lumière et les bizuts ont eu l'impression que c'était pour toujours. Les exécutions ont succédé aux exécutions, les nouveaux ont rampé, pompé, rampé encore dans le fossé putride que leurs tortionnaires désignaient sous l'appellation éloquente de « Rio Crade ».

À un moment on les a poussés vers un réfectoire. Il devait donc être l'heure du dîner, alors que les bizuts se croyaient au milieu de la nuit. Ils ont subi un énième discours du bizuteur en chef, cet horrible CDBIG, immense, le crâne rasé, qui affirmait que Sainte-Thérèse est au-dessus des lois ; que, délit ou non, le bizutage y aurait toujours lieu. Rien n'impressionne un preux bizuteur ni ne le détourne de son devoir. On a distribué à chaque élève une copie du texte proscrivant la manifestation dont il était victime à l'instant même :

– *MANGEZ, BEUZEUS, BOUFFEZ CE PAPIER GROTESQUE ! JE NE VEUX PLUS EN VOIR UNE MIETTE ! BÂFREZ, BEUZEUS !*

Laure a eu du mal à croire qu'on lui demandait d'avaler le document. Mais elle a constaté, du coin de l'œil, que ses camarades étaient déjà en train de mastiquer. Alors, la mort dans l'âme, elle les a imités.

Puis est venue la suite du repas. À genoux par terre, sans couverts, avec leurs mains souillées, les nouveaux ont ingurgité ce qu'ils pouvaient d'une purée dont la texture liquide avait dû être prévue à dessein. Les bizuteurs arpentaient la pièce, harcelaient leurs victimes, posaient parfois leurs semelles dans une plâtrée. L'estomac presque vide, les bizuts ont évacué la cantine, vite, vite, on recommence, dehors, courez, sautez, grimpez, exécution, pompez, rampez, exécution, debout, couchés, à plat ventre, exécution…

Le fil du temps a cessé de se dérouler.

Laure ne veut pas s'avouer que les anciens l'effraient, mais elle doit se rendre à l'évidence : elle n'ose pas se rebeller, n'ose même pas afficher son désir de le faire. Elle voudrait, faible protestation contre le traitement qu'ils lui font subir, peindre sur son visage le dédain qu'elle voue à ses tourmenteurs ; il lui semble primordial de ne pas avoir l'air de consentir à leurs gamineries. Pourtant, elle a trop peur de se faire remarquer, trop peur des représailles que sa mauvaise volonté pourrait lui valoir. Alors, elle se compose un masque glacial, indéchiffrable, qui ne trahit ni la haine dont elle redoute les conséquences, ni la sourde panique dont elle a honte.

Et elle maudit la couardise au nom de laquelle elle se force à rester ainsi de marbre. Plus sa colère monte, plus sa façade inexpressive lui coûte d'énergie et de mépris d'elle-même.

Plus Laure déteste les bizuteurs, plus elle se déteste elle-même.

Enfin, un coup de sifflet retentit :

– *DISPARAISSEZ, VITE, PLUS VITE QUE ÇA !*

– *AU PIEU LES BEUZEUS ! ON NE VEUT PLUS VOIR VOS SALES GUEULES ! MAGNEZ !*

– *PROFITEZ BIEN, VOUS ALLEZ AVOIR BESOIN D'ÊTRE EN FORME !*

– *AU DODO ! ET SURTOUT FAITES DE BEAUX RÊVES…*

– *VITE, PLUS VITE, ATTENTION AUX TRAÎNARDS !*

Les bizuts s'égaillent comme une volée de moineaux ; ils se précipitent, s'affolent, trébuchent, se montent les uns sur les autres pour ne pas être les derniers. Ils fuient les beuglements qui leur parviennent encore, véhiculés par les porte-voix.

– *ATTENTION ON NE DORT PAS DANS LES LITS MAIS SOUS LES LITS !*

– *PAS DE MATELAS POUR LES POURCEAUX, VOUS LES SALIRIEZ !*

– *ON VIENDRA VOUS RENDRE VISITE… S'IL Y EN A UN QUI DÉSOBÉIT, ON S'OCCUPERA DE SON CAS !*

– *SURTOUT LES BEUZEUTES, JE M'OCCUPERAI AVEC PLAISIR DES BEUZEUTES QUE JE TROUVERAI DANS UN LIT…*

Laure détale comme les autres, elle court à perdre haleine, le groupe la protège, elle voudrait marcher avec dignité et montrer à tous qu'elle n'a pas peur, mais c'est plus fort qu'elle, elle bondit, elle vole, elle suit ses condisciples nauséabonds qui ouvrent le chemin, une porte, un escalier, monter, vite, vite, un autre escalier, encore une porte, une deuxième, un grand couloir… On y est.

Le vantail se referme sur le troupeau apeuré.

Silence.

Au troisième étage du bâtiment Saint-François-Xavier, aile Ouest, les bizuts ont du mal à croire qu'ils sont enfin seuls. Ils vont pouvoir parler, échanger leurs griefs, se réconforter, peut-être organiser ensemble la rébellion dont rêve Laure depuis l'après-midi. Ils lèvent la tête. Timidement. Est-ce un piège ? Dans cet étroit couloir au plafond démesuré, on s'observe. Personne ne dit mot.

Les visages blêmes et creusés contrastent maladivement avec les traînées rouges, jaunes, vertes, bleues. Viscères ? Ketchup ? Sirop de menthe ? Les cheveux sont collés sur les têtes, des mèches pendouillent sans gloire sur les fronts éraflés.

Certains boitent, d'autres se tiennent le bras, le nez, la cheville.

Les rigoles boueuses, sur les visages, dénoncent ceux qui ont pleuré. Des filles, surtout. Quelques garçons penauds.

Les yeux se croisent, des lèvres s'ouvrent.

Puis les yeux se ravisent, décident de s'éviter, les épaules se voûtent un peu plus. Les bizuts honteux d'avoir aperçu leur lamentable reflet dans le regard des autres se détournent. Regagnent leur chambre.

Laure voudrait partir à la recherche de Martin. Mais pas comme ça, pas dans cette tenue. Et lui non plus ne souhaiterait pas lui offrir un tel spectacle.

Elle remonte le couloir vers les chambres des filles. La sienne est vide. Sa « copiaulée » est déjà partie se doucher. Laure suit le mouvement. Elle attrape du shampooing et un peignoir avant de partir en quête des sanitaires les plus proches. Des bizuts font la queue. Deux garçons. Trois filles en larmes.

Il y a longtemps que Laure a désappris à pleurer : depuis le jour où sa mère a commencé à noyer ses erreurs et son chagrin dans le vin blanc. Alors elle garde l'œil sec pour contempler ses camarades.

Sous la fange, elle ne les reconnaît même plus. Si, celle-ci, la très grande, doit être Roxane. La plus petite, qui gémit à fendre l'âme en se cachant le visage dans les mains, c'est Camille.

Laure se sent impuissante. Détachée. Elle vogue loin de ces larmes et de ces faciès livides, les uns fermés sur leur souffrance, les autres implorants.

Comment consoler ? Leur dire d'être forts, de cesser de pleurer, d'attendre que ça passe ? Mais être forts, ce serait se rebeller. Laure est-elle prête à le suggérer ? Se poser en tête de file d'un mouvement de révolte, avec tous les risques qu'il comporterait ? Elle n'a jamais eu l'âme d'un leader. Trop peu confiance en elle.

Et son habitude toute cartésienne de mûrir ses actions, d'analyser la situation avant de se décider... Ce soir, Laure n'est qu'incompréhension devant une telle violence. Elle ne connaît pas l'ennemi, ni le contexte, ni les enjeux. De quoi sont-ils capables ? Combien de temps cela va-t-il durer ?

Son ignorance la paralyse. Et la honte d'avoir déjà subi, comme consentante, des heures d'humiliations.

La porte de la douche s'ouvre et laisse échapper le premier bizut à figure humaine. Il remonte la file qui s'est allongée. Tête basse, il frôle ses condisciples sans un regard avant de disparaître dans le couloir. Devant Laure, une fille pénètre dans la cabine pour se décrasser.

Les autres candidats à la toilette marmonnent sans conviction :

– Vous étiez au courant de ce bizutage ?

– Oui, mais (sanglot) je n'aurais jamais pensé (sanglot plus aigu)…

– Moi je ne savais pas…

– Ils sont fous !

– Que vont-ils nous faire ?

– J'ai tellement peur (la voix de Camille s'étrangle en un couinement de détresse)…

Encore une fois, Laure aimerait intervenir : allons, ce n'est qu'une mise en scène. Ils ne sont pas dangereux. Ils font juste semblant. Mais sa propre angoisse étouffe la voix dans son crâne qui voudrait s'échapper, crier, s'insurger.

Alors tais-toi, Laure. Si ce n'est pas pour dire « lève-toi et marche », il ne sert à rien de prendre la parole.

Lâche, tu es lâche. Toi qui voulais apprendre à déplacer des montagnes, toi qui croyais combattre l'injustice du monde à la place de Tom, toi que ton amour pour Martin avait rendue si forte, tu n'es rien, tu ne vaux rien, rien de plus que les autres.

Et la jeune fille s'enferme à double tour dans son mutisme. Hideux silence qui la ronge comme un cancer.

Lundi, 0 h 25

Enfin propre. Ou presque. Elle a eu beau savonner, frotter, récurer, rincer, savonner encore – vite, vite, d'autres attendent leur tour – Laure garde la peau grasse ; quelques débris de coquilles d'œuf restent accrochés à ses cheveux. Ses pieds pataugent dans un bain tiédi, à l'odeur d'égout. Les décrassages successifs de ses camarades ont bouché le siphon ; le bac déborde ; des détritus tournoient mollement, s'insinuent jusque sous la porte.

Ce n'est pas grave. Inutile de s'acharner. À présent, elle peut au moins aller rendre visite à Martin. Elle tourne le robinet et l'eau se tarit dans un glouglou. Il est tard, elle est épuisée, mais quelques minutes dans ses bras lui rendront l'énergie qui lui manque. À deux, ils seront plus forts.

Laure se frictionne à s'en arracher l'épiderme puis enfile son peignoir. Elle entrouvre la cabine de douche.

Martin aura les réponses à ses questions. Il trouvera la solution. Il connaît Sainte-Thérèse, sa famille entière est passée par ce lycée, son père y enseigne… Et c'est un garçon, lui. Il court moins de risques. Il a forcément moins peur. C'est sûr, il saura ce qu'il faut faire.

L'espoir l'envahit.

Il n'est pas du genre à se laisser faire. Il va arrêter ce cauchemar. Martin va...

La poignée de la porte lui glisse des mains et le battant s'ouvre en grand :

– Dépêche-toi !

– Hein ? Quoi ? Pourquoi ?

– Va te coucher ! S'ils trouvent des bizuts debout...

L'air catastrophé, Nicolas et Sylvain, des deuxième année qui accompagnaient le week-end d'intégration, se bousculent en face de Laure. Le couloir achève de se vider. Les retardataires se pressent vers leur chambre. Un dernier garçon fait presque tomber Laure pour entrer dans la douche sans laquelle il est illusoire d'espérer se glisser entre des draps.

– Si vous vous y prenez comme ça, vous n'y arriverez jamais ! commente Nicolas, un grand rouquin très pâle. Habituez-vous à vous doucher à plusieurs, ça va plus vite !

– Pourquoi doit-on se dépêcher ? Ils vont revenir ? demande Laure.

Les rares téméraires qui n'ont pas pris la poudre d'escampette approchent. Étrange attroupement que ces étudiants en pyjamas maculés de taches huileuses, les cheveux mouillés, encore gras, les chaussons évitant au mieux les débordements de douches, tous agglutinés autour d'une poignée d'anciens :

– C'est normal, ce qu'ils font ?

– Vous aussi, vous avez eu ça ?

– Ce n'est pas possible, ils n'ont pas le droit !

– Vous avez vu, ils sont dingues, aidez-nous, sortez-nous de là !

Sylvain, adolescent châtain, plus costaud que son comparse, jette des coups d'œil nerveux autour de lui :

– On vous expliquera plus tard ; c'est pour votre bien… en attendant, il vaut mieux filer droit. Au lit ! S'ils débarquent, vous avez intérêt à ne plus être dans les parages. C'est un coup à se faire bizuter tout seul le reste de la nuit. Je ne voudrais pas être à la place de celui à qui ça arriverait. Même nous, s'ils nous trouvent ici…

– Dites-nous au moins, tente un bizut : ça dure combien de temps ?

– Je ne peux pas vous répondre, interrompt Sylvain. C'est variable. Allez, disparaissez ! Et surtout, ne vous avisez pas de dormir dans votre lit : ils ont dit dessous ! Ils ne rigolent pas.

Laure se refuse à poser d'autres questions. Si ces deux-là étaient envoyés par leurs aînés redoublants pour entretenir la frayeur des première année, ils ne procéderaient pas autrement.

Et puis, mes cocos, je suis persuadée que vous en savez plus que vous ne voulez l'admettre…

Drapée dans un mutisme qui la dévore de l'intérieur, Laure passe son chemin. Les 3/2 censés être les amis des bizuts lui paraissent bien suspects, tout à coup.

Oublie ça. Ne te laisse pas influencer.

C'est pourtant vers sa chambre qu'elle se dirige, et non vers celle de Martin. On ne sait jamais : si les anciens disaient vrai ? Si s'attarder pour parler à son ami lui valait une sanction ? Si elle devait rester avec les bizuteurs jusqu'au matin ? Jusqu'où irait un groupe de brutes, loin de tout témoin, pour s'amuser en pleine nuit d'une fille sans défense ?

Tu es stupide, Laure. Arrête de trembler comme une gamine. Quand même, si Sainte-Thérèse était le théâtre de viols collectifs à chaque rentrée scolaire, ça se saurait, non ?

Elle abaisse la clenche. Honte. Lassitude.

Au revoir, Martin. Promis, on se verra demain.

La jeune fille pénètre dans sa chambre. La lumière est éteinte. Couchée sous son lit, sa « copiaulée » dort. Ou feint de dormir, plus vraisemblablement. Elle non plus ne veut pas parler. Leila l'Algérienne, musulmane, timide et rougissante, vient seulement de poser les pieds en France. Elle doit être plus déconcertée encore que Laure par la folie qui l'accueille.

Arrête de te lamenter, Laure. Ferme ta gueule ou ouvre-la, ça ne dépend que de toi, mais cesse de t'apitoyer sur ton sort. Leila, Tom, ta mère, ton père, tout le monde a plus de raisons que toi de se plaindre.

Sans faire de bruit, Laure tire ses draps à terre, incapable d'oser désobéir à cette grotesque injonction des bizuteurs ; elle se glisse sous le sommier grinçant, s'enveloppe dans sa couverture et serre les paupières.

Que va-t-il se passer demain ? Ce bizutage peut-il continuer ? Qu'est-ce qu'ils vont nous faire ?

Plus encore que les autres soirs, la jeune fille se concentre pour diriger le cours de ses pensées. Elle va chercher l'apaisement dans ses rêves.

Martin. Mon amour : te rappelles-tu, quand nous nous sommes rencontrés, la tiédeur du soleil et ce parfum de fin d'été… ?

Lundi, 1 h 30

Détonation. Le monde explose. S'ouvre en deux. La terre tremble sous les pas d'une armée formidable. Ce sont eux ! Ils reviennent ! Il n'est plus temps de fuir. Le massacre est en marche. Clameur inhumaine. Leurs hurlements transpercent le village. Ils torturent les hommes, violent les femmes, égorgent enfants et vieillards. Dans la maison voisine, une grenade déchire la famille qui s'éveillait en sursaut. Youcef… Saliha… Un monstre éventre la jeune femme, retire de ses entrailles écarlates le bébé qui devait naître le mois prochain, l'envoie valser au-dessus de sa tête en triomphant.

Les déflagrations se succèdent. Chapelets de grenades. Bientôt notre tour.

La porte vole en éclats. Papa m'a dit de ne pas bouger. Ne pas crier. Cachée sous le lit, je serre les dents. Ils frappent au hasard. Papa est fauché net. Mort sur le coup. Et mes frères. Et maman…

Oh, maman…

Cette fois, ils m'auront aussi.

Je suis morte et je n'ai rien appris

Ça y est, ils m'ont vue.

– *SORS DE LÀ, GORETTE ! ON A DIT TOUT LE MONDE DEBOUT !*

– *TENUE CRADE ! MAGNE, MAGNE !*

Les grenades à plâtre brisent les tympans, épaississent l'atmosphère d'une fumée âcre. Battes et gourdins tombent sur les portes, les armoires, les montants métalliques des lits. Cagoules. Vociférations. Lèvres noires ouvertes sur des cris assourdissants.

– *LE DERNIER EN BAS EST UN BEUZEU MORT !*

– *MAGNEZ, SOUS-MERDES, PLUS VITE, PLUS VITE !*

– *TENUE CRADE ET COUREZ, TENUE CRADE, PLUS VITE !*

Des lampes-torches balaient l'obscurité, voltigent d'une dormeuse à l'autre, les dévoilent, les aveuglent.

– *TU VAS SORTIR DE LÀ, BEUZEUTE ?*

Lundi, 1 h 32

Un cri plus aigu que les autres : Laure tousse, écarquille les yeux pour distinguer sa camarade de chambre à travers la fumée et le plâtre. Leila l'Algérienne a l'air terrifié. Plus que ça. Elle est agitée de soubresauts frénétiques. Une crise d'épilepsie ?

Elle semble sortir d'un cauchemar pour se noyer dans un autre.

Que faire ? Que dire ? L'aider ?

Elle ne va vraiment pas bien. Fais quelque chose, Laure.

Mais quoi ?

Elle-même n'en mène pas large. Le vacarme qui fait ployer les murs déferle sur Laure, dense, impérieux. Elle n'arrive pas à réfléchir. Son cerveau ne répond plus.

– *BAISSE LA TÊTE, SALOPE, VITE !*

Ta « tenue crade », Laure, dépêche-toi, trouve-la, enfile-la, où l'as-tu posée, où est-elle…

– *PLUS BAS LA TÊTE !*

– *REGARDE PAS AUTOUR DE TOI !*

– *MAGNE, BORDEL !*

– *TENUE CRAAAAAAAAADE !!!*

On la secoue sans ménagement. Mais ce n'est rien à côté de la pauvre Leila qu'elle voit du coin de l'œil, toujours abritée sous son lit, harcelée par des bizuteurs impatients. Laure a envie de hurler : « Laissez-la ! Mais laissez-la tranquille ! Vous ne voyez pas dans quel état elle est ? »

Elle n'en fait rien, trop désorientée, trop apeurée pour voler au secours des autres.

Trop lâche, Laure, tu es lâche, pas la peine de te voiler la face. Ta tenue crade, allez, chacun pour soi... Vite, je me souviens, la fenêtre, les vêtements sentaient trop fort, on les a mis dehors, le rebord de la fenêtre, elle est là, oh, l'odeur, et puis elle est mouillée, froide, la rosée est glacée, désolée, Leila, je sauve ma peau, j'espère que ça va aller pour toi...

– *TU VAS TE RENDORMIR, BEUZEUTE ?* lui crache-t-on à l'oreille. *PLUS VITE, BOUGE-TOI LE CUL, JE SENS QUE TU VAS ÊTRE LA DERNIÈRE...*

– *SI C'EST LE CAS ON VA BIEN S'OCCUPER DE TOI, FAIS-NOUS CONFIANCE...*

Il y a de plus en plus de monde dans la pièce ; les détonations cèdent le pas à un brouhaha indistinct ; tête baissée, yeux rivés à terre, entre deux contorsions qui doivent lui permettre de passer son sweat humide, Laure aperçoit des chaussures de ville au milieu des rangers menaçants. Des 3/2 ?

En tout cas, ce sont bien des bizuteurs qui continuent de glapir leur sifflement furieux aux tympans de la jeune fille :

– *MAGNE, BEUZEUTE, TU PRENDS RACINE !*

Des remugles âpres et piquants la suffoquent ; ses habits poisseux lui collent à la peau.

Puis la chambre se vide ; ne restent qu'elle et deux personnages grimés, un garçon, une fille qui lui agrippe l'épaule. Leila est déjà partie. Pourtant, sa tenue crade est encore sur le rebord de la fenêtre. Où a-t-elle disparu ?

Le vacarme s'apaise, se résume à quelques déflagrations et beuglements épars qu'on entend s'éloigner le long du couloir.

Une jambe en l'air pendant que l'autre essaie de s'introduire dans le pantalon visqueux, la jeune fille trébuche, réitère sa tentative ; on la pousse, nouvel échec, les bizuteurs font tout pour qu'elle ne parvienne pas à finir de s'habiller.

– *TES GODASSES, SOUS-MERDE, TES GROLLES, MAGNE, PAPA ET MAMAN NE T'ONT PAS APPRIS À T'HABILLER TOUTE SEULE ?*

Ça y est, le pantalon remonte le long de ses jambes hérissées de chair de poule. Laure ferme les boutons, attrape une chaussure sur le rebord de la fenêtre, l'enfile, commence à la lacer fébrilement.

Au bruit qui meurt, à la fumée qui se dissipe, à la poussière de plâtre qui retombe au sol avec paresse, elle pressent que le couloir, les chambres voisines ont été désertés. Elle sera la dernière, c'est sûr.

Un choc. Du verre brisé. Un cri. Long hurlement de terreur et de désespoir.

Laure sursaute. Un autre bizut se trouve donc encore là, à quelques chambrées de la sienne. Mais que lui arrive-t-il ? Pas le temps d'y penser : même si elle n'est plus la seule, Laure fait toujours partie des retardataires. Il va lui en cuire.

Elle se penche à la fenêtre pour repêcher sa deuxième chaussure…

Elle se fige.

En bas, un corps est recroquevillé sur les pavés de la cour d'honneur. Sa tête forme avec son cou un angle éloquent : cervicales brisées.

Martin ! – Non, il ne s'agit pas de lui. La silhouette est trop petite, fluette.

Le regard de Laure remonte le bâtiment Saint-François-Xavier, un vaste U de vieille pierre qui embrasse la cour d'honneur ; elle observe les fenêtres situées face à la sienne. Dans l'aile Ouest, dévolue aux bizuts, au troisième étage, domaine des Euclide, des tessons acérés s'agrippent encore à une croisée dont la vitre a volé en éclats.

Un élève de sa classe – ou une élève, comme pourrait le suggérer sa complexion fragile – a été jeté dans le vide.

Il fallait s'y attendre. Démonstration de virilité, déferlement de violence, déchaînement de stupidité : les intellos recalés à leurs concours et qui croyaient s'en consoler en tourmentant les nouveaux sont allés trop loin.

Le bizutage a dérapé.

Lundi, 1 h 45

– Merde ! Oh putain, merde ! Qu'est-ce qui s'est passé ? Qui est-ce qui a…

La cagoule s'exprime d'une voix enfin humaine.

– On descend !

Les deux bizuteurs disparaissent dans le couloir, laissant Laure lacer ses baskets. Le choc et la fatigue la font chanceler. Sa main tremble. Quelques frissons, un nœud approximatif, et elle se précipite à la suite de ses aînés.

Dans le couloir, seuls le faisceau de la torche et, à chaque extrémité, le halo verdâtre signalant les issues de secours percent les ténèbres. Une clarté fugitive, tout au bout : Laure croit apercevoir un dos qui la précède et s'engouffre entre deux battants coupe-feu. Qui était-ce ? Elle a trop de retard sur les bizuteurs pour qu'il s'agisse de l'un d'eux. Elle remonte le bâtiment en courant, s'engage à son tour dans l'escalier. Une porte claque au loin. Aucun autre bruit. Ce silence n'a rien de serein – sa texture suggère plutôt l'hébétude d'un champ de bataille abandonné, encore fumant. Deuxième étage. Premier. Laure dévale les marches quatre à quatre, rattrape la bizuteuse semée par son camarade ; les pas des deux filles martèlent le marbre, résonnent à l'infini. Rez-de-chaussée, palier, et c'est le lourd panneau de bois demeuré entrouvert.

La fraîcheur de la nuit assaille Laure. Un corps se jette en travers de sa course. Elle le percute avec violence.

– *STOP ! ON NE PASSE PAS !*

Souffle coupé, oreilles bourdonnantes, Laure est ceinturée en un clin d'œil. Elle pense reconnaître le crétin encagoulé qui se trouvait dans sa chambre quelques minutes plus tôt. Il s'est déjà repris, retrouvant son hurlement sifflé de « Bizuteur Officiel ».

– Qu'est-ce qui se passe ? interroge la bizuteuse qui débouche dans la cour d'honneur en haletant.

– *Rien du tout. Le proviseur a la situation en main.*

En effet, à une dizaine de mètres de là, à côté du corps inerte, un homme d'un certain âge est déjà agenouillé et pratique avec assurance les deux insufflations préalables au massage cardiaque. Une autorité lucide émane de sa personne.

– Laissez-moi y aller ! Je suis secouriste !

– *TA GUEULE, BEUZEUTE ! ON TE RACCOMPAGNE DANS LES RANGS !*

– Mais si elle dit qu'elle peut…, proteste sa camarade.

– *Ordre de de La Louvière. Elle ne se mêle pas de ça, elle retourne avec les autres. AVANCE, GODICHE ! PLUS VITE !*

Laure remarque ce qui doit être un téléphone portable, par terre, à quelques centimètres du proviseur. L'alerte a vraisemblablement été donnée. Puis une bourrade lui coupe le souffle ; le bizuteur la saisit par la nuque et la contraint à avancer.

– *BAISSE LA TÊTE, BEUZEUTE, POUR QUOI TU TE PRENDS ?*

– Mais enfin vous ne vous rendez pas compte de…

– *TA GUEULE, J'AI DIT ! MARCHE ! TOUT DROIT ! ET BAISSE LA TÊTE ! PLUS BAS !*

Une nouvelle poussée manque de peu la faire rouler à terre. La bizute se laisse écarter du théâtre du drame. Incrédule. A-t-elle sous-estimé la folie de Sainte-Thérèse ?

Solidement encadrée par ses aînés, Laure plonge dans l'obscurité qui s'épaissit à mesure que s'éloignent les lumières de la cour d'honneur. Le trio fend les ténèbres, longe un bâtiment. À peine l'angle tourné, il est accueilli par des projecteurs aveuglants. Leurs faisceaux exposent avec impudeur une scène infiniment plus impressionnante que celle qu'elle vient de quitter – même si, à quelques centaines de mètres de là, c'est bien un adolescent mort, ou très mal en point, qui gît sur les pavés.

Un petit bois et un mur haut de quatre mètres isolent le parc du monde extérieur. Là-bas, dans la rue, un passant attardé sous les arbres de la promenade ne pourrait rien voir, rien entendre de ce qui se déroule dans l'enceinte de Sainte-Thérèse. Ici, pourtant, la réalité frappe de plein fouet. Les projecteurs agressifs révèlent des grappes nauséabondes de bizuts empêtrés dans les ordres de leurs bourreaux ; une classe parcourt le Rio Crade jonché de gravillons et de détritus ; au milieu du terrain de football, une autre courbe l'échine sous une grêle d'insultes ; une troisième répète, face à une statue de la Vierge, une sorte de salut militaire à la gloire des persécuteurs ; plus loin dans la pénombre, des voix harassées entonnent sans le comprendre un hymne à l'établissement, mélange d'obscénités et de blagues de potaches ; sous les poteaux de rugby, plusieurs bizuts écarquillent les yeux devant un camarade qui broute l'herbe, à quatre pattes.

Laure repère la Prépa Euclide, dont les nouveaux membres pompent sous le regard des anciens. Une dernière impulsion – *AVANCE, BEUZEUTE, TU VAS PRENDRE RACINE !* et elle atterrit dans la rosée, au milieu de ses congénères à plat ventre. Le troupeau souffle sur elle son haleine méphitique.

– *VOILÀ CELLE QUE NOUS ATTENDIONS TOUS !* annonce l'hercule au crâne rasé qui sert de meneur. Un rictus cruel découvre ses dents gâtées : *ON EST EN RETARD, GODICHE ? ON A BESOIN D'APPRENDRE À SE DÉPÊCHER ?*

– *VINGT-SEPT : MERCI GODICHE D'ÊTRE EN RETARD !*

Cinquante bizuts dociles poussent sur leurs bras en gémissant à l'unisson :

– Merci Godiche d'être en retard !

– *VINGT-HUIT : MERCI GODICHE D'ÊTRE EN RETARD !*

– Merci Godiche d'être en retard !

– *VOUS POUVEZ VOUS RELEVER, LES BEUZEUS : VOTRE P'TITE CO EST ARRIVÉE. ELLE EN A MIS DU TEMPS, HEIN ?*

– *EH OUI, GODICHE, C'EST LE PRINCIPE DE LA CORESPONSABILITÉ OU ENCORE « ESPRIT CO » : CHAQUE FOIS QUE L'UN D'ENTRE VOUS FAIT UNE BÊTISE, C'EST TOUT LE GROUPE QUI TRINQUE. UN RETARD, ET TES COS SE TAPENT TRENTE POMPES PAR TA FAUTE. C'EST COMME ÇA QU'ON APPREND LA SOLIDARITÉ. BON, ON VA POUVOIR CONTINUER L'APPEL...*

Imbécile ! Attends un peu de savoir que vos conneries ont entraîné la mort d'un élève, tu rigoleras moins.

En effet, les deux énergumènes qui ont accompagné Laure depuis le bâtiment Saint-François-Xavier et viennent de la propulser dans le rang tirent leur chef par la manche. Bref conciliabule. Éclats de voix. Laure regrette de ne pouvoir regarder le CDBIG, qui doit être en train de changer de couleur.

– *JE REVIENS TOUT DE SUITE. FAITES-LEUR FAIRE UN RIO CRADE...*

La montagne de muscles tourne les talons et s'éloigne du groupe à la hâte. Laure se surprend à se réjouir du drame : il va forcément mettre fin à cette démence. Dans les minutes qui suivent, tous ces hystériques n'auront plus qu'à aller se rhabiller. Quant à celui qui a fait basculer un bizut par la fenêtre de sa chambre, il va devoir répondre de ses actes.

Les bizuteurs se mettent à aboyer des ordres :

– *RIO CRADE, BEUZEUS !*

– *SUIVEZ-MOI ! LES BEUZEUTES EN PREMIER !*

– *LES BEUZEUTES !*

– *GODICHE, DEVANT ! ET LES AUTRES ENSUITE !*

– *IL EN MANQUE, BORDEL !*

– *LES BEUZEUTES ! DEVANT, VITE !*

– *PUTAIN, OÙ EST MEHENNI ? LE CDBIG N'A PAS FINI L'APPEL...*

– *MEHENNI ?*

Palabres entre les bizuteurs, puis le sujet est clos.

– *À PLAT VENTRE, BEUZEUS !*

– *RIO CRADE !*

Le sang abandonne le visage de Laure. Mehenni. Leila Mehenni. Sa camarade de chambre, terrifiée par le réveil nocturne, privée de ses moyens, paralysée, emportée de force par des furies... La punition qu'elles ont voulu lui faire subir, puis ce cri, ce corps malingre au milieu de la cour d'honneur, le directeur penché au-dessus, et plus rien – juste Leila qui manque à l'appel.

La honte fond sur Laure.

Autant qu'elle a cru la désirer tout à l'heure, la jeune fille appréhende l'annonce que le CDBIG va bientôt effectuer : la mort de Leila, l'arrêt des hostilités, la police qui arrive, l'enquête… Car elle officialisera la tragédie, le décès de Leila, la lâcheté de Laure qui ne l'a pas aidée.

L'attente s'éternise.

Et puis c'est la stupeur. Le CDBIG regagne son poste et le bizutage se poursuit.

Imperturbable.

Laure ne peut pas y croire.

Cette initiation stupide, dangereuse, dont on vient d'avoir la preuve qu'elle se prête si bien au dérapage, va-t-elle continuer comme si de rien n'était ? Où sont les gyrophares de l'ambulance, les voitures de gendarmerie ?

Reste-t-il un espoir, un espoir bien mince, que la jeune fille se trompe ? Qu'elle ait rêvé cet épisode ? Qu'il ne s'agisse pas de Leila ? Qu'elle ne soit que blessée ?

Rio Crade dans la nuit froide. En hypoglycémie, réveillée dans son premier sommeil, transie, les muscles tétanisés, Laure essaie de se remémorer le visage de Leila. Mais il s'estompe déjà… Pardon, Leila… Pardon… Je suis si lâche… Mais pourquoi serait-ce à moi de jouer l'héroïne ?

Lundi, 3 h 10

Dans les ténèbres hurlantes, les exécutions se succèdent. À deux reprises, Laure déclenche l'ire de ses tortionnaires sans même savoir pourquoi.

– *KILLER OFFICIEL ? GODICHE A LEVÉ LA TÊTE. EXÉCUTEZ-LA !*

La jeune fille chancelante est traînée aux pieds du bourreau, sommée d'embrasser un porc qui commence à se décomposer, gratifiée de quelques obscénités, ramenée dans les rangs le cœur au bord des lèvres. Peu de temps s'écoule avant l'alerte suivante :

– *KILLER OFFICIEL ? GODICHE A UNE PETITE FAIBLESSE... OCCUPEZ-VOUS D'ELLE ET SOIGNEZ-LA BIEN !*

Et la fête continue.

Les sanctions pleuvent, les injures grêlent. On rampe, on pompe, on grimpe, on tombe... Les bizuts tremblent, les bizutes sanglotent, les yeux pleurent, les nez coulent, les tympans vibrent douloureusement dans le vacarme, les bouches se ferment sur des matières immondes. Un garçon s'effondre dans un soupir. Ne se relève pas. On l'évacue. Murmures fébriles :

– Il te reste des sucres ?

– Fais-le boire !

– Vachement utile, il est évanoui.

– Merde, il n'y a plus de couvertures…

– *VOS GUEULES LES 3/2 !*

Laure surprend parfois ces bribes de conversation, quand elles se rapprochent un instant. À elle de boucher les trous, de compléter, de se figurer les images qui vont avec les sons, les voix, les odeurs, les mouvements de foule. Elle s'y essaie désespérément. Comprendre qui est qui, qui est où, qui joue quel rôle, lui paraît essentiel. Car parmi ces méprisables brutes, il y a un assassin. Enfin peut-être. Et peut-être pas.

Laure doit savoir.

Ignorant la morsure des coquilles d'œufs et des arêtes de poisson qu'on vient d'enfourner sous son sweat, elle s'efforce de réfléchir.

Le mystère que les bizuteurs préservent en isolant les bizuts les uns des autres, en les rendant aveugles et sourds, est la source de leur puissance. Au grand jour, leurs grimages ne tiendraient pas la route bien longtemps. Ces mômes déguisés n'impressionneraient personne. Oui, si Laure pouvait les voir, les repérer, les distinguer les uns des autres, détailler leurs traits, se plonger dans leurs regards, elle aurait ce qu'il lui faut pour se distancier de cette mascarade. Et surtout se forger une opinion plus juste quant aux questions cruciales : l'un d'entre eux a-t-il, oui ou non, défenestré Leila ? L'a-t-il fait exprès ? En est-elle morte ?

Coup de sifflet. Par réflexe, Laure lève la tête. Que se passe-t-il ? Elle était noyée dans ses pensées.

Vite, vite, ils partent tous en courant, c'était le signal du départ, c'est fini pour cette nuit, vite, sauve-toi, cours, cours vers ta chambre, tu vas rester à la traîne… Laure amorce elle aussi une fuite éperdue, pas question de se retrouver en arrière, pas question d'être confrontée à ces fous dangereux, pas question, surtout depuis qu'elle sait ce dont ils sont capables, ce dont l'un d'eux au moins s'est rendu coupable. Laure continue de détaler, ne cherche même pas Martin du regard, il est devant, il est avec les garçons, plus rapides, plus sportifs, moins épuisés que les filles.

Ne compte pas sur lui…

Les bizuts volent à travers le parc, bifurquent après le pavillon Saint-Ignace, longent un préau, atteignent la cour d'honneur dont la vue fait s'emballer le cœur de Laure, s'engouffrent dans Saint-François-Xavier, des escaliers, une porte, une autre, ça y est, ils sont chez eux…

Ils s'arrêtent. Apocalypse : le couloir est jonché de lits transportés là en leur absence, draps et couvertures jetés pêle-mêle par terre, roulés en boule, les effets personnels en vrac au petit bonheur.

Un garçon s'approche d'une pile sur laquelle il vient d'identifier un objet qui lui appartient. Il se penche, ronchonne, fourrage au milieu du désordre et en extirpe une photo dans son cadre brisé. Il pousse une sorte de sanglot, sec comme le frottement d'un galet contre un autre. Sous la boue, la pourriture et les détritus séchés qui se craquellent sur son visage, elle reconnaît à peine Franck Loubat – ce boute-en-train dynamique, optimiste, nommé délégué de classe par les deuxième année lors du week-end d'intégration. Son sanglot se prolonge en un brame déchirant. Cri rauque et pitoyable. Choquant.

Pourtant, nul ne réagit à la détresse de cet adolescent livré à lui-même. Franck, leur « Père Bizut », n'est plus qu'un parmi tant d'autres ; on ne peut rien pour lui, il ne peut rien pour nous, et le cri qu'il lance, tous le sentent monter dans leur propre gorge. C'est trop : la fatigue, la honte, la peur…

Et le découragement – ce n'est pas l'heure d'aller au lit. Il va falloir se doucher d'abord pour ne pas tout contaminer, puis ranger, dans leurs nouvelles chambres respectives : au-dessus des portes, les étiquettes indiquant les noms des occupants ont été interverties.

Laure aperçoit Martin au loin ; sous une couche d'ordures, il a le teint gris. Un air déconfit et haineux, combinaison insolite qu'elle ne lui connaissait pas. Elle ne peut se résoudre à aller lui parler. Il est déjà occupé à porter un sommier avec un condisciple qui a sollicité son aide. Et puis, veut-il vraiment la voir ? Veut-elle vraiment le voir ? Ce garçon qu'elle aime et qui ne ressemble plus à rien… Ce brillant intello qui l'a traînée ici en prétendant que le bizutage était une tradition bon enfant… Que se diraient-ils ?

Allons, Laure, va donc te coucher puisque – oh bonheur, oui, il y a des bonheurs simples – les bizuteurs n'ont pas touché aux affaires des filles, n'ont pas déménagé leurs matelas, n'ont pas permuté leurs chambres. Ils ne se sont pas autorisés à mettre leur nez dans les armoires de ces demoiselles. Peur d'y dénicher une petite culotte ou une serviette hygiénique ?

Profitons-en.

Va sous la douche, Laure, et puis au lit. Essaie de dérober à la nuit le sommeil qu'elle peut encore t'offrir. Ne pense pas à ta camarade et au vide qu'elle laisse dans votre chambre ; que pourrais-tu y faire ? Demain, tu verras plus clair.

Je t'aime, Martin.

Mais je t'aimerai mieux à distance, pour cette fois.

Dans la pénombre, le souffle de Martin. Le crissement des grillons qui se répondent sous la pinède. La mer continue d'aller et venir à quelques mètres du campement. La toile de tente respire au rythme des rafales – le vent est à peine tombé depuis l'après-midi, quand les catamarans volaient sur les vagues.

De l'autre tente s'échappent des ronflements virils : Laure est, comme d'habitude, la seule fille de l'équipée.

Son cœur n'a cessé de battre à lui faire mal depuis que Yannick a attribué aux adolescents leur couchage pour la nuit.

– On laisse la canadienne à Laure ? Non, on ne pourra pas tenir à six dans l'igloo. (Il a ri :) Un volontaire pour partager les pénates de la demoiselle ? Tiens, Martin, à toi l'honneur !

Comme un fait exprès, se dit la jeune fille depuis qu'elle s'est faufilée dans son sac de couchage. Yannick a-t-il deviné quelque chose ? Veut-il jouer les entremetteurs ?

À quoi bon ? Qu'est-ce que je m'imagine ?

Le garçon a vite plongé dans le sommeil. Trop vite au gré de Laure.

Dehors, un lapin détale à travers la broussaille. Puis c'est de nouveau le silence, ce silence de la nuit si bruyant en forêt.

Laure ne peut pas dormir.

La lune est pleine et sa clarté pénètre sous l'abri qu'elle partage avec Martin. Son corps trop proche, ses mouvements engourdis, sa respiration. Sa chaleur. Trop d'intimité. Tentation. Torture. Laure se redresse, prend appui sur son coude. Voler à l'homme qu'elle aime quelques images de son visage offert. Sans défense, ainsi inconscient, il est encore plus beau.

Il soupire. Adrénaline : ne pas le réveiller. Ne pas être surprise à l'observer. Fausse alerte : la respiration qui soulève son torse nu retrouve sa régularité. Laure reprend sa contemplation avec une intensité douloureuse. À s'en brûler les pupilles.

Un autre soupir. Les paupières de Martin s'ouvrent d'un coup.

Sans avoir besoin de les chercher, ses prunelles s'accrochent à celles de la jeune fille. Dans son regard, nulle surprise.

Laure n'a pas eu le temps de reculer dans l'ombre. Prise en flagrant délit.

Les deux jeunes gens se dévisagent.

Le cœur de Laure tambourine dans sa poitrine – Martin a l'air apaisé.

Il lui sourit. Un peu. Plus largement. Elle lui rend son sourire. Peurs, espoirs, regrets s'entrechoquent dans sa gorge. La main de Martin s'avance vers son visage, l'effleure avec la douceur déterminée d'un prêtre qui donne l'absolution.

Il sait que je l'aime, et il me pardonne, pense-t-elle en un éclair. Elle n'ose esquisser le moindre geste. Ne pas briser la magie de l'instant.

Martin pose sa main sur la nuque de Laure et l'attire à lui. D'abord incrédule, elle se laisse mener par la poigne de l'adolescent. Leurs bouches se rencontrent. Leurs lèvres se confondent.

Et la nuit se déroule, lente et fugitive, dans la ferveur de leurs corps emmêlés. Laure s'enivre de l'odeur et du goût de Martin ; peau rugueuse, joues râpeuses, savon, lessive, sueur, sel, bribes d'océan, souvenirs de bourrasques...

La clarté de la lune s'estompe, la nature frémit ; l'aube point.

– Alors c'est vrai ? chuchote le jeune homme.

Laure le comprend à demi-mot.

– Oui, confesse-t-elle. Je t'aime.

– Yannick avait raison, alors. Et moi qui ne me doutais de rien...

Hésitation.

– Être la meilleure copine, c'était déjà pas mal. J'avais peur que... (Sa voix se brise.)

– Tu as dû être malheureuse, pendant tout ce temps.

La jeune fille hausse les épaules. Martin la dévisage de nouveau.

– Pourquoi ne penses-tu qu'aux autres ? Tom, ta mère, les mômes en difficulté, les pauvres, les malades... et toi dans tout ça ?

– Ne compare pas. Pour eux, c'est vrai, j'en fais sûrement un peu trop. Mais toi, c'est différent.

Martin serre sa main.

– Je suis comblé d'être aimé par une fille comme toi.

– Je ne veux pas de charité.

– Je le pense, Laure.

À côté, dans l'igloo où dorment leurs amis, un ronflement plus sonore que les autres s'achève dans une explosion cocasse.

Les deux amoureux pouffent de rire. Martin tente sans succès de réprimer les soubresauts qui l'agitent.

Laure, elle, force un peu la bonne humeur.

Il a dit qu'il est comblé. Abandonne-toi à cette joie. Surmonte tes doutes.

Pas facile de croire au bonheur.

Lundi, 8 heures

Courir, encore, toujours. En groupe. Courir pour ne pas être en retard à une séance de bizutage, courir pour ne pas y rester le dernier, courir, à présent, pour être admis en classe. Les 3/2 ont prévenu :

– Une minute de retard, une seule, et le prof vous refusera. Dans ce cas, les bizuteurs auront toute la journée pour s'occuper de vous personnellement…

Course effrénée. Où trouver le temps de réfléchir ? Où puiser le courage de tenter une action – rébellion, fuite, plainte à la police ? Laure court de toutes ses forces ; son cœur qui cogne dans ses tempes fait écho à la foulée des bizuts.

Ils ont été tirés de sous leurs lits à cinq heures et demie pour ce qui leur a semblé une troisième nuit de bizutage. Trois nuits en une. Qui a dit que le temps passe vite ?

À son réveil, Laure n'avait d'yeux que pour les couvertures abandonnées de Leila. Leila qu'elle ne peut s'empêcher de croire morte. C'était bien elle qui gisait brisée au pied du bâtiment Saint-François-Xavier cette nuit. Bien elle, la bizute terrifiée partie entre deux bizuteurs et qui n'est plus jamais reparue. Que faire ? À qui demander de l'aide ? À qui raconter l'enfer que les nouveaux élèves de Sainte-Thérèse sont en train de subir ?

Laure n'a rien dit, rien fait, elle s'est seulement intégrée, le plus discrètement possible, à l'agglomérat des bizuts ensommeillés.

De nouveau les aînés ont bousculé, maltraité, éreinté, exécuté les jeunes recrues dans une aube glaciale. Un petit déjeuner en tenue crade que, malgré leur dégoût, ils ont essayé d'ingurgiter : ils se doutent que la journée sera longue. Dernières minutes de bizutage, une éternité, et c'est le retour au dortoir, les lits des garçons encore déménagés, les affaires à ranger dans les chambres interverties, la queue pour le décrassage – ils se douchent à présent à deux ou trois pour aller plus vite – puis c'est encore la course, la cavalcade, la bousculade…

Enfin ! Ils sont arrivés.

Le troupeau s'arrête. SUP 1, voient-ils gravé en lettres enluminées sur une porte de bois massif. Leur salle de classe. C'est chez eux. Ils découvrent un monde poussiéreux, familier, qui sent l'encre et la craie, une forêt de pupitres et de sièges en amphithéâtre, un tableau noir qui a vu des jours meilleurs, un professeur impatient et un peu austère mais tellement normal, tellement conforme à ce que ces jeunes gens connaissent depuis des années, à l'univers dans lequel ils ont toujours évolué comme des poissons dans l'eau. Quel décalage : c'est pour cela qu'ils sont venus, pas pour ramper dans la boue, transis de terreur.

Laure franchit la porte, balaie la salle du regard pour

une dernière vérification. Leila est absente. Nouvelle bouffée d'adrénaline. Elle aurait tant voulu s'être trompée…

Elle cherche Martin des yeux. Le trouve. Tous deux se dévisagent un instant. Se sourient. Rictus pâle et forcé. Malgré la gravité de la situation, Laure voudrait dire à son ami qu'elle ne lui reproche rien.

– Ce n'est pas ta faute, articule-t-elle en silence.

Les prunelles du garçon battent en retraite. Elle s'approche de lui, s'assied à ses côtés.

Qu'il est meurtri, pense Laure. Qu'il a mal. Et que je l'aime…

– Nous allons commencer, entame l'enseignant. Vous avez lu votre emploi du temps, vous savez que je suis votre professeur principal, je vous dispenserai quelques rudiments de mathématiques douze heures par semaine, ceux qui voudront faire des vraies mathématiques un jour devront intégrer Normale Sup. Mon nom est Michel Vignaud, poursuit-il sans respirer, au niveau fournitures je vous conseille copies grand format et gros classeurs d'archivage, vous écrirez trois à quatre mille pages dans ma seule matière cette année, nous n'avons pas de temps à perdre, le premier chapitre d'algèbre porte sur les propriétés des espaces de dimensions finie et infinie, veuillez noter…

Michel Vignaud se retourne vers le tableau et entreprend de l'égratigner d'une craie nerveuse.

– Martin, il faut que je te parle…, murmure Laure en se penchant vers celui dont, pour la première fois, elle ne reconnaît pas le parfum. Il s'est passé une chose terrible cette nuit.

L'interpellé hausse un sourcil poliment interrogateur.

Mais Laure sent qu'il n'est pas là, il est loin, bien loin d'elle.

– Tu vois qui est Leila Mehenni ? Je partage ma chambre avec elle.

– Euh… La Tunisienne ?

– Non, Leila, c'est l'Algérienne, elle…

– Monsieur, mademoiselle, je vous dérange ? Si vous n'êtes pas passionnés par la définition des corps et des sur-corps, vous risquez de trouver l'année un peu fade !

– Euh, pardon, monsieur… continuez, gaffe Martin, mal réveillé.

– Vous êtes bien aimable. Puisque votre camarade y consent, nous allons donc approfondir cette notion de matrice non inversible.

Laure se mord les lèvres. Quand, mais quand donc lui fichera-t-on la paix ? Les bizuteurs les harcèlent, les profs les surveillent comme le lait sur le feu. Elle qui est si jalouse de son indépendance, de son intimité… elle qui a tant besoin de parler à Martin… Elle abandonne le chuchotement pour un simple souffle :

– Je crois que Leila est morte. Ils l'ont fait basculer par la fenêtre cette nuit. Le directeur est au courant mais il camoufle l'accident.

– Quoi ? Ils sont allés jusqu'à…

Martin a presque crié. Ses traits engourdis se raniment, des sillons d'effroi creusent son visage.

– Tous les deux ! Ça commence à bien faire ! Si vous n'appréciez pas mon cours, laissez au moins les autres en profiter ! Jeune homme, il y a une place libre au dernier rang. La prochaine fois, c'est la porte.

– Oui, monsieur… merci, monsieur, ajoute Martin, réalisant sans doute les conséquences qu'une expulsion aurait eues pour lui.

Il se lève, rassemble ses affaires et monte pesamment les marches de bois sur lesquelles sont répartis les pupitres. Laure voudrait crier à Martin de rester à ses côtés, au professeur de l'écouter, monsieur, une élève est morte, Leila, une Algérienne fragile, timide, et pourtant l'élite de son pays, on l'a tuée cette nuit, il faut prévenir la police !!!!

Elle se sent devenir folle. Ses pensées émergent puis disparaissent dans le magma de son cerveau d'ordinaire si rapide, elles s'amalgament entre elles, s'entrelacent, se neutralisent les unes les autres. Impossible de se concentrer.

Se confier au professeur ? Elle imagine déjà la réaction de ce mauvais coucheur. Incrédule. Moqueuse. Eh bien mademoiselle, si vous êtes dans cette disposition d'esprit, il vaut mieux pour tout le monde que vous alliez vous calmer dehors. Vous aurez votre place parmi nous quand vous serez revenue à de plus justes conceptions des mathématiques.

Ça, elle ne le veut pas. Pour rien au monde. Se retrouver seule à arpenter les couloirs de l'école, au risque de tomber nez à nez avec des 5/2 – avec le ou les meurtriers… Non, c'est hors de question.

Elle ravale son appel au secours, essaie de copier les lignes qui dansent au tableau. Mais les pensées bataillent sous son crâne. Est-il possible que Leila se soit prêtée à une mise en scène, sur l'ordre des bizuteurs, pour faire peur à ses condisciples ? L'angle étrange formé par sa tête avec le reste du corps aurait été dû à une illusion d'optique…

Non, Laure. Ne te cache pas la vérité.

Lundi, 9 h 45

Les bizuts somnolent. Le calme, enfin. La voix du professeur, qui traite d'inoffensifs espaces vectoriels, est seule à troubler la quiétude de la salle. Les élèves écrivent sans enthousiasme, sur des copies vite maculées de taches huileuses – les peaux sont grasses, les cheveux mal essuyés gouttent sur les pupitres. Pour beaucoup, c'est la première fois qu'ils ne suivent pas une leçon avec attention, préférant se reposer des épreuves de la nuit.

Laure ronge son frein, tiraillée entre peur, incrédulité et sens du devoir.

Vacarme. La porte s'ouvre dans un coup de tonnerre.

Sursauts. Réveils paniqués. Précédés de leurs glapissements éraillés et de la puanteur qui commence à les imprégner eux aussi, silhouettes menaçantes, visages patibulaires, déguisements néonazis et battes de base-ball jaillissent dans la pièce. Michel Vignaud jette un œil aux 5/2 puis à sa montre, adresse à ses élèves une grimace agacée pour leur faire comprendre qu'ils dilapident un temps précieux en frivolités. Puis il tourne les talons et déserte la pièce. Laure est estomaquée. Les anciens ont donc tous les droits ? Ils peuvent mettre les professeurs à la porte sans même que ceux-ci protestent ?

C'est tellement logique : les bizuteurs sont couverts par le proviseur en personne ; ils poursuivent imperturbablement leurs activités illégales après un accident mortel ; pourquoi se soumettraient-ils au diktat des emplois du temps ?

Le chaos s'installe : insultes, injonctions, aboiements, les anciens malmènent leurs souffre-douleur. Mais l'ordre de courir revêtir les tenues crades ne vient pas. Les élèves demeurent assis dans la classe, la tête contre leur table qui tressaute sous les coups de battes, à endurer les humiliations, à mâcher sous étroite surveillance des poignées de croquettes pour chien. Discours stupides, croquettes, slogans imbéciles, croquettes, chansons obscènes, questionnaires avilissants, croquettes, et la séance éclair de bizutage laisse place au cours suivant : le créneau qui aurait dû être dévolu à la récréation a été bien rempli.

Un enseignant rondouillard occupe à présent la scène, sous les yeux désorientés des bizuts. Ceux-ci se redressent, se rajustent, lissent leur chevelure ébouriffée. Le rouge monte aux joues de Laure. Quelle honte de se montrer ainsi sous les traits d'une loque soumise.

Elle déchiffre les inscriptions qui, au tableau, ont remplacé les théorèmes : « Nous sommes des sous-merdes, nous sommes des sous-merdes, nous sommes des sous-merdes… »

Elle se sent tellement souillée, noyée dans ce groupe indigne, elle voudrait se lever, crier au professeur ce n'est pas moi, moi je ne suis pas d'accord, ils m'obligent à obéir, ils sont plus terribles que vous ne le pensez, si vous saviez qui je suis, ce que vous voyez là, au milieu de ces couards anonymes, vêtements gras, cheveux puants, ce n'est pas moi… Moi je m'appelle Laure Godin, je suis généreuse, intelligente, courageuse, je connais de l'existence des choses que vous ne soupçonnez pas, je m'appelle Laure Godin et j'ai élevé mon frère, soutenu ma mère, remplacé mon père, j'ai aidé des enfants, des malades, regardez-moi, je n'ai rien à faire ici, je m'appelle Laure Godin et je suis amoureuse…

Ta gueule, Laure. Pauvre marionnette stupide, tu n'es rien, tu ne vaux pas mieux que les autres si tu ne sais pas plus qu'eux te rebeller devant une bande de gamins déguisés en durs-à-cuire.

Elle détourne son regard suppliant du petit homme fripé qui, sur l'estrade, toussote et lance un sourire timide :

– Jean-Yves Poirier, bonjour. Ravi de faire votre connaissance. Je vous accompagnerai neuf heures par semaine, tout au long de cette année passionnante. Avant d'entrer dans le vif du sujet et de commencer notre premier cours de sciences physiques, nous allons prendre le temps de mettre un nom sur le visage de chacun. Où est la liste… Ah, voilà… Eric Ackerman ?

Les patronymes défilent. Une fois de plus, seule Leila ne répond pas.

Laure devrait se lever, interpeller ce professeur plus sympathique que le précédent, le sommer d'aller chercher de l'aide… Elle hésite. Tout le monde est complice. Si elle s'oppose à ce complot meurtrier, doit-elle craindre des représailles ? Et si elle se trompait ? Le proviseur, camoufler la mort d'un élève ? De quoi aurait-elle l'air en formulant ses accusations ?

Je suis morte et je n'ai rien appris

Au point où tu en es, tu ne vas pas craindre le ridicule !
La peur du ridicule. La plus mauvaise raison qui soit.
Pourtant Laure se tait. Elle se tait et se hait, conserve pour elle le fardeau de ses doutes.

Lundi, 12 h 30

Comment, à elle seule, la diction contrefaite des bizuteurs parvient-elle à glacer leurs victimes ? Laure se concentre sur le glapissement déroutant : « *BEUZZZZZZZZEUS... VOUS Z'ALLÈÈÈZZZZZZE POMPÈÈÈÈÈZZZZZZZZZE... KSSSSSSSS... KSSSSS... Z'ALLÈÈÈÈÈÈÈÈÈÈZZZZZE POMPÈÈÈÈZZZE TRÈS FORT...* »... Tout en s'époumonant, l'orateur prend le temps de traîner sur les sifflantes ; il appuie, insiste, s'applique à en introduire autant que possible dans son hurlement apparemment anarchique. Le cri monte et descend, passant d'une seconde sur l'autre du grave au suraigu et de l'aigu au rauque jusqu'à ce que la voix se brise à mi-chemin. Rugissement éraillé, braillard. L'effet obtenu est celui d'une démence sinistre.

– *T'ESTÈZZZZZZE PAS DÉJÀ FATIGUÈZZZZZZZZE, TOI ?*

– *KSSSSS... EXÉCUTÈZZZZZE-LE !*

– *BEUZZZZZZZZEUS !* hurle le CDBIG dans son porte-voix. *NOUS ESPÉRONS QUE VOUS NOUS ÊTES RECONNAISSANTS DE VOUS INCULQUER LES VALEURS DE SAINTE-THÉRÈSE. ALORS VOUS AVEZ CERTAINEMENT ENVIE DE NOUS BAISER LES PIEDS.*

ON VA COMMENCER PAR LES MIENS. UN VOLONTAIRE POUR VENIR LÉCHER LA SEMELLE DE MES CHAUSSURES !

Sur le terrain de rugby, pas un bizut ne bronche. Tous retiennent leur respiration. Mauvaise réponse : une tourmente vengeresse s'abat sur eux, cris, avanies, grenades, cornes de brume, vociférations assassines. Exécution générale. Les nouveaux sont insultés, bousculés, sommés de pomper. Les bizuteurs paraissent d'autant plus omniprésents que les victimes réduites à leur vision périphérique ne les voient fondre sur eux qu'à la dernière seconde. Tom, Martin, donnez-moi la force de supporter ces ordures, Ô, Leila, pardonne-moi…

– *TOUS VOLONTAIRES, C'EST COMPRIS ? TOUJOURS !*

Une brute s'assied sur le dos de Laure qui s'effondre.

– *JE RÉCAPITULE. LEÇON NUMÉRO 1, LA CORESPONSABILITÉ : ON S'ENTRAIDE, ON PARTAGE TOUT, ET QUAND L'UN D'ENTRE VOUS FAIT UNE BÊTISE LES CONSÉQUENCES RETOMBENT SUR TOUT LE MONDE ; LEÇON NUMÉRO 2, UN ÉLÈVE DE SAINTE-THÉRÈSE EST MOTIVÉ : QUAND ON DEMANDE UN VOLONTAIRE JE VEUX VOIR TOUT LE MONDE SORTIR DES RANGS EN CRIANT « VOLONTAIRE » !*

– *POMPEZ, BEUZEUS, POUR LAVER VOTRE FAUTE, DIX-NEUF, VINGT, TOUS VOLONTAIRES, RÉPÉTEZ !*

Le crétin assis sur Laure se relève, la laissant pantelante. Elle n'en peut plus. Elle est épuisée. Finie. Elle voudrait faire comme les autres, les filles, et quelques garçons qui se cachent tant bien que mal : fondre en larmes, ne plus résister à cette immense boule qui lui serre la gorge…

Non, ne craque pas devant eux, ils n'attendent que ça. Conserve au moins cette minuscule parcelle de dignité, les yeux secs, Laure, garde les yeux secs. Et la lucidité qui te permettra de sauver ta peau dans cet asile de dingues.

La jeune fille se ressaisit, une pompe, deux, elle retombe, encore, une pompe…

– *DEBOUT !*

– *DEBOUT LES BEUZEUS, MAGNEZ !*

– *ON SE RELÈVE, TIRE-AU-FLANC, BOUGEZ-VOUS, ON N'EST PAS LÀ POUR BRONZER !*

Les bizuts reprennent la position imposée par leurs anciens, tête basse même si la nuque les fait souffrir chaque seconde un peu plus, dos droit, petits doigts sur la couture du pantalon, pieds à quatre-vingt-dix degrés.

Et le CDBIG reprend la parole, de son sifflement caractéristique.

– *J'ESPÈRE QU'UN PEU D'EXERCICE VOUS A RAFRAÎCHI LES IDÉES. MAIS ÇA NE RÉSOUT TOUJOURS PAS MON PROBLÈME : QUI A ENVIE DE VENIR LÉCHER MES GROLLES ? QUI EST VOLONTAIRE ?*

Chacun s'interroge frénétiquement sur la conduite à tenir. Volontaire, oui, c'est ça qu'il faut dire. Mais si mon voisin ne le dit pas ? Quelques marmonnements inaudibles. Un seul cri claque dans la grisaille :

– Volontaire !

Les bizuteurs éclatent en piaillements joyeux :

– *PINE ! PINE EST VOLONTAIRE !*

– *T'ES TOUT SEUL À ÊTRE VOLONTAIRE, BEUZEU !*

Martin… non, pas Martin…

– *TU T'ES BIEN FAIT AVOIR PAR TES P'TITS COS ! ILS N'ONT PAS COMPRIS LA LEÇON SUR LA MOTIVATION !*

– *C'EST BIEN BEUZEU, T'AS COMPRIS, TOI !*

– *MAIS T'ES VRAIMENT TROP CON, EH OUI, C'EST TOI QUI VAS LÉCHER LES SEMELLES DU* CDBIG *!*

– *VIENS ICI !*

Laure ne voit rien, elle imagine le jeune homme à genoux devant ses bizuteurs, qui se penche en espérant que c'est une mauvaise blague, qu'on ne va pas l'obliger à le faire, qu'on va lui dire de regagner les rangs... il approche son visage de la semelle qu'on lui présente, prie certainement pour que l'un de ses tourmenteurs pouffe de rire et mette un terme à son calvaire...

– *BEUZEUS... À MON COUP DE SIFFLET... LEVEZ LA TÊTE !*

Laure obtempère à regret. Ne pas voir ça. Ne pas être complice par son silence. Martin a déjà le nez sur la semelle du CDBIG :

– *VAS-Y, BEUZEU, TU VAS LÉCHER, ELLES ONT BESOIN D'ÊTRE NETTOYÉES, ELLES PUENT !*

– *QUELQUES GRANDS COUPS DE LANGUE, BIEN MOUILLÉS, HEIN, NE SOIS PAS TIMIDE...*

– *ELLES SONT PLEINES DE MERDE, C'EST NOURRISSANT POUR UN BEUZEU, ÇA !*

Ça y est, le jeune homme ouvre la bouche, sort la langue, la passe scrupuleusement sur la semelle de son bourreau, une fois, deux fois, encore, Martin donne son quatrième coup de langue, Laure ferme les yeux, ne pleure pas, ça n'en vaut pas la peine...

– *Rouvre les mirettes, gorette, regarde bien ton chéri ! chuchote-t-on dans son dos.*

– *Tu es fière de lui ? Il est beau, ton héros...*

Martin est toujours là-bas, soumis, vaincu, prêt à tout pour détourner les foudres de ses maîtres sans visage – ces monstres grimés, hurlants et grimaçants, ces nazillons nécrophiles, ces premiers de la classe qui devaient finir P-DG, ministres et archevêques mais qui, entre-temps, ont perdu la raison.

Ne te fais pas remarquer, Laure, tiens bon, ne pleure pas, ne vomis pas, ne craque pas…

Il se met à pleuvoir. Imperceptiblement d'abord. Une bruine agaçante mêle entre eux les ingrédients multicolores, sur les vêtements des bizuts. Elle se transforme bientôt en un crachin glacial qui griffe les cuirs chevelus et dégouline sur les visages inclinés, le long des nez contrits, entre les lèvres pincées. Les tenues crades s'alourdissent de froidure.

Comme si on avait besoin de ça, se dit Laure en frissonnant.

Lundi, 17 h 20

Henri de La Louvière n'a guère changé depuis les années où il étudiait à l'École normale supérieure de la rue d'Ulm. La pomme trop mûre de son visage a juste un peu rougi, molli doucement, avant de se parsemer de rides superficielles. Le frère jésuite qui préside désormais à la destinée de Sainte-Thérèse n'a jamais eu d'âge : à cinquante ans, son œil égrillard et la mèche artificiellement brune qu'il doit balayer sans cesse le rajeunissent alors qu'à vingt ans, il était vieilli par l'expression compassée de futur ecclésiastique qu'il se forçait à arborer.

C'est que, à aucun moment, Henri n'a perdu de vue sa position de benjamin dans l'une de ces familles où le fils aîné reprend l'entreprise paternelle, le suivant s'illustre dans l'armée et le troisième embrasse la religion. Et si une pointe de doute ou de frustration est parfois venue le tarauder, surtout à la fin de l'adolescence, aux soirs de beuverie, il n'a jamais songé se dérober à son destin. Les quelques écarts commis lors de ses jeunes rébellions, tous étouffés grâce à la complicité de camarades au dévouement ambigu dont il jouait à merveille, n'ont pas contrecarré les aspirations parentales.

Aussi, trente ans plus tard, ce frère des écoles chrétiennes et de la compagnie de Jésus règne-t-il depuis une petite décennie sur le fonctionnement du plus prestigieux lycée de France.

– Messieurs les préfets des études, veuillez vous asseoir s'il vous plaît. Nous ne sommes pas en avance.

Dans la longue salle de réunion attenante à son bureau, au quatrième étage du pavillon Saint-Ignace, Henri de la Louvière observe l'entrée des derniers arrivants. Des chaises raclent le sol à mesure que les quinquagénaires se répartissent sur un côté de la table en imitation bois exotique. Il fronce les sourcils et détourne la tête. À l'autre extrémité, les représentants des élèves, eux, sont déjà sagement installés.

– Nous pouvons commencer ?

Parmi les membres de l'administration, nul ne paraît ému de l'apparence du petit groupe d'étudiants ; pourtant ces derniers qui, grimés comme pour une ratonnade, attendent la bonne parole avec une application studieuse et des sourires angéliques, auraient de quoi surprendre. Dans ces jeunes visages, des yeux innocents, fatigués, sont suspendus aux lèvres de leur directeur : sous la houlette de l'imposant Chargé Du Bizutage Intensif Général, les CDBI de chaque classe de Mathématiques spéciales s'apprêtent à tenir avec les plus hautes autorités leur première réunion d'avancement.

– Bienvenue à tous, entame Henri de la Louvière. Merci à Philippe Humbert, notre économe, et à tous les élèves, pour leur ponctualité.

Petite pique en direction des préfets et de leurs cinq minutes de retard.

– Vous savez que j'ai moi-même eu un empêchement ce matin, raison pour laquelle cette réunion n'a pu avoir lieu à l'heure habituelle. Elle va donc être particulièrement dense : je souhaite un compte rendu de la façon dont le bizutage se déroule depuis maintenant plus de vingt-quatre heures.

Fixant les bizuteurs, il interroge :

– Tout se passe bien ?

– Pas de problème.

– Comme sur des roulettes.

– Impeccable.

Thomas Lécuyer, CDBI de la Prépa Euclide et CDBIG, reste coi. Les autres se congratulent, mais le proviseur les interrompt :

– Si nous voulons tous nous entendre, merci de laisser votre CDBIG me répondre.

Lécuyer hésite. Ce gigantesque garçon dont l'embonpoint trahit ses habitudes de bon vivant, cet atypique rejeton de cultivateurs normands, pilier dans l'équipe de rugby de son village et entraîneur de la catégorie poussins, ne se réjouit plus de la responsabilité qui lui échoit. Mais ses condisciples, autant à cause de son caractère de joyeux drille et de meneur que de son quintal rendu aisément terrifiant par un maquillage approprié, lui ont confié cette passionnante et nécessaire mission. Il l'a acceptée avec fierté, a préparé le bizutage pendant plusieurs semaines, y a consacré son énergie, son imagination et sa sensibilité un peu rustaude, et s'est montré digne, jusqu'à cette nuit, des espoirs placés en ses capacités d'organisateur. À présent il est trop tard, bien trop tard pour reculer. Il se racle la gorge :

– Il n'y a rien à signaler de spécial. Depuis notre dernière conversation, je veux dire. Tout s'est bien mis en place. Le bizutage est sur les rails. Dix-neuf élèves sur quatre cent trente-deux ont été exemptés pour raison de santé ; les autres réagissent comme prévu. Les bizuteurs font leur travail, les 3/2 aussi. Dans quelques cas il a fallu corriger le tir, mais ça s'est toujours déroulé sans heurts. Je ne sais pas si vous voudrez connaître les détails…

– On effectuera un tour de table un peu plus tard pour les cas spécifiques. Mais d'abord, monsieur Humbert a quelques remarques à formuler. Certains d'entre vous ont peut-être déjà eu affaire à notre économe. Philippe ?

Le robuste moustachu sollicité par son supérieur prend la parole :

– Jeunes gens, j'ai l'habitude de fermer les yeux sur les débordements qu'occasionne votre petite cérémonie initiatique. Mais pour la Prépa Euclide, et dans une moindre mesure Thalès, les dégâts matériels de la nuit dernière sont exagérés. Il est hors de question de vous payer autant de portes ou de lits neufs que vous en avez endommagé. Je vous préviens tout de suite : il va falloir que vous mettiez la main à la pâte pour réparer tout ça. Et dorénavant, rangez vos battes de base-ball quand vous vous trouvez à l'intérieur des bâtiments.

– C'est un commentaire qui est valable pour tout le monde, renchérit le principal : passé le premier jour, j'aimerais qu'il n'y ait plus de casse. On peut bizuter sans tout détruire, je l'ai fait avant vous.

– J'y veillerai, promet Lécuyer en évitant le regard d'Henri de La Louvière.

– Ce n'est pas tout. Le rapport de l'infirmerie me gêne également : vous battez tous les records d'admission ; trente pour cent de blessés en plus par rapport à l'année dernière au même moment. Je ne parle pas de la Prépa Pythagore : vos bizuts tombent comme des mouches, ou vos 3/2 les évacuent pour un oui ou pour un non ? Qui est le CDBI de Pythagore ?

– Moi, monsieur. Armand Caminade, Maths Spé 2. Vous avez raison, peut-être que les 3/2 font preuve d'un peu de sensiblerie : je le leur dirai.

– Attention, que ça ne vous amène pas à négliger des cas sérieux. Je ne veux pas entendre parler de dérapage à Sainte-Thérèse.

Thomas Lécuyer pique du nez sur les notes qu'il affecte de prendre : la souffrance de savoir que le bizutage a mortellement dérapé, ce bizutage auquel lui-même voue une loyauté sans borne depuis qu'il l'a vécu en première année, lui est insupportable ; mais il n'a pas le droit de l'exprimer. Il laisse Caminade protester de sa bonne foi :

– Ce n'est pas ce que je veux dire, monsieur. Mais je crois effectivement que des bizuts sont partis à l'infirmerie pour des crampes ou des vomissements. J'ai eu le tort de ne pas réagir sur le moment…

Le proviseur se déride, et son visage en pomme trop mûre s'élargit d'un sourire :

– Des crampes ou des vomissements ? (Se tournant vers Thomas Lécuyer :) vous organiserez une réunion de travail avec les 3/2 de toutes les Prépas, pour harmoniser les critères de prise en charge médicale. Un peu de bon sens, que diable ! Ceux qui tirent un peu la patte doivent simplement être mis en observation dans le groupe des « bizuts cassés »…

Il se ravise, fronce les sourcils :

– Quand même, Chaminade…

– Caminade, monsieur.

– Oui, Caminade. On ne m'a pas parlé que de fragiles demoiselles qui tombaient dans les pommes sans raison… Deux entorses qui ont nécessité radios, plâtres et compagnie, ça ne vous dit rien ? Et un œil qui aurait été sauvé de justesse ?

– Euh… Je suis désolé, je… Ce sont les 3/2 qui s'en sont occupés… Je me renseignerai.

– Regardez-moi bien, jeune homme. Que ce soit clair : la sécurité des bizuts est de votre ressort. On ne délègue pas cette responsabilité. Ni aux 3/2, ni à quiconque. Et on ne se présente pas à une réunion d'avancement sans pouvoir me garantir que chaque bizut, le moindre d'entre eux, est en parfaite santé. Que je ne vous reprenne pas à vous satisfaire d'à-peu-près dans ce domaine. C'est compris ?

– Oui, monsieur le proviseur, marmonne l'étudiant – et son faciès d'adolescent pris en faute contraste étrangement avec son crâne rasé, ses joues enduites de cirage et les mots BORN TO KILL qui noircissent son front.

Henri de La Louvière lutte pour recouvrer son calme ; il change de sujet.

– À présent, je dois vous faire part d'un changement de programme : cette année, suite à des événements indépendants de ma volonté, le bizutage sera raccourci de vingt-quatre heures. Tout doit être bouclé, soirée de réconciliation comprise, vendredi au lieu de samedi.

– Mais pourquoi ?

Le petit bonhomme auquel cette protestation a échappé est foudroyé du regard et se le tient pour dit. Les cheveux cocassement frisottés et le nez surmonté de minuscules lunettes rondes, le CDBI de la Prépa Thalès n'a jamais eu sa langue dans sa poche ; mais cette fois il sent que sa spontanéité vient de lui faire commettre un impair. Il triture nerveusement la cagoule déposée devant lui, coiffe sans laquelle il aurait du mal à paraître redoutable.

– Je n'ai pas d'autre choix, rétorque brièvement de La Louvière. Je définirai avec le CDBIG les amendements à apporter à la façon de procéder habituelle, puis vous débattrez des détails entre vous. Ce genre de contretemps a déjà eu lieu par le passé, et nous avons une assez bonne idée de la façon d'obtenir les mêmes résultats en six jours au lieu de sept : ça ne devrait pas poser de problèmes.

Quinze minutes plus tard, la réunion est bouclée ; les représentants de l'administration sortent de la pièce. Les sympathiques jeunes gens respectueux de la hiérarchie et des traditions de Sainte-Thérèse se lèvent ensuite, prêts à réendosser les personnages de féroces bizuteurs qu'ils s'appliquent à jouer depuis la veille. À dix-huit heures tapantes, grenades à plâtre en main, ils investiront les salles de cours de leurs victimes respectives et les enverront revêtir leurs tenues crades pour une nouvelle nuit d'enfer.

– Lécuyer ? Restez un peu, ordonne Henri de La Louvière.

La porte se referme sur les autres bizuteurs, un peu jaloux des prérogatives du CDBIG.

– Vous tenez le coup ? interroge celui-ci gravement.

– Oui, monsieur. Plus ou moins.

– Ne vous inquiétez pas. Ce n'est pas votre faute. Si vous faites correctement votre boulot, il n'y aura pas de suites. Vous vous êtes chargé des petits extra que je vous ai demandés, bien sûr ?

– Les chambres ont été interverties deux fois dans la nuit.

– Parfait. Même chose ce soir. Continuez aussi de bien occuper Laure Godin : qu'elle n'ait pas envie de faire la maligne, ni l'occasion d'aller raconter ce qu'elle sait. Mais sans que quiconque soit mis dans la confidence.

– Claire Quentin et Xavier De Tapol, qui étaient avec elle cette nuit, se chargent de la surveiller. Ça m'étonnerait qu'elle ait eu le temps de dire ouf aujourd'hui.

– Bien. À part ça, je suis persuadé que nous avons pris toutes les précautions qui s'imposaient.

Une pause. De La Louvière balaie la mèche qui le gêne et plante ses yeux dans ceux de son interlocuteur.

– Tout cela est très malheureux pour votre camarade, j'en suis le premier navré. Mais nous ne laisserons pas cette situation nous atteindre personnellement : nous n'y sommes pour rien. Je ferai tout ce qui est en mon pouvoir pour trouver et châtier le coupable ; de votre côté, je vous encourage à observer discrètement vos troupes. Mais ni vous ni moi ne devons pâtir de ce qui n'est qu'un accident.

Lécuyer acquiesce d'un sourire crispé.

– Bon, parlons de cette réduction de la durée du bizutage. Vous aurez compris que je ne peux pas me permettre de le laisser se poursuivre jusqu'au week-end. Si ses parents, de la famille ou des amis que l'on n'a pas prévenus du black-out débarquaient sans crier gare pour lui rendre visite… Non, c'est décidé, son corps sera découvert en fin de semaine, mais pas plus tard. Maintenant, voyons comment nous allons procéder pour concentrer les réjouissances sur six jours.

Lundi, 23 h 35

Encore une éternité de souffrances et d'humiliations, encore un simulacre de repas au cours duquel les bizuts agenouillés ont surmonté leur dégoût pour porter à leur bouche, de leurs mains poisseuses, les aliments qui leur permettront de tenir quelques heures supplémentaires, de nouveau cette lassitude infinie, la douleur qui irradie au rythme des exercices dictés par leurs tortionnaires, et c'est le signal du coucher. Vite, regagner les dortoirs, vite, vite, se débarrasser des tenues crades, se décrasser…

Laure a manœuvré pour ne pas avoir à partager sa douche avec une condisciple. Elle sort des blocs sanitaires et remonte le couloir. À chaque pas elle enjambe le corps effondré d'un bizut en larmes, des matelas, du linge propre ou sale que son propriétaire tente de rassembler. On dirait un champ de bataille après l'assaut quand, le nuage de poudre dissipé, on réconforte les blessés qui s'accrochent à la vie, on compte les morts, on récupère armes et vêtements sur les cadavres.

Les filles pleurent doucement ; elles n'ont plus la force

de crier, de se lamenter, plus l'énergie pour une crise de nerfs. Les larmes coulent, les épaules se soulèvent sur des sanglots répétitifs et vains. Du côté des garçons, l'image est plus contrastée. Certains gémissent, s'insurgent, larmoient. D'autres ont les yeux secs ; soit qu'ils aient déjà craqué hier, ce matin, tout à l'heure, et aient à présent réussi à se barricader dans un monde inaccessible, soit qu'ils n'aient pas encore abandonné la lutte qui leur conserverait leur dignité. Mais l'atmosphère est épaisse de leurs cris refoulés.

Laure aperçoit Martin, penché sur un garçon désespéré : il a choisi le camp des consolateurs plutôt que celui des pleureurs. Malgré ce terrible bizutage qu'il accepte sans se rebeller, malgré les images gravées en elle du jeune homme dans les poses les plus avilissantes, il demeure son héros.

Vraiment ? Un peu moins qu'avant, Laure, sois honnête.

La jeune fille se glisse dans sa chambre, se brosse les dents en évitant la confrontation avec son reflet dans la glace. Puis elle se laisse tomber sur son lit. Cette nuit, les bizuts ne sont pas censés coucher sous leur sommier. C'est déjà ça.

Laure veut dormir. Plus que tout. Et avant cela, comme chaque fois qu'elle traverse une épreuve insupportable, se rouler en position fœtale et plonger dans un livre, n'importe lequel, barrage contre la réalité, retour au sein maternel. Avant de rencontrer Martin, c'est dans les romans que Laure puisait son seul réconfort. Elle courait de son frère à sa mère, d'un organisme de soutien scolaire à un hôpital mais, le soir venu, quand les devoirs de Tom étaient terminés, quand tout le monde était couché, elle regagnait sa chambre pour quelques minutes, quelques heures d'intimité totale : une couette épaisse, et puis un livre à la lueur de sa lampe de chevet. Seule. Au calme. Un halo confidentiel, des pages qu'elle tournait tranquillement, à son rythme, à l'abri dans la touffeur de ses draps. Là, Laure pouvait rêver, voyager, s'évader. Penser à elle, à des amours soudain possibles, à des pays désertiques – ou à rien, au choix. Et la sérénité tombait sur elle dans le calme nocturne.

Pas le temps pour ça, ce soir. Laure ne sait pas quand les anciens reviendront l'extraire de son lit à grand renfort de beuglements et de grenades à plâtre. Il faut dormir, dormir autant ou aussi peu que ses bourreaux le lui permettront…

Elle se reprend. Bien sûr que non. Parmi les nouveaux, elle est seule témoin de la mort de Leila. Sa compagne de chambre, qu'elle aurait pu aider si elle en avait trouvé le courage. Nul autre ne sait quels déments circulent dans Sainte-Thérèse, prêts à défenestrer les plus faibles de leurs proies. Elle doit tenter quelque chose.

Quoi ?

Martin. Risquer une sortie. Aller parler à Martin. À deux, nous y verrons plus clair.

La jeune fille patiente un peu. Les bruits s'évanouissent. Elle se relève, saisit sa lampe de poche et se dirige à pas de loup vers la porte. Elle l'entrebâille. Personne. Elle se faufile au-dehors. Silence. Laure a l'impression qu'on pourrait entendre son cœur battre depuis le fond du parc. Où ont-ils déplacé Martin ce soir ? L'obscurité l'empêche de lire les étiquettes au-dessus des chambres. Elle n'a pas d'autre choix que d'allumer sa torche. Elle observe, droite, gauche… Pourvu qu'aucun bizuteur ne soit tapi dans l'ombre, prêt à lui sauter dessus…

Le faisceau jaillit sans provoquer de réaction, balaie le sol jonché d'affaires qui, dans la confusion, n'ont pas retrouvé leurs propriétaires. Laure lève sa lampe pour éclairer le mur, au-dessus des portes. Quelques secondes lui suffisent à dénicher ce qu'elle cherche. PINE. Surnom odieux – comme tout le reste. Elle éteint sa torche.

La jeune fille frappe et entre sans attendre la réponse. Pas question de tarder en terrain découvert.

– Martin ? C'est moi ! souffle-t-elle dans le noir.

– Laure ? Qu'est-ce que tu fais ici ?

Elle trouve l'interrupteur. Le visage de Martin lui apparaît, pâleur rehaussée par des ecchymoses violacées ; les commissures de ses lèvres s'affaissent amèrement ; ses yeux mornes pèsent trop lourd pour se lever vers son amie. Il n'est plus le même. Vingt-quatre heures de fatigue, de peur honteuse et d'incompréhension ont suffi à transformer un jeune homme extraordinairement vivant en victime meurtrie et craintive.

Elle s'assied sur le lit de son héros, pour un soir déchu. Une voix enrouée proteste :

– C'est ta copine ? Elle va nous attirer des ennuis, si on la trouve ici !

– Il n'y a pas de raison qu'on me trouve, rétorque Laure, peu encline à la patience. Martin, il faut que je te parle…

– Écoute… ça ne peut pas attendre ?

Et Laure qui s'imaginait Martin la prenant dans ses bras, la serrant fort, très fort. Son étreinte lui aurait fait tout oublier, l'espace d'un instant. Elle s'éclaircit la voix pour dissimuler sa déception.

– Leila Mehenni…

– Qu'est-ce que tu lui veux ? C'est vrai, tu penses que…

– Je l'ai vue la nuit dernière : morte. Tombée, enfin jetée, par la fenêtre.

Un hoquet de surprise échappe au deuxième occupant de la chambre :

– Quoi ?

Le teint crayeux de Martin pâlit encore.

– C'est donc vrai… Mon Dieu, ils sont fous… Personne n'est au courant ? Personne ne fait rien ? Qu'est-ce qui va nous arriver ?

Laure ne reconnaît pas son ami ; son regard évoque ces chiens battus qui lèchent la main de leur bourreau.

– Martin, tu m'as entendue ? Le bizutage a dérapé. Le proviseur étouffe le scandale. Il faut faire quelque chose !

Stupeur hagarde :

– Tu es folle ? Que pourrais-tu faire ? C'est dangereux !

– Ton père. Prévenir ton père. C'est évident. Je n'ai pas osé en parler aux profs aujourd'hui, ne sachant qui est dans le coup et qui ne l'est pas… Et puis, ils ne m'auraient pas crue… Et si je me trompais, ils me…

– Pourquoi, tu n'en es pas sûre ?

– Non. Si. Enfin… c'est juste que ça paraît tellement énorme… insensé… comment le proviseur peut-il espérer s'en tirer ?

Chez Martin, l'espoir semble renaître :

– Mais toi, qu'as-tu vu exactement ?

Laure lui conte brièvement les faits. À mesure qu'elle parle, elle entend dans sa propre voix le caractère fantastique des accusations qu'elle porte contre Sainte-Thérèse, son administration, son rite initiatique hallucinant. Elle conclut d'un ton presque implorant :

– Ton père saura ce qu'il faut faire. Il lui sera facile de s'assurer que Leila a bel et bien disparu. Elle est peut-être dans un hôpital, blessée... Je ne sais pas, moi, je suis trop crevée... je n'arrive pas à réfléchir. Mais ton père, lui, pourra nous aider.

– Tu sais bien que mon père et moi...

– On s'en fout ! explose Laure. (Elle baisse le ton, paniquée à l'idée qu'on ait pu l'entendre. Chuchotant de nouveau, elle répète :) On s'en fout, des relations entre ton père et toi. C'est un cas de force majeure. Nous sommes prisonniers de cinglés qui peuvent nous faire subir ce qu'ils veulent sans avoir à répondre de leurs actes. Alors vos histoires de famille, je n'en ai rien à carrer.

– Merci, ça fait plaisir...

– Arrête de nous bassiner avec ton méchant papa, alors que tu n'as pas envisagé une seconde d'aller faire ta Prépa ailleurs que là où il enseigne !

– C'est parce que...

– Ça suffit, crache Laure sur un ton dont elle n'a jamais usé avec Martin. On discutera de ça plus tard. Moi, ce qui m'intéresse, c'est découvrir ce qu'il est advenu de Leila. Sauver ma peau, la tienne, et celle de tous les bizuts.

Martin ouvre la bouche. La referme. Il hésite. Puis il approuve :

– Tu as raison, c'est la priorité. Et mon père ne refuserait pas de nous aider. C'est quand même grâce à lui que je me retrouve au milieu de ce cauchemar... c'est dingue !

Laure s'arrête un instant à ce que son ami vient de lui rappeler.

– Il ne t'a vraiment pas mis en garde contre le bizutage ? J'ai du mal à le croire.

– Moi aussi. Lui a trouvé ça passionnant... même si quand il a redoublé sa Spé, il n'a pas éprouvé le besoin de bizuter à son tour.

– D'accord, acquiesce la jeune fille en continuant à réfléchir. Ce n'est pas anodin. Ça veut dire que le bizutage de cette année est très différent de ce qu'il a vécu, sans quoi il n'y aurait pas envoyé gaiement son propre fils. De toute façon, si lui n'a pas voulu bizuter en 5/2, c'est qu'il est moins crétin que la moyenne. Il n'est pas acquis à la cause de cette barbarie.

Excitation fiévreuse dans les prunelles de Martin. Il renchérit :

– Si on pouvait lui raconter ce qui se passe ici, sans même parler de la mort de ta camarade de chambre, il agirait sans hésiter ! (Son enthousiasme retombe aussitôt :) Mais je n'ai aucun moyen de le contacter. Même entre les murs de Sainte-Thérèse, il est aussi intouchable que la famille de chacun d'entre vous.

– Je croyais que, depuis son divorce d'avec ta mère, il dormait ici les soirs de semaine ?

– Oui, il a une chambre à sa disposition. Mais où exactement...

Laure se prend la tête à deux mains. La solution doit être évidente... elle doit crever les yeux... dans son cerveau accablé de peur, de fatigue et de doutes, les idées filent comme l'eau entre les doigts :

– On ne peut pas sortir... on n'a pas accès au téléphone...

– Il n'y a pas grand-chose à faire !

– Il faudrait savoir où est cette fichue chambre. Se balader un peu dans les bâtiments... Nous pourrions...

– Pourquoi « nous » ? Je n'en suis pas, hein... je ne vais pas aller au carton de mon plein gré ! Et toi non plus, d'ailleurs. Tu oublies que je t'aime.

Laure est émue de la peur de Martin, de sa fragilité qu'elle n'avait jamais soupçonnée. Son dieu vivant est humain, après tout. La jeune fille voudrait pouvoir le rassurer, lui insuffler un peu de sa propre force.

– On ne peut pas baisser les bras. Si on lui faisait parvenir un mot...

– Mais comment ?

– Écoutez, vous deux, s'énerve la voix derrière leur dos. Je ne sais pas ce que vous mijotez, mais j'ai envie de dormir, moi ; pas de morfler parce qu'un bizuteur aura surpris cette fille ici. Désolé, mais vos élucubrations ne m'intéressent pas.

– Ça ne t'intéresse pas de savoir qu'une élève de notre classe est morte ? aboie Laure.

– Je n'ai pas dit ça... simplement si c'est vrai, je n'ai pas envie de suivre le même chemin. On ne va pas leur donner des raisons de s'en prendre à nous !

Martin saute sur l'occasion :

– Il n'a pas tort ; regagne ta chambre avant que ta petite balade t'ait valu des ennuis. S'il me vient une idée pour contacter mon père, je te le ferai savoir. En attendant, ça ne sert à rien que tu restes ici à nous exposer tous les trois.

L'agacement de la jeune fille décuple. Mais, au plus profond d'elle-même, Laure-la-trouillarde, Laure-à-l'instinct-grégaire abonde dans le sens de ses condisciples.

Retourne te coucher, Laure, va dormir, tu en as besoin...

Mardi, 0 h 25

Laure n'a même pas embrassé Martin. Et il y a autre chose qu'elle a oublié : lui parler de leur ami bordelais, presque voisin des Pinot, qui a intégré Sainte-Thérèse un an auparavant. Avant qu'il ne parte pour la lointaine Prépa, Thierry Genest était un excellent copain. Avec lui, Martin souvent, Laure quelquefois, ont fait les quatre cents coups sur les falaises et dans les criques.

Il est en deuxième année, maintenant. Elle se souvient même qu'il est entré en Spé 3. Il est très sympathique, drôle, gentil. Il ne peut approuver ce qui se passe à Sainte-Thérèse aujourd'hui – surtout pas les dérapages meurtriers. Autant que le père de Martin, il a accès à l'extérieur. Il pourrait les aider. C'est une idée à creuser.

Laure pourrait-elle tenter le tout pour le tout, profiter de l'obscurité pour partir à la recherche de la chambre de Thierry ? Impossible : elle croit savoir que les élèves de Spé 3 ne sont pas logés ici, mais dans le bâtiment Saint-Ignace. Il faudrait s'aventurer en terrain découvert... Elle sursaute : une cavalcade, dans l'escalier.

Le retour des bizuteurs.

Laure presse le pas, court presque. Elle tend l'oreille. Ils sont déjà derrière le double battant qui les sépare du couloir des bizuts. Trop tard pour réintégrer sa chambre. Par réflexe, elle pousse la première porte qui se présente à elle et s'engouffre dans l'ouverture. Elle referme le vantail et s'appuie à lui en haletant. Elle se demande un instant où elle a atterri : une salle de colles, minuscule réduit pourvu d'une table, de deux chaises et d'un tableau sur chacun des murs. C'est là que les étudiants s'entraînent, plusieurs fois par semaine, aux oraux des concours. Là que sont affichés pour les élèves de l'étage leurs programmes d'examens, leurs notes, les papiers administratifs ; les yeux de Laure glissent sur des emplois du temps. Puis les hurlements déferlent :

– *BEUZEUS !*

– *DEBOUT LÀ-DEDANS !*

– *TENUES CRADES !*

– *MAGNEZ, MAGNEZ, TENUES CRADES !*

– *ON VA VOUS CREVER, SOUS-MERDES !*

À quoi va lui servir le dérisoire sursis dont elle a cru bénéficier en se dissimulant dans cette pièce ? En ne la trouvant pas dans son lit, les bizuteurs vont la chercher – elle ne sera pas bien difficile à trouver.

Et d'abord, pourquoi sont-ils déjà là ? À quoi cela sert-il qu'ils nous envoient dormir, si c'est pour nous réveiller dès que nous avons fermé les yeux ?

Les clameurs et les chocs qui parviennent à ses oreilles l'informent que le chaos règne dans le couloir et les chambres des bizuts. L'obscurité aussi, à n'en pas douter. Elle devrait pouvoir se faufiler hors de la salle de colles sans être remarquée. Car le plus grand danger, c'est ici qu'elle le court, seule dans cette pièce : Leila s'est certainement retrouvée seule, elle aussi, seule entre les mains d'un bizuteur dément. Laure écoute à travers le battant, essayant d'imaginer la scène qui se déroule au-dehors. Sortir à un moment où personne ne regardera dans sa direction... Allons, courage. Si on te pose une question, tu prétendras que tu reviens des toilettes. Elle ouvre résolument la porte et s'avance dans le couloir.

Le tumulte continue de faire trembler les murs, les bizuts apeurés surgissent les uns après les autres en achevant de revêtir leurs tenues crades. Laure trottine jusqu'à sa chambre.

– *AH, ELLE EST LÀ, ELLE ? ALORS GODICHE, ON SE PROMENAIT ? OÙ EST-CE QU'ELLE ÉTAIT PASSÉE, LA BEUZEUTE ?*

– Je...

– *TA GUEULE ! BAISSE LA TÊTE ! TENUE CRADE, PLUS VITE ! TENUE CRADE !*

Mardi, 1 h 15

Il ne pleut plus, mais la nuit roule des nuages menaçants. Les bizuts ensommeillés courbent l'échine sous la puanteur écrasante. L'épuisement, le froid, la routine aussi anesthésient leur terreur qui laisse place à une angoisse sourde et une colère résignée.

De nouvelles activités viennent compléter la panoplie des bizuteurs : plus ludiques pour eux, toujours inconfortables pour leurs victimes.

À genoux, les nouveaux se passent un camembert de bouche en bouche. Ils forment des pyramides humaines qui s'effondrent dans un fracas douloureux. Ils s'allongent, jambes à l'équerre et plantes des pieds au ciel : on pose un seau d'eau en équilibre sur leurs semelles pour qu'ils se le transmettent les uns aux autres.

Une cataracte d'eau glacée gifle Laure.

Bande de cons ! fulmine-t-elle.

Elle lutte de toutes ses forces pour conserver le masque inexpressif qui résume à lui seul tout son courage et toute sa lâcheté : Non, Laure, ne te laisse pas aller, ne leur fais pas le plaisir de lire en toi la peur, l'humiliation, l'impuissance… mais surtout, surtout, n'autorise pas non plus ta haine ou ta colère à transparaître sur ton visage…

Le jeu se poursuit : d'autres seaux circulent, se vident sur le troupeau grelottant, se remplissent comme par miracle pour revenir à l'assaut. Les bizuteurs hurlent de rire, les bizuts tremblent dans la nuit sans étoiles. Laure ne sait plus quel jour on est : quand a commencé ce calvaire, quand s'achèvera-t-il ?

Le problématique cadavre de Leila s'éloigne souvent de la jeune fille, prisonnière de son propre enfer. Mais il revient vite, quasi salvateur : penser à l'Algérienne, à son corps désarticulé, se concentrer sur cette énigme lui permet de ne pas perdre contact avec la réalité. Autour d'elle, certains sombrent dans l'hébétude : de temps à autre la jeune fille, presque par erreur, croise les yeux d'un compagnon d'infortune dont les prunelles atones sont celles d'un animal qui se cache en attendant la mort.

Se rappeler le drame, la nécessité de faire justice à cette camarade défunte, sont les seuls moyens que trouve Laure pour conserver son humanité.

Ne pas oublier la disparue, malgré le reste. Elle se force à se poser sans répit la question : Leila, où es-tu ? Quelqu'un t'a-t-il vraiment tuée ?

Elle repasse la scène dans son esprit, encore et encore. Le corps recroquevillé dans la cour d'honneur, l'angle que formait sa tête avec son buste… il n'y a guère de place pour le doute.

Et la silhouette que j'ai vue s'éclipser quelques secondes, quelques minutes après ta chute ? À qui appartenait-elle ? À un bizuteur ? Lequel ?

Aux bruits, aux odeurs, aux bousculades, aux mouvements qu'elle discerne du coin de l'œil, Laure tente d'affiner sa compréhension de la machine qui les a happés. Le bizutage de Sainte-Thérèse, d'apparence si désordonné, est plus structuré qu'elle ne l'a cru au premier abord. Les éléments du tableau se mettent en place.

Ils appellent leur chef CDBIG. Cette brute au crâne rasé et passé au charbon a les proportions d'un ours. Dès qu'elle en a l'occasion, Laure détaille son cou démesuré, ses tatouages qui promettent aux bizuts un trépas dans d'affreuses souffrances, sa bouche badigeonnée de noir, large comme si elle dévorait des enfants au petit déjeuner, ses dents gâtées et mal alignées, ses gants de cuir ornés de clous, ses rangers pointure quarante-six, sa cravache omniprésente et son poing américain à la ceinture… Toute la haine de Laure se cristallise sur le maître de cérémonie.

D'un autre côté, en tant que chef justement, aurait-il défenestré un bizut alors qu'il serait le premier à qui on demanderait des comptes ?

En réalité, les suspects sont nombreux : le « Killer Officiel » aux instincts sadiques, chargé des exécutions des bizuts… tous ces « BO », Bizuteurs et Bizuteuses Officiels que Laure est incapable de distinguer les uns des autres…

Elle sent le découragement la gagner. Lorsque, le bizutage terminé – quand cela cessera-t-il, mon Dieu, quand cette ignominie prendra-t-elle fin ? –, elle ira dénoncer le drame à la police, comment espérer que celle-ci mette la main sur le meurtrier ? Les bizuteurs se couvriront les uns les autres ; les bizuts, pauvres petites choses terrifiées au champ visuel réduit à leurs seuls pieds, feront de piètres témoins. Les indices auront été détruits, la piste sera froide.

Aussi froide que les vêtements trempés qui mordent la peau de Laure.

Ses muscles crient. Elle n'en peut plus. Elle n'aura pas la force d'aller plus loin.

– *POMPEZ, POMPEZ !*

– *RAMPEZ, SOUS-MERDES !*

– *RIO CRADE !*

– *POMPEZ, POMPEZ ENCORE !*

Laure trébuche, se relève à grand-peine. L'épuisement menace de la terrasser. Elle tressaille en sentant une pression sur son épaule. Rien. Ce n'est rien. Juste un bizut, derrière, qui a étendu son bras pour la réconforter. Qui est-ce ? C'est gentil de sa part, se dit-elle. Il a pris un risque. Mais à quoi bon ? Savoir qu'elle n'est pas seule la rassure, mais ne la console pas. Il est même angoissant de constater que les rares courageux qui essaient de jouer aux héros ne sont capables que de cette piètre et inutile manifestation de solidarité. On est loin de la rébellion dont Laure n'ose plus rêver. Au contraire, n'est-ce pas rentrer dans le jeu du bizutage que de développer, sous son influence, cette camaraderie artificielle ?

Les bizuteurs nous submergent de théories stupides sur la « coresponsabilité »... Et nous, bien sagement, nous commencerions à nous aimer les uns les autres parce qu'ils en ont décidé ainsi ? Parce qu'on nous a terrorisés et fait avaler des croquettes pour chien ? Très peu pour moi, merci. Alors mes chers compagnons d'infortune, tenez-vous à l'écart : vos démonstrations de virilité sont justement le signe que vous vous coulez dans le moule.

Laissez-moi plutôt me concentrer... Laissez-moi essayer de ramper une minute de plus...

Laure sillonne le parc en titubant, vacille sur ses jambes entre deux exercices harassants, survit d'une seconde sur l'autre sans savoir combien de temps elle pourra encore tenir ce rythme infernal. Des étoiles troublent sa vision. Dormir. Au chaud. Elle rêve d'un lit et d'une couette, délire presque. Quitter cet asile de fous… Manger… dormir… être enfin seule, lire, dormir… Les trémulations qui la parcourent deviennent convulsions. Elle a du mal à reprendre son souffle.

Trop occupée à claquer des dents et à haïr ses tortionnaires, elle ne se rend pas compte que quelqu'un lui jette une couverture sur le dos.

Un voile s'abat devant ses yeux.

Mardi, 7 heures

C'est l'odeur qui la tire du sommeil. Désinfectants et médicaments. Parfum d'hôpital. Javel, bétadine, merveilleuses fragrances où rien ne rappelle les émanations des tenues crades. Pas le moindre remugle de bizutage. Le paradis. Laure doit être morte. L'ont-ils tuée elle aussi ? C'est une hécatombe. Lumière vive, murmures, est-ce là le tunnel dont parlent ceux qui sont revenus du grand voyage ? La jeune fille se frotte les yeux. Le jour entre à flots par une croisée ouverte. Des oiseaux chantent. La chambre est bleu et blanc, fonctionnelle mais pimpante.

L'infirmerie de Sainte-Thérèse.

Laure n'est pas morte.

Pourtant, son ventre est tenaillé d'une oppression étrange ; une sensation de vide qui la taraude inexplicablement.

Les draps sont à peine rêches, divinement propres. Dans l'autre lit, sous la couverture à carreaux, une forme somnole. De l'autre côté de la cloison, des voix assourdies se répondent. Un chariot cliquette. La porte s'ouvre et laisse entrer un ange.

– Bonjour mesdemoiselles ! (Considérant Laure :) Ah, vous êtes réveillée ? Vous dormiez quand je suis venue la première fois. Vous vous sentez mieux ? Vous verrez le docteur tout à l'heure. En attendant, petit déjeuner au lit !

– Qu'est-ce que je fais ici ? balbutie Laure.

– Je n'étais pas de service cette nuit, mais ma collègue a consigné votre admission sur le registre : perte de conscience. Fatigue, hypoglycémie, hypothermie, ou un peu de tout ça à la fois… Allez, un bon repas vous fera du bien : ne lésinez pas sur le chocolat chaud.

Laure s'est évanouie. Assez longtemps, sûrement, sans quoi on n'aurait pas pris la peine de la transporter ici : normal qu'elle se sente un peu bizarre.

Mais non, il y a autre chose. Un froid intime et secret.

Elle regarde autour d'elle avec détachement. L'infirmière a les cheveux et les yeux clairs, les pommettes discrètement rosées, un sourire paisible. C'est la première fois depuis… depuis quand déjà ? qu'on parle à Laure comme à un être humain. La jeune fille aimerait que ne cesse jamais cette conversation qui l'extrait doucement de l'obscur royaume qui la tenait prisonnière. Mais pour aimable qu'elle soit, son interlocutrice est aussi pressée. Surchargée de travail en cette période de bizutage. Elle se tourne aussitôt vers le lit voisin :

– Et vous mademoiselle ? Ah, vous émergez enfin. Ça va, ce matin ?

Laure tourne les yeux et croit recevoir un coup sur la tête. Elle reste paralysée. Couché sur le deuxième lit…

Un fantôme.

– Leila ? Leila… mais tu… mais je croyais que tu…

– Laure ! répond sa camarade d'une voix douce. Que t'est-il arrivé ?

– Tu n'es donc pas… tu es tombée du troisième étage et malgré tout tu…

– Tombée ? Du troisième étage ? Non, sourit l'Algérienne, incapable de retenir une timide hilarité. Pas du tout. J'ai juste…

– Vous vous connaissez ? coupe l'infirmière. Tant mieux. Bon, je n'ai rien contre le fait que vous papotiez un peu, mais vous devriez déjeuner en même temps. Ne tardez pas trop : le médecin commence ses visites d'ici vingt minutes.

La porte refermée sur l'aimable nurse et son chariot, Leila redresse son oreiller et installe tant bien que mal sur ses genoux le plateau où reposent chocolat tiède et tartines de beurre. À présent bien réveillée, Laure s'empare de sa demi-baguette d'un geste vif, mais ne la porte pas à sa bouche avant d'avoir réitéré sa question :

– Alors, pourquoi es-tu ici ?

– Oh, pour rien, c'est un peu ridicule… Et c'est quelque chose dont je n'aime pas trop me souvenir. Parle-moi plutôt de toi, puisque tu nous as été parachutée pendant la nuit.

– Écoute, je t'expliquerai plus tard… mais j'ai besoin… il faut absolument que je sache pourquoi tu es ici. Que s'est-il passé la nuit…

Laure s'interrompt, incapable de bien localiser la fameuse nuit au cours de laquelle sa condisciple s'est volatilisée. Était-ce la nuit dernière ? La précédente ? Laure ne sait plus. Tout ce qu'elle sait, c'est qu'elle a fait fausse route depuis le début. Leila n'a pas été jetée par la fenêtre.

Celle-ci étire de nouveau les lèvres sur ce sourire mince, complexé, que Laure commence à connaître :

– C'est ce bruit... les cris... l'obscurité... quand les bizuteurs nous ont réveillés, tu te souviens, c'était un peu impressionnant. J'ai eu peur. En fait, j'ai eu très peur. Alors ils ont préféré me conduire à l'infirmerie.

– Peur, peur... tout le monde a peur. Ça n'a pas l'air de les déranger beaucoup ; c'est même ce qu'ils cherchent ! Je ne peux pas croire que ça ait suffi pour... (Un flash traverse Laure :) D'ailleurs je me souviens, tu as fait une sorte de crise... c'était plus que de la trouille...

– Oui, peut-être. Je ne t'ai pas tout dit, précise l'Algérienne habituée à ce que ses états d'âme restent ignorés. (Elle tergiverse un instant et se lance :) Ce que tu ne sais pas, c'est que quand j'étais petite, j'ai vécu des choses... difficiles. Dans mon pays. Tu as entendu parler des événements qui y ont eu lieu. Comme d'autres dans la région où nous vivions, ma famille a été... massacrée.

– Mon Dieu, je suis désolée, intervient Laure sans bien comprendre le rapport.

– J'étais présente. J'en ai réchappé par miracle. Et j'ai tout vu. C'était... enfin, c'est du passé, tranche-t-elle d'un ton péremptoire. Ensuite, j'ai eu la chance d'être élevée par de la famille lointaine, à Alger. Ils m'ont permis de suivre les meilleures études, ce qui n'est pas forcément donné aux filles... Mais depuis le... (Sa voix achoppe un peu :) depuis ce temps-là, je suis sujette à ce genre de réactions. Les docteurs appellent ça un syndrome de stress post-traumatique. Je suis toujours un peu inquiète, la nuit...

– Ça paraît normal, l'encourage Laure. Personne ne peut t'en vouloir pour ça.

– Quand les bizuteurs ont fait irruption dans notre chambre, j'ai craqué. J'ai cru que c'était eux... qu'ils étaient revenus pour moi... J'ai fait une sorte de grosse crise de nerfs. D'hystérie. Ce n'est pas la première fois que ça m'arrive. De l'extérieur, c'est très impressionnant : j'ai les muscles tétanisés, des spasmes... je risque d'avaler ma langue...

– C'est pour ça qu'ils ont préféré t'expédier ici. Histoire de se décharger de toute responsabilité. Ils t'ont portée... Ils devaient être plusieurs... Et dis-moi : à aucun moment tu n'as eu l'impression qu'ils voulaient... je ne sais pas... te faire du mal ?

La question est inutile : Leila n'est pas passée à travers la fenêtre du troisième étage. Pas la peine de chercher dans cette direction. Laure s'est rendue complètement ridicule en imaginant le contraire.

Mais il y a bien eu ce cri, n'est-ce pas ? Et ce corps, dans la cour d'honneur ? De qui s'agissait-il ?

Tu es grotesque, Laure ; il vaudrait mieux que tu oublies tout ça. Tu l'as imaginé. Ou quelqu'un t'a joué une mauvaise blague. À part Leila, aucun élève de Sup 1 n'a jamais manqué durablement à l'appel. S'il y a eu nombre d'allers-retours éclairs à l'infirmerie, tout le monde en est toujours revenu. Avec des pansements, des bandages ou des béquilles, mais bien vivant. Et nul autre que Leila n'est absent des cours. La honte tenaille Laure. Quand elle pense qu'elle n'attendait que l'occasion d'alerter police, professeurs, parents, l'opinion publique tout entière – à propos d'une tragédie née de son imagination trop fertile...

Je suis morte et je n'ai rien appris

Elle ne comprend pas ce qui se passe ici, mais la plus folle de tous, c'est peut-être bien elle-même.

De la violence simulée, des hurlements, des insultes, oui. Un bizutage aussi humiliant qu'illégal, oui.

De meurtres et de cadavres, point.

Nuit de dimanche à lundi,
dans le bureau du proviseur.

– Merci d'être venu à cette heure, Charles.

– Vu les circonstances…

– Je suis dans une merde noire, coupe Henri de La Louvière.

L'angoisse se lit dans les yeux du proviseur de Sainte-Thérèse ; ses joues d'ordinaire rubicondes ont pris une teinte d'ardoise. Il serre mollement la main de Charles Beauprais, l'un de ses enseignants en mathématiques et compagnon de jeunesse, qui lui rend son salut avec sa rigidité coutumière. Puis ses doigts tremblants allument une cigarette.

– Si cette histoire transpire, je suis bon pour dix ans ferme. Un mineur, pour tout arranger…

– Tu es sûr qu'il a été balancé par-dessus bord ? Y a-t-il des traces de lutte ? s'enquiert le professeur grisonnant.

Le directeur lève les yeux au ciel.

– Au beau milieu de la première nuit du bizutage, à ton avis, il y a des traces de violence ? Ils n'y sont pas allés de main morte.

– Difficile de faire passer ça pour un suicide, concède Charles.

– De toute façon, suicide, accident, dérapage… tout le monde estimera que le gamin est mort à cause du bizutage. Et devine qui sera le responsable ?

Sous ses courtes boucles neigeuses, son subordonné hoche la tête :

– Le bizutage est interdit depuis belle lurette…

Le principal s'assombrit encore.

– Oui. Et on apprendra que chez nous il est non pas toléré, mais encouragé, imposé par l'administration – moi-même, pour vous servir. Tout le monde a toujours fermé les yeux : les parents se fichent de connaître les moyens qu'on emploie pour expédier leurs rejetons à l'X… Mais là, ça ne pardonnera pas. Le grand public verra dans le bizutage un événement d'une violence telle qu'elle a entraîné la mort d'un môme. Les imbéciles !

Charles Beauprais sort un mouchoir de sa poche et se tamponne le front.

– Pourquoi « les imbéciles » ?

Le jésuite hausse les épaules :

– Le bizutage est si contrôlé, les 5/2 tellement organisés… comment cela a-t-il pu se produire ?

– Mais qu'est-ce qui aurait pu se passer d'autre ?

Henri de La Louvière écrase rageusement sa cigarette dans le cendrier qui trône sur son bureau massif.

– De toute façon, on ne me demandera pas mon avis. Si la police est mise dans la boucle maintenant, elle aura pléthore de témoins prêts à jurer que des tortionnaires fous furieux les retiennent ici contre leur gré… Si un seul bizut témoigne aujourd'hui, la messe est dite : l'école est fermée, et je me retrouve en prison jusqu'à l'âge de la retraite. Alors si les quatre cents s'y mettent, pas la peine de te faire un dessin.

Charles s'éponge de nouveau le front. Il se mord les lèvres :

– Tu es dans la merde, oui. Je ne vais pas te dire le contraire. Et je ne vois pas comment je pourrais t'aider sur ce coup-là, désolé.

Henri transperce Charles du regard. Il lit en lui comme dans un livre ouvert. Comme avant.

– Je vais avoir besoin de toi.

La panique du proviseur s'estompe. Il a un plan d'action. Dans l'adversité, il a toujours eu un plan – et il s'en est toujours sorti.

– De quoi veux-tu parler ? s'inquiète l'enseignant. Tu n'as pas vraiment d'alternative...

– On ne prévient pas la police.

– Tu ne peux pas faire autrement ! Tu ne vas pas prétendre que rien ne s'est passé... Ce garçon a des parents, des copains... l'accident a sûrement eu des témoins... Tout le monde est déjà au courant, à l'heure qu'il est !

– Charles ! le tance le principal avec autorité. Avant de prendre ma décision, imagine-toi que j'ai réfléchi. C'est la seule solution.

– C'est de la folie !

– Tu m'aides juste à transporter le corps.

– Je n'en suis pas. Fais ce que tu veux, mais fais-le tout seul.

– Je sais où déposer le gosse pour qu'on ne le retrouve pas avant la fin du bizutage et qu'on n'ait aucun soupçon.

La mort sera difficile à dater, et je me débrouillerai pour qu'on croie qu'il était parti d'ici de son plein gré.

– Ça ne marchera pas. Ça ne peut pas marcher.

– Si tu refuses, tu m'envoies en prison. Si tu acceptes… que risques-tu ?

– Tu m'en demandes trop, cette fois.

Les yeux du proviseur lancent des éclairs.

– Écoute, soit on appelle la police maintenant, et elle rapplique en plein milieu d'une école en état de siège, bourrée de bizuts traumatisés qui viendront raconter l'enfer qu'ils sont en train de traverser ; ils témoigneront de ce que Lebeau s'est forcément fait défenestrer par un des innombrables déments qui hantent Sainte-Thérèse – et je me retrouve en taule aussi sec…

– Soit ?

– Soit on dissimule le cadavre, on continue calmement le bizutage sans déroger aux habitudes ; les parents du môme savent qu'ils ne doivent pas attendre de ses nouvelles avant une semaine. À ce moment, on retrouve son corps bien loin d'ici et la police vient nous demander quand nous l'avons vu en vie pour la dernière fois. Je réponds avec la conviction dont tu me sais capable, tous les élèves radieux confirment ma version… Et si quelqu'un en vient à suggérer que c'est à cause d'un certain bizutage que la victime a décidé de quitter Sainte-Thérèse, ce sera pour conclure qu'elle a loupé une bonne partie de rigolade.

Charles Beauprais détaille machinalement la pièce de mauvais goût depuis laquelle son ancien camarade dirige Sainte-Thérèse, les moquettes murales, les lourdes tentures, le bois trop travaillé et le cuir sombre, omniprésent. Étouffant pour quelqu'un qui, comme lui, ne peut se débarrasser de tendances claustrophobes. Il frissonne sans s'en rendre compte, réfléchissant :

– Et les témoins ?

– Trois bizuteurs de Spé 1, des élèves à toi. Plus ennuyeux, une bizute a assisté à la scène : Laure Godin, ça te dit quelque chose ?

– Quatre personnes à faire taire, en supposant qu'elles n'aient pas déjà tout raconté.

– Je n'ai eu aucun mal à convaincre les bizuteurs qu'il était de leur intérêt de se taire. Ils seraient les tout premiers suspects s'il y avait une enquête. Surtout Lécuyer qui, un peu comme moi, se retrouverait coupable par défaut : le CDBIG, c'est le grand manitou du bizutage… sans compter qu'il est mouillé jusqu'au cou depuis qu'il m'a aidé à mettre le corps à l'abri.

Henri de La Louvière poursuit :

– Le problème, c'est Laure Godin. Pourtant, j'ai des raisons d'être confiant. D'abord elle n'a presque rien vu. Par chance, je sortais de la chapelle : j'ai été le premier sur les lieux. J'ai ordonné aux deux bizuteurs qui accompagnaient la demoiselle de la renvoyer dans les rangs, de bien s'occuper d'elle pour lui changer les idées, et de ne la laisser communiquer avec personne.

– Plus tard, elle parlera…

Henri fronce les sourcils en une barre horizontale, noire et épaisse, qui durcit les rondeurs de son visage.

– Ne soyons pas défaitistes d'emblée : le miracle du bizutage peut opérer sur elle comme sur les autres et la convaincre qu'elle a fait erreur…

– Tu rêves !

– Quand bien même ? Imagine qu'elle se manifeste

quand on retrouvera le gosse en plein Paris, et qu'elle prétende qu'il s'est fait assassiner ici, cette nuit. Ce sera sa parole contre celle des étudiants, des anciens élèves... la mienne... Contre la réputation de l'établissement... Sa seule perspective, c'est de finir avec la camisole de force !

Charles se détend. Son ancien camarade n'a pas tort. Après un long silence, le professeur s'autorise même un embryon de sourire :

– D'accord, mais on prend ta voiture. Où est-ce qu'on le dépose, le gosse ?

Mardi, 7 h 40

Le médecin est nerveux, bourru. Température, pouls, tension, bronches, oreilles, gorge – dites « ah », oui, c'est un peu rouge, il faudra surveiller ça – et Laure est réputée apte au service. Il faut que ça tourne, il faut libérer les lits, d'autres en auront bientôt besoin.

Comment un thérapeute qui a prêté le serment d'Hippocrate, songe Laure, peut-il fermer les yeux sur la souffrance évidente et la détresse de ces jeunes hagards, épuisés ou blessés qui hantent l'infirmerie ? Lui a-t-on demandé, en haut lieu, de fermer les yeux sur les douzaines d'éclopés qui défileraient devant lui tous les matins ?

En tout cas, sa capacité d'empathie est résolument nulle.

– Ça devrait aller, je ne vais pas vous faire manquer les cours pour ça.

Laure est à deux doigts de le prendre à témoin, de lui raconter l'enfer du dehors, de le secouer pour l'empêcher de s'en désintéresser une fois de plus. Le mettre devant ses responsabilités.

Mais elle est encore sous le choc de sa rencontre avec

Leila-la-revenante. Elle s'est rendue tellement ridicule. Elle a tout imaginé. Que dire à ce médecin blasé ? Vous savez monsieur, les grands, ils sont méchants avec nous…

N'y pense même pas, Laure.

En moins de cinq minutes, l'infirmerie se referme derrière elle. Direction : sa chambre pour enfiler des vêtements à la place de ceux qu'on lui a prêtés, puis le cours de sciences physiques.

Leila l'a attendue, et les deux jeunes filles effectuent la route ensemble.

– Tu retournes en classe ? s'enquiert Laure.

– Oui. Les 3/2 ont négocié avec les bizuteurs : j'assisterai aux cours, mais je suis dispensée de bizutage jusqu'à la fin.

Laure sent poindre la jalousie envers celle qui va échapper au supplice, qui plus jamais n'aura à revêtir sa tenue crade ou à ramper au-delà de l'épuisement. Envie. Mépris : dispensée de bizutage, tout ça parce qu'elle a joué la petite fille terrifiée ? Laure n'arrive pas à réprimer une décharge de colère. Ses émotions doivent transparaître sur son visage, car Leila s'enquiert :

– Ça va ? Tu n'as pas l'air dans ton assiette.

– Ça va, oui, merci, assure-t-elle en luttant de toutes ses forces contre les démons qui l'assaillent.

– Je suis désolée de vous laisser tomber, tous… surtout toi : la nuit, je continuerai à dormir à l'infirmerie. J'espère que tu ne seras pas trop seule. Excuse-moi.

La haine de Laure tombe d'un coup, remplacée par une culpabilité cuisante. Mais qui est-elle en train de devenir, elle qui a toujours fait preuve de tolérance, de compassion, qui a sans cesse lutté pour les plus faibles ? En quel monstre cet horrible bizutage est-il en train de la transformer ?

Et soudain, elle comprend l'état d'esprit indéfinissable qui l'habite depuis son réveil. Le manque qui n'en finit plus de chuchoter à son oreille. Cette nuit, quelque chose s'est bel et bien produit, qui a pris le pas sur tout le reste. Ou plutôt, c'est quelque chose qui ne s'est pas produit : pour la première fois depuis certaine rentrée des classes, deux ans auparavant, Laure n'a pas rêvé de Martin.

Exténuée, l'esprit trop peuplé de visages grimaçants, de battes de base-ball, d'exécutions simulées et de véritables assassinats, la jeune fille a plongé dans un sommeil où Martin n'avait pas sa place. Ça ne lui était jamais arrivé. Comme un raz de marée, le bizutage et les exactions qui cette année gravitent autour de lui emportent tout sur leur passage. Son amour adolescent, ce premier sentiment, extrême, exagéré peut-être, auquel elle se raccroche en toutes circonstances, qui lui a tant appris, n'est donc pas plus fort que tout.

Ce constat la pétrifie. Et sa haine envers les bizuteurs, oubliée un instant devant le retour miraculeux de Leila, monte encore d'un cran.

D'accord, ils n'ont tué personne. Mais de quel droit laisse-t-on ces idiots jouer ainsi avec nos existences ?

Arrivées dans le peloton de queue, les deux jeunes filles s'installent au dernier rang. Depuis les premières places, Martin se tourne vers Laure et lui adresse une grimace inquiète – puis surprise. Il a reconnu Leila, la fameuse camarade de chambre de son amie, prétendument assassinée. Il esquisse un sourire pâle avant de reporter son attention sur l'enseignant de physique qui vient de faire irruption dans la pièce.

Jean-Yves Poirier sort de nouveau la feuille de présence pour faire l'appel. Eric Ackerman… Mariem Akkouche…

– Godin, Laure ?

– Ici.

Elle enfouit le nez dans sa copie pour dissimuler le rouge qui lui brûle les joues à l'idée que Leila, dans quelques secondes, répondra haut et clair à l'énoncé de son patronyme. Mais aussitôt après, elle dresse l'oreille :

– Tristan Lebeau ? Ah non, j'ai oublié de le rayer. Jean-François Lemarchand ?

– S'il vous plaît, monsieur, interrompt une voix tremblante. Excusez-moi…

Laure se rend compte que c'est elle qui vient de parler. Les mots sont sortis de sa bouche par réflexe, sans qu'elle les prémédite. Son estomac se noue. Il est trop tard pour faire marche arrière.

Jean-Yves Poirier lève la tête, l'air surpris mais non mécontent qu'on l'interrompe.

– Pardon…, répète Laure. Puis-je vous demander… Tristan. Lebeau. Pourquoi… pourquoi venez-vous de dire que vous étiez censé rayer son nom ?

Un clin d'œil complice, de la part de l'enseignant.

– Vous n'êtes pas au courant ? Votre camarade nous a quittés. Il a préféré opter pour le lycée Alexandre-Dumas, finalement. Il ne sait pas ce qu'il perd !

Une chape de plomb s'abat sur les épaules de Laure.

Imbécile ! Parce que Leila n'est pas morte, tu as oublié que tes yeux ont bel et bien vu, on ne peut plus distinctement, un corps chétif recroquevillé sur les pavés de la cour d'honneur. Parce que tu ne comprenais plus rien, tu as préféré te convaincre que tu avais imaginé ce cauchemar. Tu aimerais croire cet odieux bizutage inoffensif malgré les apparences, c'est tellement plus confortable !

Depuis combien de temps n'a-t-on pas aperçu Tristan ? Lui aussi a cessé de répondre à l'énoncé de son nom, pour la simple raison qu'on ne l'appelle même plus.

Laure marmonne quelques mots indistincts.

– Pardon, mademoiselle Godin ?

– Je me demandais… comment le savez-vous ? Je veux dire… quand Tristan est-il parti ? Comment pouvez-vous être sûr qu'il est bien à Dumas ? Vous en avez la preuve ?

L'enseignant fronce les sourcils.

– J'ignore à quand remonte sa décision… Je peux juste vous dire qu'il n'a pas commencé les cours parmi nous. Je n'ai moi-même jamais eu l'occasion de rencontrer ce monsieur en chair et en os, vous savez. En tout cas, il a eu la correction de prévenir le proviseur en personne avant de déserter. Bon, assez épilogué : c'est aux concours, l'année prochaine, que vous lui prouverez qu'il a eu tort. En attendant, mettons-nous au travail. Où en étions-nous ? Jean-François Lemarchand ?

Autour de Laure, les élèves achèvent de sortir feuilles et stylos. La voix du professeur devient vite bourdonnement monotone, rassurant.

Mais la jeune fille est à mille lieues de ce havre de paix.

Tristan. Bien sûr… Les bizuteurs ne pouvaient que se délecter à l'idée de martyriser ce laideron souffreteux. L'un d'entre eux est allé trop loin. Et si Leila n'a rien à voir avec ce dérapage, Tristan, lui, l'a payé de sa vie. Quinze ans à tout casser. Un gosse. Son intelligence ne l'aura pas empêché de devenir souffre-douleur de plus forts que lui, sitôt les grilles de l'établissement refermées.

Que faire ? Se confier à Jean-Yves Poirier ?

Elle tergiverse. Mais la crainte de se révéler au grand jour comme l'unique témoin du crime, celle de ne pas être crue et, en filigrane, celle de se tromper une fois de plus et de s'exposer au ridicule la retiennent.

Laure se tait.

Elle se tait et elle se hait.

Mardi, 9 h 50

Jean-Yves Poirier lorgne sa montre.

– Je voulais encore résoudre avec vous un exercice d'application : nous n'en aurons pas le temps si nous nous arrêtons à dix heures. Ça vous dérangerait de rester en classe pendant la récréation ?

Proposition alléchante. Trop. Les élèves se regardent, hésitants. Les bizuteurs accepteront-ils que le professeur empiète sur leur pré carré ?

Tes exercices, tu peux leur dire adieu : dans trois minutes chrono, le CDBIG va te sortir de derrière ton bureau…

Les pensées de Laure interrompent leur cours. Un détail qui prend soudain toute son importance surgit de sa mémoire : la veille au soir quand, au retour de la chambre de Martin, elle s'est réfugiée dans une salle de colles inoccupée, ses yeux sont tombés sur des emplois du temps. Ceux des élèves de leur étage, bien sûr, à savoir les première année de Sup 1 et les deuxième année de Spé 1 dont les redoublants ne sont autres que leurs bizuteurs. La mémoire visuelle de Laure fait le reste : sur le planning de la Spé 1, un pâté bleu s'étendait sur la matinée d'aujourd'hui – une séance de travaux dirigés de quatre heures non-stop. Pas de récréation pour leurs bizuteurs. Ce qui signifie pas de séance de bizutage pour les première année : les 5/2 ne vont pas venir réclamer leur tribut de victimes au professeur.

La coïncidence est éloquente. Ce n'est pas un hasard. Les bizuteurs ont demandé à Jean-Yves Poirier de tenir leurs bizuts bien au chaud pendant qu'eux-mêmes seront studieusement penchés sur un problème de mathématiques.

C'est l'occasion rêvée ! Celle de contacter Thierry Genest, l'ami de Martin, et de tout lui raconter. Le jeune homme est en Spé 3. Dans quelques minutes, sa classe sortira, elle, en récréation !

Elle ne se laisse pas le temps d'hésiter :

– Monsieur ?

– Mademoiselle Godin ?

– Ça ne me dérange pas de rester, au contraire, mais je voulais... enfin... je peux aller aux toilettes, s'il vous plaît ?

L'enseignant a un geste agacé en direction de la porte. Sans demander son reste, Laure s'esquive.

Et la voilà qui remonte les couloirs. Étonnée de sa propre audace. Regrettant déjà son coup de tête. Son cœur bat la chamade. Les portes de certaines salles de cours sont vitrées ; devant celles-là, elle se penche en priant pour n'être pas aperçue de leurs occupants. Classe. Couloir. Classe. Les remugles du bizutage flottent partout, corrompent même cette partie du bâtiment qui devrait fleurer le bois, l'encre et la craie.

Et si quelqu'un me voit ?

« Ils » ne peuvent quand même pas connaître tout le monde. « Ils » ne me connaissent que couverte d'une marée d'immondices.

De loin en loin, une bouffée de mathématiques ou de sciences physiques lui parvient à travers une porte. Tournant. Ici, ce sont des bribes d'histoire contemporaine qui viennent glisser sur l'indifférence angoissée de Laure : des Prépas commerciales. Une double porte donne sur l'extérieur. La jeune fille prend une inspiration et l'entrebâille, cligne les paupières sous l'effet de la lumière.

Personne. Le lycée entier est studieux avant la récréation qui verra revenir le calvaire des bizuts – sauf, espère-t-elle, ceux de Sup 1 et leurs bizuteurs qui resteront en cours. Elle se faufile hors du bâtiment Saint-François-Xavier. C'est l'instant délicat. Elle se sent nue dans ce passage à découvert.

Traverser la cour d'honneur.

Pas de précipitation. Ralentis. La tête haute, pour une fois. Tu n'as rien à te reprocher. Tu n'es pas une bizute, tu es une 3/2 respectable, tu as une bonne raison de te trouver ici. Respire.

Un coup d'œil à la grille d'entrée qui lui paraît si lointaine. Plusieurs mètres de fer forgé infranchissable, gardés par un groupe d'étudiants dont Laure, malgré la distance, distingue les calots rouge et noir piqués d'insignes dorés. Elle se sentirait plus à l'aise si elle aussi arborait cette coiffe, mais elle a observé que ses aînés ne les portent pas systématiquement : sa tête nue ne devrait pas suffire à la rendre suspecte.

Elle allonge quand même le pas ; ses jambes flageolent ; un préau, puis elle pénètre à l'intérieur du pavillon Saint-

Ignace. Le vantail claque derrière elle – détonation lugubre. Laure avance furtivement, déchiffrant le nom des classes qu'elle dépasse. Soudain elle pousse un cri.

– *Ah !*

Ce n'est rien : juste la cloche qui retentit pour annoncer la pause. Laure se dépêche. C'est ici. Spé 3. À travers la cloison, s'échappe le bruissement des élèves qui rassemblent leurs affaires. Des pieds heurtent le sol : les étudiants se lèvent, se dirigent vers la sortie.

C'est maintenant. Il va falloir jouer serré. Attirer discrètement l'attention de Thierry…

Elle entend les premiers élèves qui atteignent la porte. Elle se détourne, affecte de lire le quotidien affiché au mur du couloir. *Les Échos.*

La porte s'ouvre à la volée. Laure frémit : un bataillon de bizuteurs, en tout point identiques à ceux qui déchaînent leurs foudres sur la Sup 1, sort en trombes. Dix, douze, une grosse quinzaine.

– On se dépêche, les gars, on est à la bourre !

– Attendez-moi !

– Remets ta cagoule et bouge tes fesses !

– Mon maquillage se fait la malle…

Puis la cohorte tourne l'angle du couloir. Les exclamations se perdent au loin. À sa suite, quelques 3/2 pressent le pas : les volontaires qui suivent en témoins neutres le bizutage des Sup 3. Les autres achèvent de se déverser dans le corridor, d'un flot plus nonchalant. Nul ne prête attention à Laure qui froisse la page de son journal.

Ça y est. C'est lui. Il a changé de coupe de cheveux mais la jeune fille se souvient de ses traits volontaires.

– Thierry…, souffle-t-elle.

– Oui ? Oh, c'est toi, Laure ? Super ! Ça va ? Dans quelle classe t'ont-ils mise ? Tu… (L'étudiant s'interrompt :) Mais normalement… qu'est-ce que tu fais ici ?

– Chut… Viens par là. J'ai un truc important à te dire.

Thierry la considère avec réprobation.

– Non, écoute, je préfère ne pas… Tu devrais être avec les autres… On parlera plus tard…

– Écoute-moi : il se passe quelque chose de grave. Il n'y a que toi qui puisses m'aider.

Il recule, d'un pas indécis.

– Retourne avec ta classe. Je ne peux pas te parler.

– Ça ne prendra pas longtemps. Il faut que tu saches. Ou je me trompe fort, ou un élève de Sup 1 est mort. Jeté par la fenêtre. Je l'ai vu. Le bizutage a dérapé, tu comprends ? Mais le proviseur étouffe le scandale. Il prétend que Tristan est parti pour Alexandre-Dumas !

Le murmure surexcité de Laure décrédibilise son exposé. Le jeune homme esquisse un geste apaisant.

– Arrête… Tu te fais des idées. Personne n'est mort. Le bizutage est un peu impressionnant mais on ne tue pas les bizuts, promis ! ajoute-t-il dans une ébauche de sourire. Retourne avec les autres : dès que tout sera terminé, on discutera autant qu'on voudra. On rattrapera le temps perdu. Mais là, non, je préfère ne pas prendre de risques…

– Je ne peux pas communiquer avec l'extérieur ; toi, tu le peux : appelle la police. Explique-leur qu'un certain Tristan Lebeau a disparu, en plein milieu du bizutage… que j'ai aperçu son corps…

Thierry regarde par-dessus son épaule avec une gêne mêlée d'inquiétude. Leur conciliabule engendre déjà un début de curiosité chez les élèves qui déambulent dans le couloir en attendant le cours suivant.

– C'est n'importe quoi, Laure... Tu as vu un cadavre ? C'était un coup monté. Quelqu'un a fait semblant. Les bizuteurs essaient d'être réalistes... Tu es tombée dans le panneau, c'est tout !

– Un coup monté ? J'ai essayé de m'en persuader. Mais ça ne colle pas. Quel en serait le but ? Je suis la seule à...

– Il est d'usage de faire courir des rumeurs, coupe Thierry. Pour créer une ambiance... Non, décidément, ton histoire ne m'étonne pas. Mais c'est du théâtre : tu es simplement du mauvais côté du rideau.

– Si c'est le cas, prouve-le-moi !

Thierry soupire, baisse encore le ton :

– Laure, je m'en vais. Je ne veux pas qu'on nous trouve ensemble. Allez, aie confiance en moi. Et en tes bizuteurs : ils font bien leur boulot. Pas un ne songerait à utiliser la violence contre un bizut. D'ici quelques jours, tu en rigoleras...

– Fais-le pour moi !

L'interpellé lui oppose une fin de non-recevoir.

– Pour la dernière fois : tu n'as pas assez de recul. Tu ne peux pas comprendre. Bientôt, tu te moqueras de tes soupçons. Ouvre bien grand tes oreilles : le bizutage de Sainte-Thérèse ne *peut* pas déraper. Ce n'est pas possible. Maintenant, va rejoindre ta classe et laisse-moi tranquille. Désolé.

Le jeune homme tourne les talons.

– Appelle la police. Ou au moins Dumas, pour vérifier qu'il n'est pas là-bas ! Tu verras bien...

Thierry s'éloigne résolument en direction des toilettes. Il a hâte de prendre le large. Les bizuts sont des pestiférés.

– *Un* coup de téléphone ! Un seul ! S'il te plaît ! Souviens-toi : Tristan Lebeau !

Le cri de Laure ricoche contre le dos de son ami. Elle rougit : des élèves se sont retournés vers elle quand elle a élevé le ton. Naturelle, sois naturelle…

À son tour elle fait volte-face et se dirige vers la sortie. Il est temps de regagner le bâtiment Saint-François-Xavier, sa salle de classe, ses condisciples. Ne pas laisser l'occasion aux 3/2 de Sup 3 de se demander pourquoi le visage de cette jeune fille aux abois leur est inconnu.

Échec sur toute la ligne, Laure.

Mardi, 12 h 15

L'heure du déjeuner. Précipitation. Cavalcade nauséabonde. Sur le terrain de rugby, le carré est formé en quelques secondes. Même si l'on entend les respirations anarchiques des bizuts qui ont couru de toutes leurs forces pour ne pas faire attendre leurs bourreaux, l'ordonnancement est irréprochable. Le troupeau est bien rôdé. Salut au bizuteur, être supérieur : cinquante paires de bras claquent contre les pantalons. Sous de faux prétextes, le CDBIG donne trois fois l'ordre de recommencer le salut déjà impeccable. Il faut taper fort. Cuisses et paumes brûlent.

Une voix féminine invective :

– *ÇA T'AMUSE, BEUZEU ? BISTOUILLE PAS ! BISTOUILLE PAS, J'AI DIT !*

Le reste de la diatribe informe Laure de la signification de ce reproche énigmatique : un étudiant a été pris en flagrant délit de sourire. Un rire nerveux, sûrement… Le pauvre gars va passer un sale quart d'heure.

– *COMMENT TU T'APPELLES ?* questionne la Bizuteuse Officielle à l'origine du psychodrame.

– Franck. Loubat.

– *J'EN AI RIEN À FOUTRE DE TON NOM, PAUVRE DÉBILE, ET ENCORE MOINS DE TON PRÉNOM ! UN BIZUT N'A PAS BESOIN D'UN NOM... C'EST QUOI TON SURNOM ?*

– Mon surnom est Lourdaud, ma BO.

– *JE TE FAIS RIRE, LOURDAUD ?*

– Non, ma BO.

– *TU AS RAISON, BEUZEU, JE NE SUIS PAS QUELQU'UN DE TRÈS DRÔLE... MAIS POUR ÊTRE SÛRE DE GUÉRIR TA JOIE DE VIVRE, JE VAIS DEMANDER À NOTRE CHER KILLER OFFICIEL DE S'OCCUPER DE TOI AVEC TOUTE LA TENDRESSE DONT IL EST CAPABLE...*

Laure est navrée pour Franck. Le délégué de leur classe, autrement nommé « Père Bizut » dans l'obscur jargon de Sainte-Thérèse, fait partie de la poignée de condisciples avec lesquels elle s'est découvert le plus d'affinités pendant le week-end d'intégration – il y a une éternité. Grand, carré, beau gosse, des cheveux blonds qui ondulent, des yeux bleus pétillants d'humour, il a amusé la galerie à chaque activité de groupe, à chaque repas. Évidemment, c'était avant qu'il ne devienne... eh bien grand, voûté, laid, les cheveux sales qui collent au front, les yeux ternes.

Bravant l'interdit, Laure lui décoche un regard. Il est déjà sur les talons du KO, remontant le carré des bizuts pour aller subir son exécution sur le devant de la scène. Les yeux de la spectatrice retournent se ficher dans le sol. Chez la victime prochaine, elle n'a décelé aucun signe de panique ; mais Franck ne doit pas en mener large. Et pourquoi donc a-t-il souri ? L'humour, même le sien, a des limites... La jeune fille se souvient du cri qu'il a poussé devant une mystérieuse photo déchirée : le garçon a craqué, comme chacun est condamné à le faire à un moment ou un autre de cette démence. Quand était-ce ? La veille, l'avant-veille ?

– *BEUZEUS, POUR ADMIRER LA SANCTION... À MON ORDRE...*

Coup de sifflet. Les têtes se redressent avec indifférence. Une exécution de plus.

Franck Loubat est agenouillé devant ses bourreaux. L'air anormalement calme. Le KO, grande perche au crâne rasé et passé au charbon comme celui du CDBIG, s'apprête à officier.

– *BEUZEU, POUR UNE FOIS, TU VAS AVOIR LE DROIT DE REGARDER EN L'AIR. METS LA TÊTE EN ARRIÈRE, BIEN EN ARRIÈRE. PLUS QUE ÇA ! PLUS QUE ÇA, J'AI DIT !*

Par-derrière, la BO de tout à l'heure tire les cheveux de Franck pour mieux offrir son visage au ciel. Le bizut grimace, la nuque torturée. Mais déjà le KO lui déverse un saut de viscères en pleine face. Les intestins en putréfaction dégoulinent à terre ; quelques morceaux d'entrailles demeurent, en équilibre, sur la figure du martyre.

– *OUVRE LA BOUCHE, LOURDAUD !*

L'interpellé hésite à obtempérer.

– *OUVRE LA BOUCHE OU JE TE FAIS TOUT BOUFFER. T'AS INTÉRÊT À OBÉIR...*

Lentement, le bizut desserre les mâchoires.

– *ET MAINTENANT, DIS À LA BO NUIT-SANS-FIN QUE TU REGRETTES !*

– Je regrette, ma BO.

– *PLUS FORT !*

– Je regrette, ma BO.

– *ENCORE PLUS FORT !*

– Je regrette, ma BO !

Sa voix fuse, suffisamment claire pour convaincre Laure que seules de rares bribes des boyaux qui couvraient le visage de Franck se sont insinuées dans sa bouche. Elle en est soulagée pour lui.

– *GARDE LE GOSIER OUVERT, BEUZEU !*

Et le détestable personnage lui enfourne une cuillère à soupe de pâtée pour chien dans la gorge. Puis une autre. Une autre encore. On entend un râle. Gargouillis. Franck vire au cramoisi.

– *C'EST BON ?* s'enquiert le Killer Officiel.

– *À MON TOUR, LAISSE-MOI FAIRE !* réclame le CDBIG.

Le colosse s'empare de la boîte de Pal et ajoute sa contribution à la réalisation du KO. Celui-ci parachève l'œuvre en arrosant de Tabasco le monticule rosâtre qui sort de la bouche du bizut.

– *ÇA VA ALLER COMME ÇA... ET MAINTENANT, AVALE !*

Sous les quolibets des bizuteurs, la tête toujours tirée en arrière par la BO Nuit-Sans-Fin, Franck Loubat s'efforce de déglutir, mâcher, déglutir, mâcher, déglutir la pâtée qui menace de le suffoquer.

Coup de sifflet. Le spectacle est terminé. On baisse la tête. Un frémissement atterré parcourt le rang des bizuts : leur camarade a dérouillé.

– *RETOURNE AVEC TES PETITS COPAINS, DARLING... RETOURNE À TA PLACE...*

– *ET MAINTENANT,* déclame le CDBIG, *UN PETIT RIO CRADE POUR SE METTRE EN APPÉTIT, ET VOUS AUREZ LE DROIT D'ALLER BÂFRER COMME LES POURCEAUX QUE VOUS ÊTES ! QUOI, VOUS CROYEZ QUE LOURDAUD N'AURA PLUS FAIM ? OH,*

COMME C'EST DOMMAGE… ALLEZ, ROMPEZ, RIO CRADE, VITE ! RIO CRADE ! COUREZ !

Rio Crade, pompes, quelques exécutions. Par deux fois, Laure est mise au pilori ; comme si les bizuteurs lui portaient un intérêt tout particulier. Mais les traitements qu'ils lui infligent ne sont pas aussi virulents que celui qu'ils viennent d'administrer à Franck.

Si seulement elle avait moins froid…

Puis c'est le repas pendant lequel, comme à l'accoutumée, seuls les âmes les plus fortes et les estomacs les plus endurcis parviennent à ingérer leur comptant de calories. Les bizuts jaillissent bientôt de la cantine, bizuteurs sur les talons, pour une nouvelle activité stupide. Cette fois-ci, les vénérables aînés ont inventé une variante grandeur réelle du jeu vidéo « Space invaders ». Les quatre cents bizuts réunis pour l'occasion sont répartis sur le terrain de rugby. Quelques étudiants font office de lanceurs, d'autres de projectiles qui, poussés dans le dos, doivent courir percuter leurs homologues des autres Prépas.

Hilarant, vraiment, rage Laure en voyant se réjouir non seulement les bizuteurs mais aussi une poignée de professeurs qui assistent aux ébats. Ceux-ci papotent paresseusement, mains dans les poches, rient quand un bizut tombe les quatre fers en l'air, se désintéressent momentanément de l'arène quand rien de spectaculaire ne s'y produit.

L'humiliation de Laure atteint un paroxysme. Offerte aux yeux moqueurs des très sérieux et très respectables agrégés, elle est dévorée de honte plus encore que par la fatigue, la faim, le froid qui ne la quitte plus ; même la peur est passée au second plan. Reste sa haine, des anciens, de tous leurs complices, d'elle-même. Surtout d'elle-même. Elle se consume dans sa rage silencieuse.

Pourtant, autour d'elle, les autres font plus facilement contre mauvaise fortune bon cœur. Malgré la pestilence, malgré les collisions et les chutes, les exclamations de douleur, les hématomes et les chevilles tordues, l'ambiance générale s'avère plutôt bon enfant. Se mouvoir presque librement, lever fugitivement la tête, se dégourdir les muscles de la nuque, au lieu de rester en rang sous la pluie des insultes et des immondices, d'avaler piments, pâtée et croquettes, de ramper ou de pomper, au lieu de se faire exécuter… c'est toujours ça de gagné. Et les fleurs alentour, le soleil dans le ciel bleu, contribuent à une atmosphère moins sinistre que celle des Rio Crade sous le crachin nocturne : pour les observateurs extérieurs, le tableau est moins choquant qu'il ne devrait l'être.

Laure s'effondre au sol dans un gémissement. Un projectile humain l'a percutée avec violence.

Personne ne l'oblige à courir si vite, il pourrait amortir le choc, quand même !

L'objet de son courroux lui adresse une grimace contrite et prend même le risque de lui glisser quelques mots à l'oreille : – Désolé, ça va ? Excuse, je croyais que tu étais de Thalès… avant de galoper reprendre sa position dans les rampes de lancement.

Elle l'a reconnu sous la crasse : Franck Loubat, encore lui. Malgré les remords qu'il formule, elle a du mal à pardonner au délégué de classe son ardeur à suivre les ordres de ses aînés. On croirait qu'il se prend au jeu. Pourtant, la démonstration de force que lui a valu sa décontraction avant le repas n'avait rien d'enviable. Y est-il resté indifférent ?

Mais non, Laure, arrête : tu ne vas pas commencer à en vouloir aux bizuts pour ce que les bizuteurs leur font subir !

– *BEUZEUS...*

Le CDBIG hurle dans un porte-voix. Son glapissement sifflé fait l'effet d'une douche froide sur l'assemblée des bizuts. Quatre cents marionnettes se figent.

– *LA RÉCRÉATION EST TERMINÉE !*

– *VOUS AVEZ TOUS ÉTÉ NULS !* décrète un BO anonyme. *LE SPECTACLE ÉTAIT CONSTERNANT. VOUS COUREZ COMME DES LIMACES VISQUEUSES ! VOUS VOUS DÉPLACEZ AVEC AUTANT DE PRÉCISION QU'UNE VACHE LES YEUX BANDÉS !*

– *J'AI HONTE D'ÊTRE VOTRE CDBIG ! VOUS NE MÉRITEZ PAS D'ÉTUDIER À SAINTE-THÉRÈSE, ET SI VOUS NE CHANGEZ PAS BIENTÔT D'ÉTAT D'ESPRIT NOUS N'AURONS PAS D'AUTRE CHOIX QUE DE VOUS EN FAIRE EXCLURE.*

Cause toujours ! marmonne Laure.

– *POUR ESPÉRER FAIRE DE VOUS DES ÉLÈVES DIGNES DE SAINTE-THÉRÈSE, IL VA DONC FALLOIR INTENSIFIER LE BIZUTAGE.*

Le silence qui règne dans le troupeau s'épaissit.

– *EN CE QUI CONCERNE LE FUTUR TRÈS IMMÉDIAT,* embraie un bizuteur, *LA BONNE NOUVELLE POUR VOUS, C'EST QU'IL EST PRESQUE TREIZE HEURES TRENTE. L'HEURE DE PRENDRE UNE DOUCHE BIEN CHAUDE ET DE RETOURNER EN CLASSE VOUS ROULER LES POUCES.*

– *LA MAUVAISE,* achève le CDBIG, *C'EST QU'IL Y A UN CHANGEMENT DE PROGRAMME : VOS PROFESSEURS ONT ANNULÉ LEURS COURS DE L'APRÈS-MIDI. DEVANT VOTRE NULLITÉ, ILS N'ONT PAS D'AUTRE CHOIX QUE DE NOUS LAISSER*

CARTE BLANCHE EN ESPÉRANT QUE NOUS ARRIVERONS À TIRER QUELQUE CHOSE DE VOUS.

Une chape de consternation s'abat sur les étudiants.

– *ALLEZ, BEUZEUS... TOUS EN BITE-A-CUL, DIRECTION LE RIO CRADE, ET PLUS VITE QUE ÇA !*

Les bizuts prennent l'humiliante position où chacun, accroupi, passe une main entre ses propres jambes pour la tendre à son voisin de derrière et, de l'autre, attrape celle de son voisin de devant. La colonne s'ébranle ainsi. Laure considère les professeurs, qui tournent les talons non sans leur avoir adressé un salut qui amusé, qui compatissant.

Ordures ! École de fous ! Faux-culs de Jésuites ! Assassins ! Je vous déteste tous, si vous saviez...

Elle n'est plus qu'une boule de haine frigorifiée.

– *LOURDAUD ? BISTOUILLE PAS ! BISTOUILLE PAS, SOUS-MERDE ! JE VAIS T'APPRENDRE LE RESPECT !*

Mardi, 14 h 50

Les bizuteurs ont bluffé : ils n'avaient négocié avec les professeurs qu'une heure de liberté, et non pas tout l'après-midi. Les cours ont repris pour tout le monde dès 14 h 30.

Chez les deuxième année, Gonzague Lefèbvre Du Plessis – Killer Officiel pour les intimes – transpire, craie à la main, devant le tableau couvert de pattes de mouches. Il bénéficie d'un sursis : l'enseignant regarde par la fenêtre.

– Et si je pose… enfin… je pourrais créer un sous-espace… hum…

D'ordinaire, Charles Beauprais aurait gratifié l'élève d'une remarque cinglante, mais il est plongé dans ses propres réflexions. Il observe le proviseur qui se hâte sous les arcades du pavillon Saint-Ignace.

Que peut-il bien mijoter ?

Depuis que Charles a aidé Henri de La Louvière à dissimuler le corps de Tristan Lebeau, il est dévoré d'angoisse.

Pourquoi ai-je accepté de l'aider ?

Qu'on attribue le décès de l'étudiant à un dérapage du

bizutage et Henri, effectivement, se retrouverait dans de sales draps. Il n'a pas tort de penser que cela lui vaudrait la prison ferme.

Et alors ? Qu'est-ce que ça peut me faire ?

Mais certains arguments ont porté. Celui de la fermeture de l'école, par exemple : voilà qui ne ferait pas l'affaire de Charles.

De toute façon, il n'a jamais su dire non à Henri. Son âme damnée… Combien de fois, à Normale sup, s'est-il laissé convaincre d'une mauvaise action à perpétrer de concert et qui, immanquablement, était retombée sur lui ? Combien de fois a-t-il accepté de porter le chapeau des bêtises d'Henri ?

Il y a eu notamment cette fameuse nuit où son condisciple était rentré ivre, hagard, au bord des larmes, tirant Charles du sommeil pour lui avouer les aventures peu reluisantes de sa soirée et le supplier de les couvrir. Dans une rue connue pour abriter les prostituées par dizaines, Henri avait abordé une jeune fille, plus fraîche, plus confuse que les autres, l'air mal à l'aise sur ses talons aiguilles. Il s'était enquis du prix de ses prestations, et elle avait éclaté de rire. Comme il insistait et commençait à la malmener, elle avait expliqué qu'elle n'était ici que pour un canular. Elle enterrait ce soir-là sa vie de jeune fille. D'ailleurs, ses copines étaient là, pas loin, cachées derrière un arbre… S'il ne la laissait pas tranquille, elles viendraient à la rescousse… Le problème, c'était que les copines en question étaient parties lui chercher un café : il faisait frisquet, à cette heure. Et il devait y avoir foule dans le bar, car elles avaient mis une éternité à reparaître. De trop longues minutes durant lesquelles Henri, ivre et fou d'excitation, avait copieusement rudoyé la fausse prostituée. Les copines, en revenant, avaient alerté la police, et l'histoire s'était terminée au poste.

Techniquement parlant, il n'y avait pas eu viol ; les filles, étudiantes comme Henri, bien alcoolisées elles aussi, avaient renoncé à porter plainte. Mais elles allaient en référer à l'administration de l'école du jeune homme.

– Vu que je n'avais pas mes papiers sur moi, j'ai donné ton nom… tu ne m'en veux pas ? Qu'est-ce que tu risques ? Au pire un avertissement… Moi, si on marque ça dans mon dossier, je peux dire adieu à ma carrière !

L'épisode risquait en effet de porter ombrage à l'ambition familiale, qui destinait Henri à entrer dans les ordres.

– Tu es mon ami oui ou non ? Tu peux me sauver la vie !

Charles avait obtempéré, une fois de plus.

Il grince encore des dents au souvenir des semaines qui avaient suivi : l'avertissement, la honte, les quolibets des camarades auxquels il n'était déjà pas sympathique et qui s'étaient empressés de lui faire payer son arrogance et sa supériorité habituelles.

Quant à Henri, quelques années plus tard, il était devenu religieux.

Charles se demande encore pourquoi il s'était acoquiné à ce point avec Henri de La Louvière. Pourquoi celui-ci avait une telle emprise sur lui. Mais cette époque de sa jeunesse restait trouble dans sa mémoire, pleine d'amères déceptions, tant scolaires que sentimentales. Échecs, trahisons, dépression… et ce désir de jouer avec le feu, de suivre l'itinéraire de cet étrange Henri… ce jeune homme de noble lignage, envoûtant, inquiétant, aussi à l'aise avec les grands de ce monde que capable de jurer comme un charretier et de commettre les plus pendables provocations. Charles se révoltait ainsi par personne interposée contre les injustices qui le frappaient ; et il en payait le tribut.

C'était presque trente ans auparavant. Pourtant, Henri sait aujourd'hui encore imposer son emprise vénéneuse à son ancien compère. Son magnétisme agit toujours sur Charles, ce regard qui lui ôte tous ses moyens.

– Monsieur, je ne suis pas sûr…

L'enseignant revient à la réalité. Il claque de la langue :

– Je vois. Rien. Cerveau vide. Encéphalogramme plat. Mort clinique. Et ça s'étonne d'avoir été recalé à l'X !

– Oh, juste de quelques centièmes de points, monsieur… un demi-point de plus à l'oral de maths ou de physique et je…

– Et vous quoi ? Vous vous retrouviez à Polytechnique, dernier du classement ? Il n'y aurait pas eu de quoi pavoiser, monsieur Du Plessis. Allez vous asseoir.

Il suit des yeux Gonzague qui retourne à sa place, le rouge aux joues. L'étudiant ne devrait pas se formaliser des réflexions de Charles Beauprais, auxquelles les redoublants sont accoutumés depuis un an. Mais lui est plus susceptible que les autres et il se rassied en bouillonnant de rage. Heureusement que, dans trente minutes à peine, endossant son costume de Killer Officiel, il va pouvoir se venger de son humiliation sur des bizuts qui ne risquent pas de se défendre ! Depuis son échec au concours suprême en juillet précédent, cette perspective est son unique consolation.

– Quelqu'un d'autre pour démontrer l'unicité de cet antécédent ? Tassy ? Ah, non, monsieur est en plein sommeil… je m'en voudrais de le déranger.

– Je…, balbutie Emmanuel en repoussant une mèche ondulée. Désolé, si vous voulez je peux essayer… (Il sourit et précise :) Avec peu de chances de succès, je dois bien l'avouer.

– Non, non, vous êtes excusé pour cette fois. Vous bizutez, je suppose ?

Les yeux d'Emmanuel Tassy, au corps de sportif sans cesse en mouvement, pétillent de gaieté :

– Euh, oui (grimace comique). Bizuteur Officiel Mad Max, pour vous servir. Je n'ai pas dormi pendant deux nuits et rien avalé d'autre que du pain…

– Organisez-vous un peu mieux, pour que tout le monde puisse quand même manger un minimum… Vous ne vous relayez pas ?

– Nous ne sommes pas très nombreux par rapport aux bizuts. C'est dingue, le boulot que ça demande…

– Eh bien, bon courage. En attendant, revenons à nos moutons.

Les yeux de Charles Beauprais balaient la classe. Pas encore habitués aux coups de gueule de l'enseignant pourtant connu pour aboyer plus qu'il ne mord, les 3/2 ont le nez dans leurs copies. Quelques redoublants n'en mènent pas large non plus ; épuisés, ils ne souhaitent rien moins qu'être appelés au tableau. Sauf, bien sûr, les deux élèves qui ne bizutent pas malgré leur statut de 5/2 : Alban de Clédat, le blond filiforme, et Daniel Letourneur, à la mâchoire aussi carrée que la monture noire de ses lunettes. Mais ni l'un ni l'autre n'est sympathique à Charles. Il préfère jeter son dévolu sur un grand brun d'origine espagnole :

– Claude Garcia ? Ou devrais-je dire BO Terminator,

ces jours-ci ? Si vous n'êtes pas en manque de nicotine, j'aimerais que vous nous fassiez l'honneur de résoudre ce minuscule exercice.

Au moment où il prononce ces mots, l'agrégé se tourne de nouveau vers la fenêtre. Dans la cour, Henri de La Louvière parle à un inconnu. Charles tire son mouchoir de sa poche et s'éponge fébrilement le front.

Allons, calme-toi, Charles, calme-toi…

Henri a l'air sûr de son coup. Et vu les risques que lui-même encourt, il aura à cœur que tout se déroule selon son plan.

– Alors ? Voulez-vous m'étudier le noyau de cette fonction ?

Mardi, 18 heures

Aurore sursaute. Des cris retentissent dans le parc ; le bizutage a repris ; elle en devine déjà les effluves aigrelets à travers sa croisée ouverte. Elle est en retard. Les cours des deuxième année achevés une heure avant ceux des bizuts, elle est montée dans sa chambre se reposer un peu avant de se mettre en tenue. Elle a allumé la musique, s'est plongée dans un livre et n'a pas vu le temps passer.

Sur la planche qui fait office de table de chevet, au-dessus de son lit, elle repose *Autant en emporte le vent* qu'elle relit pour la troisième fois – en écrasant toujours la même larme incurablement romantique. Chopin joue ses nocturnes en sourdine. Aurore tend le bras et monte le son pour que le piano couvre les beuglements qui lui parviennent depuis le terrain de rugby. Elle se redresse en soupirant.

– C'est reparti…

Elle ôte son pantalon de toile et son chemisier fleuri, les pose sur le dossier de la chaise pour qu'ils ne se froissent pas et, en grimaçant, enfile la robe de skaï, d'un noir brillant, qui lui sert d'uniforme de bizutage. Elle fronce les narines : malgré ses précautions, les vêtements sont contaminés par les boues fétides qu'elle n'a pas réussi à éviter. Elle attache en un chignon austère les longues anglaises qui, au naturel, lui tombent jusqu'au bas du dos. Un soupçon de noir sur les lèvres – tant pis pour les ongles, elle n'a pas le temps de les revernir – et elle lace enfin ses rangers, deux pointures trop grandes, que des camarades lui ont dénichés dans un surplus militaire.

Un coup d'œil par la fenêtre entame son courage. Ces heures passées debout, à piétiner, surveiller, hurler, punir… Elle n'a pas la vocation. Mais qui l'aurait ?

– Allez, c'est pour la bonne cause.

Elle sort de sa chambre et entreprend de dévaler les escaliers.

Elle ne fait plus attention au décor devenu familier, mais les hauts plafonds, les larges marches de marbre, la rampe patinée, les portes massives, les siècles d'histoire qui imprègnent les murs de pierre lui apportent le même apaisement qu'au premier jour.

Aurore aime tout, à Sainte-Thérèse. L'architecture unique, le parc immense aux bosquets fleuris dans lequel il fait bon réviser ses cours, à la belle saison ; les professeurs attentifs, les amis généreux ; la coloration résolument catholique, les messes confidentielles, chaque matin à la crypte, auxquelles elle a parfois assisté quand elle avait besoin de réconfort ; les actions sociales et humanitaires vers lesquelles on encourage les élèves à s'engager dans la mesure de leurs possibilités. Sainte-Thérèse est beaucoup plus qu'un lycée, plus qu'une classe Prépa au rythme effréné et sans pitié. L'ambiance y est studieuse mais aussi solidaire, dévouée.

C'est pourquoi la jeune fille n'a pas songé à se dérober à sa responsabilité quand est venu son tour d'initier aux valeurs de Sainte-Thérèse la promotion qui effectuait sa rentrée. D'autant que le faible nombre de filles parmi les 5/2 rendait sa participation très significative.

Que la comédie qu'elle allait devoir jouer lui demande de forcer sa nature, que le bizutage soit une aventure prenante, épuisante, ne sont pas entrés en ligne de compte. Il est du devoir de chacun, après avoir bénéficié de cette expérience unique, qui soude si bien les élèves et leur insuffle tant d'humanité, de donner un peu de soi pour que se perpétue la tradition.

Que serait devenue Aurore, si douce, si timide, si le bizutage ne l'avait pas aidée à s'intégrer ?

Alors, pendant quelques jours, elle va encore participer activement à cette grande aventure.

– La BO Nuit-Sans-Fin est en retard ? l'interpelle une voix dans son dos.

Aurore se retourne sans sourire. Gonzague Lefebvre Du Plessis la guettait, dans l'ombre. Un frisson la parcourt, comme chaque fois que cet adolescent trop vite poussé en graine s'approche d'elle. Il lui rappelle ce gamin de son lotissement, quand elle avait cinq ans. Lui était un peu plus âgé, et il la terrifiait : il consacrait le plus clair de son temps à torturer des bestioles. D'abord des insectes auxquels il arrachait ailes et pattes puis, plus tard, était venu le tour des rats et des grenouilles. Quand sa famille avait déménagé, une ombre s'était éloignée de la maison d'Aurore.

Au lieu d'élire Gonzague Killer Officiel, on aurait plutôt dû l'interdire de bizutage. Il est tellement malsain…

– Je vois que tu n'es pas en avance non plus.

– Qu'est-ce que tu faisais ?

Aurore ne répond pas. Elle fuit ce tête-à-tête avec Gonzague, qui la drague ouvertement. Elle qui rêve d'un garçon galant, fragile, sentimental, qui n'oserait lui déclarer sa flamme, l'embrasserait au dixième rendez-vous et, bien sûr, l'épouserait avant la première nuit…

– Dépêchons-nous, plaide-t-elle. On nous attend.

Mardi, 19 h 20

Tout le monde est complice. Tous ces étudiants, ces professeurs respectables, vénèrent le bizutage. Pas un n'imagine qu'il puisse devenir le cadre d'un dérapage fatal. Laure a enfin trouvé le courage et l'occasion de lancer un appel au secours : en vain. Alors, elle continue de passer en revue chacun de ses tourmenteurs pour tenter de discerner le plus fou d'entre eux, celui qui a défenestré Lebeau en toute impunité. Ils sont nombreux, trop pour une bizute qui n'a aucun moyen d'investigation – seulement le droit d'incliner la tête jusqu'à ce que sa nuque lui fasse mal à en crier, seulement le droit de se taire et de subir les caprices de ses aînés. Comment découvrir la vérité ?

Et quand bien même elle détiendrait le nom du coupable, qu'en ferait-elle ? Comment prévenir la police ? Oserait-elle s'enfuir ? Elle doit s'avouer que le bizutage la tient pieds et poings liés.

Elle qui croyait en avoir vu d'autres, qui se pensait endurcie par sa famille partie à la dérive, fortifiée par son amour pour Martin, elle tremble devant des brutes adolescentes dont, à une exception près, la férocité n'est que mise en scène. Comment peut-elle se laisser museler par des déguisements, quelques cadavres de poulets et une boîte de pâtée pour chat ?

Pourtant, c'est un fait, elle n'en mène pas large.

Elle ne devrait pas s'en vouloir : personne n'en mène large. Martin, qu'elle a toujours trouvé si courageux... Ralph et Damien, sportifs de haut niveau... Malo, Pierrick, Jeff, ces indécrottables boute-en-train... Tout le monde encaisse. Mais ça ne la console pas ; elle s'en veut, c'est comme ça.

Et Martin, Martin que j'aime, Martin qui...

– *LOURDAUD ? BISTOUILLE PAS ! JE TE FAIS RIRE ?*

Déjà la deuxième exécution pour Franck Loubat ce soir. Pour quelle raison les anciens s'acharnent-ils sur lui ? Laure ne comprend pas. Il semble que Franck soit souvent surpris à redresser la tête, à observer autour de lui ; à sourire, même. Pourquoi fait-il ça ? Il en connaît les conséquences. Mais les exécutions qui se multiplient ont peu de prise sur lui. Il avance calmement, à peine crispé par une angoisse bien apprivoisée, subit les sévices que ses crimes lui ont valu, puis regagne les rangs sans se presser.

Sur le visage, une pointe d'amusement que Laure ne peut s'expliquer.

Le courage apparent de Franck est loin de forcer l'admiration de la jeune fille. Il conforte au contraire son amertume. Et ce n'est pas à cause des sanctions qui volent sur les autres bizuts en représailles, des innombrables pompes qu'il faut effectuer au nom de l'esprit co en criant « Merci Lourdaud ! » – car elle sait que, sans lui, les bizuteurs trouveraient mille autres prétextes à leurs brimades.

Elle est prise à la gorge par une impression de gâchis. Si quelqu'un, ici, n'a pas ou plus peur, alors qu'il proteste, qu'il se rebelle, qu'il montre l'exemple ! Qu'il s'en aille, et pousse les autres à en faire autant ! Pourquoi rester ? Pourquoi se soumettre au joug des fils à papa qui se sont érigés en tortionnaires et en donneurs de leçons ? Décidément, le cran de Franck ne peut être qu'une façade.

Les activités se succèdent, lassantes. Puis une attente, une de plus, dont les bizuts ne cherchent plus à comprendre la raison.

Brusquement, un chapelet de grenades à plâtre explose dans les rangs.

La poussière se dissipe autour des bizuts assourdis. On salue dans les règles un groupe de nouveaux venus, à l'origine de cet extra. Le CDBIG les présente comme de « Vénérables Intégrés » — de tous jeunes anciens élèves de Sainte-Thérèse qui, ayant décroché Polytechnique en 3/2, viennent rendre visite à leurs camarades redoublants. Une pointe de nostalgie au ventre, ils écoutent les bizuts entonner, à genoux, des hymnes à leur gloire et les chansons obscènes qu'on leur a fait apprendre. Sur leur ordre, un garçon s'en va, à croupetons, cueillir de ses dents des fleurs qu'il vient déposer sur les chaussures d'un vénérable intégré. Un polytechnicien emprunte le gourdin du BO Mad Max et dessine des moulinets dans l'air avec une grimace envieuse. Son voisin prend un bizut par le bras et lui glisse quelques mots : Laure reconnaît Malo, qui s'approche à quatre pattes d'un condisciple et mime un chien urinant contre un lampadaire. Le lampadaire paraît mortifié mais Malo, à l'image de Franck tout à l'heure, se gausse de cette plaisanterie sans conséquences ; il se fait réprimander pour son hilarité.

Décidément, tout le monde n'a pas le même sens de l'humour, grince Laure.

Elle-même a tellement honte de se livrer en spectacle à de nouvelles têtes, de nouveaux yeux goguenards, qu'elle ne se sent pas trembler de ce froid qui ne la quitte plus. Les mâchoires crispées sur sa haine qu'elle doit dissimuler, elle fixe l'herbe sous son nez. Ne plus voir personne. Oublier qui elle est, où elle est, et en quelle compagnie.

Une chaussure lui écrase la main.

– Ouille !

Le coupable lève le pied, mais une douleur plus forte coupe le souffle de Laure. La batte de base-ball. Elle a affaire à ce connard de polytechnicien qui s'amuse avec la batte de ses petits copains. Le cri de Laure lui a fait manquer la figure à laquelle il s'entraînait – et le moulinet inoffensif s'est achevé sur la tempe de la jeune fille.

Une lumière bleue fulgure devant ses yeux. Nausée. Elle s'effondre. Son front percute le sol. Elle reste étendue là, incapable de reprendre sa respiration. Elle ferme les paupières. Malgré cela, des flashes bleus, verts, orangés poursuivent leur chorégraphie anarchique devant ses prunelles. Écartelée entre la fatigue, le froid et la faim, la jeune fille se sent partir.

Non, Laure, résiste.

La perspective de s'évanouir encore, d'offrir son corps inerte aux mains de ses bourreaux, fait ressurgir la panique : celui qui a tué Lebeau figure peut-être parmi les étudiants qui se pressent autour d'elle.

Garde conscience.

Respire. Résiste. Tu vas y arriver. Ouvre les yeux.

Laure vogue dans une nuit trouée par des lueurs colorées et dansantes.

– C'est pas vrai, tu lui as filé un coup de batte ?

– Je n'ai pas fait exprès…

– Tu ne pouvais pas faire gaffe ?

– Je suis désolé… Tu crois que ça va aller ?

– J'y crois pas, putain…

– C'est grave ?

– Elle a l'air sonnée. Appelle un 3/2 pour qu'il s'occupe d'elle.

Laure flotte, nage, donne de grands coups de talons, se rapproche de la réalité par des brasses de plus en plus puissantes. Les voix lui parviennent plus distinctes. Ça y est, elle remonte à la surface.

– C'est bon, c'est bon ! crie-t-elle.

– Quoi, ça va ? Tu es sûre ? interroge un BO de sa voix d'être humain, tendue par l'inquiétude.

– Oui, ce n'était rien, insiste Laure.

Un 3/2 intervient :

– On s'en charge. On va la mettre avec les bizuts cassés et regarder comment ça évolue.

– Non !

– Quoi ?

– Je vais bien, plaide Laure. Je vais très bien. Je ne veux pas aller avec les bizuts cassés.

Pourquoi joue-t-elle à l'héroïne, au lieu de profiter d'un repos tant désiré ? Pourquoi refuse-t-elle de se réfugier au milieu du troupeau des faibles et des blessés légers qui, debout, tête baissée, couverture sur les épaules, se désaltèrent d'une gorgée d'eau, grignotent un sucre ou un morceau de pain, ont le droit de souffler jusqu'à ce que leur état s'améliore ? Cette perspective fait horreur à Laure.

Et comme bien d'autres bizuts qui, dans son cas, ont eux aussi refusé de fléchir, ont préféré pomper plus fort ou courir reprendre leur position dans le Rio Crade, elle se relève aussi vite qu'elle le peut pour prouver son courage. Fierté déplacée, stupide, effarante, d'êtres humains réduits à l'état de loques putrides et qui pourtant rêvent, quel qu'en soit le moyen, de briller un peu, un tout petit peu, aux yeux de leurs bourreaux.

Laure n'est pas dupe de sa fausse bravoure : elle rattrape ses condisciples en vacillant, et se déteste chaque minute un peu plus.

Mercredi, 0 h 40

La porte s'entrouvre au premier grattement. Martin l'attendait.

– C'est toi, Laure ? Entre vite !

– Encore elle ? Elle va nous attirer des ennuis…

Laure jette un coup d'œil en direction de la voix anxieuse qui grelotte dans les ténèbres. Sa lampe de poche ne lui permet pas de distinguer le visage de son propriétaire. Elle se retourne vers Martin et hausse les épaules. Il étouffe un bâillement :

– Je ne t'ai pas présenté Matthieu. Matthieu Reusault. Nous étions déjà ensemble hier. Une chance que les bizuteurs ne nous obligent plus à déménager sans cesse… Je suis crevé. Crevé comme jamais. Matthieu aussi. Ne lui tiens pas rigueur de ne pas t'accueillir à bras ouverts : il a la trouille, ça peut se comprendre.

Le Matthieu en question grommelle et se rallonge. Au bruit de draps froissés, Laure comprend qu'il a fait volte-face pour leur tourner le dos.

Elle éteint sa lampe, s'assied sur le lit de Martin et s'essaie à un invisible sourire : en tout cas, lui a l'air de remonter la pente. Sa panique des premières heures s'est estompée. À la longue, les exécutions qui se ressemblent toutes perdent de leur caractère terrifiant. Elles se résument finalement, sous le couvert de mises en scène diverses, à un tête-à-tête avec des nazillons en culottes courtes, quelques cuillerées de nourriture abjecte et un shampooing nauséabond. On s'habitue.

– Ça va, Martin ?

– C'est plutôt à moi de te demander ça. Tu as de ces bleus sur le visage…

– Ce n'est rien. Rien de pire que le reste. Un guignol qui faisait des moulinets avec sa batte de base-ball… plus la rencontre qui s'est ensuivie avec un caillou. Mais j'ai vite été sur pied.

– Je suis désolé… si tu savais comme je suis désolé…

Maladroitement, le jeune homme l'enlace. Laure essaie de s'abandonner à ses bras affaiblis, à ce torse dont le parfum autrefois magique est masqué par les relents du bizutage.

– Ce n'est pas ta faute, le rassure-t-elle.

– Je t'ai poussée à venir ici. Ça me fait mal de te voir subir tout ça. J'ignorais…

– Je ne t'en veux pas.

– Tu comprends, insiste Martin, mon père, mon grand-père, tout le monde m'avait dit que le bizutage était très sympa. Rien de méchant. « Franchement drôle, avec le recul »…

Laure se dégage doucement de l'étreinte de Martin.

– Je sais… tu me l'as déjà dit. Tu n'y es pour rien. De toute façon, il y a plus important. Quelqu'un, quelque part, se balade tranquillement après avoir défenestré un bizut. Prêt à recommencer, peut-être.

– Mais… c'est bien Leila que j'ai vue avec toi tout à l'heure… elle est vivante ! J'ai loupé un chapitre ou quoi ?

– Ce n'est pas Leila, qui est morte ! Elle se trouvait à l'infirmerie, pendant tout ce temps ! J'ai été stupide… Par contre, il manque quelqu'un d'autre.

En deux mots, la jeune fille récapitule ses nouveaux soupçons – Tristan Lebeau, bel et bien disparu de la circulation, celui-ci – et sa démarche avortée auprès de Thierry Genest.

À l'aveugle, son ami cherche sa main sur la couverture et la serre.

– Laisse tomber ça, chérie. Je crois que tu t'inquiètes pour rien. Tu as imaginé cette histoire. Écoute, on a assez de boulot avec ce satané bizutage sans nous mêler de ce qui ne nous regarde pas. Faisons comme Thierry le suggère : attendons que tout ça soit fini. Nous y verrons plus clair.

– Je n'ai rien inventé du tout. Il s'est produit quelque chose de terrible, et je veux savoir quoi.

– D'abord, tu n'as aucun moyen de mener ton enquête. Ensuite, tu risques de te mettre dans un beau pétrin si tu vadrouilles dans Sainte-Thérèse au vu et au su de tout le monde. Et enfin…

Une pause un peu gênée.

– Tu ne me crois pas, accuse Laure en retirant sa main. Merci bien !

– Ne le prends pas mal ! Mais tu vois toi-même que tu t'étais fait tout un film avec ta camarade de chambre alors que personne ne lui avait causé le moindre mal. Pour Tristan, c'est peut-être exactement pareil.

– J'ai trop d'imagination, quoi, résume Laure avec amertume. Tu oublies un peu vite que j'ai aperçu un corps, avec le proviseur qui essayait de le ranimer.

– Je ne dis pas que tu as entièrement tort... Mais tu as une vue partielle des choses. Et si un élève s'était bêtement tordu la cheville et retrouvé à terre ? Le directeur était dans le coin, il lui a porté secours, et voilà ! Je ne prétends pas que c'est ce qui s'est passé... et je sais que ça n'expliquerait pas tout ce que tu as vu... mais je pense que des dizaines d'hypothèses comme celle-là sont plus vraisemblables que la tienne.

– Changeons de sujet, tu veux bien ? décide Laure en se raidissant. Je ne vois pas l'intérêt d'essayer de te convaincre si tu n'as même pas confiance en moi.

Dans les ténèbres, Martin fait machine arrière :

– Si, j'ai confiance... je t'assure ! Je suis fier de toi. Tu es encore plus courageuse que je ne le pensais. Vraiment, tu es une fille extra.

– Mais... ? interroge Laure d'un ton de moquerie glacée.

– Allons, ne sois pas susceptible ! supplie Martin. De toute manière, je continuerai à guetter mon paternel. Si je lui mets la main dessus, je lui parle de ta théorie. Promis, juré. Mais toi, oublie ça puisque tu n'y peux rien. Concentre-toi sur l'essentiel : il faut encore tenir le coup quelques jours avec ce fichu bizutage. Le mieux est de se reposer pour être en forme au prochain réveil.

Matthieu se tourne vers eux en maugréant :

– Il a raison. Quand on voit ce qui peut arriver quand on lève un sourcil, on est en droit de se demander ce qui se passerait si les bizuteurs savaient que tu enquêtes sur leurs dérapages... réels ou imaginaires. Le simple fait que tu sois ici, au lieu de gentiment dormir dans ton lit, peut nous valoir à tous des ennuis pharaoniques : tu oublies l'esprit co !

– Oh, toi là-bas, ça va, rétorque Laure : on a compris que tu ne veux pas te mouiller. Pas besoin de le répéter à tout bout de champ. Et ne t'inquiète pas : si Martin et moi nous faisons surprendre, tu ne seras pas éclaboussé bien longtemps. Alors dors, puisque tu adores ça, mais fiche-moi la paix. Merci.

– C'est vrai que tu ne devrais pas traîner, tente son ami avec un geste d'apaisement. Pense à ce que...

La jeune fille ne le laisse pas finir. Elle se lève comme un automate et marmonne :

– Je vois que nous n'avons pas les mêmes préoccupations. Alors oui, je retourne me réfugier bien confortablement sous mes couvertures, en espérant que la mort de mes petits camarades ne troublera pas trop ma précieuse sérénité. Bonne nuit.

Ses yeux la piquent. Peu sûre de son empire sur elle-même, elle préfère retrouver son chemin jusqu'à la porte à tâtons plutôt que de rallumer sa lampe de poche.

– Attends ! Ne sois pas fâchée...

– Au revoir, conclut Laure en se coulant hors de la pièce.

Le vantail se referme derrière elle.

L'obscurité est presque complète. Seule une clarté diffuse glisse jusqu'à terre, au bout du couloir sans fenêtre. Elle provient de la pâte de verre de la double porte qui donne sur le palier.

Laure se fige : se découpant sur ce halo lumineux, une

silhouette semble la regarder. Les bizuteurs ! Ils sont là, à moins de deux mètres d'elle.

La porte va s'ouvrir et je vais…

Non : la forme disparaît, remplacée par une autre. Et une autre. Une dizaine de profils passent sur le palier, derrière la porte vitrée, pour s'engouffrer dans l'escalier. Un rire, vite étouffé.

Les bizuteurs descendent. Sans leurs victimes. Où vont-ils ? À quoi rime cette virée nocturne ?

Laure est plus intriguée que de raison. À force de ne rien comprendre à ce qui lui arrive, d'être méprisée et agonie d'injures par ses tortionnaires, de les subir nuit et jour sans jamais les voir, elle les a élevés, tout en les haïssant, au rang de surhommes ; des êtres immondes et malgré tout supérieurs, qui ne dorment jamais et ne ressentent pas le besoin de se nourrir. Des êtres sans faille, concentrés sur un unique objectif : torturer les bestiaux qu'ils ont à leur merci. Que vont-ils faire ainsi, nuitamment ? Ripailler en cachette ? Mener une expédition punitive ? Vouer à la pleine lune un rite satanique ?

Ou enterrer des cadavres ?

Mercredi, 1 h 15

L'imagination de la jeune fille galope. Sa curiosité croît, enfle à l'en étouffer. Elle doit savoir. Elle a soudain la conviction qu'il est moins dangereux d'oser surveiller ces brutes que d'ignorer ce qu'elles mijotent.

Ne manque pas cette occasion de voir sans être vue – d'habitude, c'est le contraire. Vas-y !

Elle prend une inspiration et avance de quelques pas. Elle écoute, essaie de regarder à travers la pâte de verre. Sans en être sûre, elle a l'impression qu'ils sont tous passés. Courage. Elle tire doucement un battant, colle son œil à l'ouverture : la lumière verdâtre qui, toute la nuit, indique la sortie, inonde un palier désert.

Laure franchit le seuil. Elle est en terrain découvert. Plusieurs niveaux plus bas, elle entend le piétinement des noctambules.

Suivre les bizuteurs. Ne pas se faire surprendre. Si un retardataire survenait, Laure serait prise entre deux feux. Mais elle ne peut pas attendre, sous peine de perdre le groupe dont les chuchotements s'éloignent. Elle s'engouffre dans l'escalier à pas de loup. Le marbre présente l'avantage de ne pas grincer : à condition de poser les pieds avec délicatesse, Laure peut progresser sans bruit. Un étage. Deux. Les bizuteurs ont déjà atteint le rez-de-chaussée.

Vite, ou tu vas les perdre.

Elle atteint le long couloir qui dessert les classes. Ils sont là, au fond. Une petite vingtaine, garçons, peu de filles, avec quelque chose d'incongru dans la démarche. Peut-être, simplement, parce qu'ils ne portent pas leur éternel déguisement : ni cagoules, ni rangers, ni battes de base-ball. L'imposante silhouette qui ouvre la marche s'engouffre dans la Spé 1. Une lumière s'allume à l'intérieur. Les autres jeunes gens suivent leur meneur. Laure se glisse jusqu'à la porte restée entrebâillée. Avec précaution, elle jette un œil à l'intérieur de la salle.

Le choc.

C'est la normalité inattendue, saugrenue même dans ce contexte, qui frappe la jeune fille de plein fouet. Celle de ces visages démaquillés, de ces jeans et baskets anonymes, des T-shirts et gros pulls portés par des élèves semblables à tous les autres lycéens de l'Hexagone. Elle est stupéfiée par la jeunesse et le sérieux de ces étudiants dont rien, absolument rien, ne trahit les activités parallèles.

Les bouches sont souriantes, les yeux fatigués. Une fesse sur le bureau du professeur, le CDBIG fait face à ses camarades, eux-mêmes assis sur des chaises ou sur les pupitres. Le chef de cérémonie est reconnaissable à sa taille, à ses larges épaules, son embonpoint, ses cuisses de taureau. Ses cheveux n'ont pas repoussé, bien sûr, mais maquillage et tatouages ont disparu. Si Laure essaie de ne pas superposer à ce visage un peu flasque le faciès grimaçant du bizuteur, elle doit s'avouer que le CDBIG, quel que soit son véritable nom, n'a pas l'air bien redoutable. Ni très sûr de lui.

– ... Je vais me faire sonner les cloches, moi : six bizuts de plus à l'infirmerie, ça ne va pas plaire au proviseur. Cinq d'entre eux sortent dès demain, mais pour la clavicule cassée, c'est une autre histoire. Je compte sur vous, les 3/2 : vous ferez passer le mot, qu'on surveille bien les plus fragiles. Sortez-les des rangs pour les exercices physiques éprouvants. Je ne veux plus d'entorses et de fractures de fatigue.

C'est Nicolas, dynamique rouquin avec qui Laure avait sympathisé alors qu'ils consolidaient les murs d'une certaine maison de retraite, qui prend la parole pour défendre la prestation des 3/2 :

– Je veux bien, mais il faudrait aussi que les bizuts s'alimentent mieux : à genoux, avec leurs mains crades, à toute vitesse... sans compter que vous leur tombez dessus à tout bout de champ... il y en a plus d'un qui ne mangent pas autant qu'ils le devraient.

– Vous êtes sûrs ? s'étonne le CDBIG. Pourtant, j'essaie de... (Il se ravise :) C'est ce que vous avez constaté ?

– Oui. J'en ai même repéré qui n'avalent quasiment rien. Je les ai épiés pendant trois repas d'affilée, et ils sont restés pour ainsi dire à la diète.

Une pause. Le CDBIG se laisse le temps de la réflexion.

– D'accord. Alors on va remédier à ça de plusieurs façons : primo, à partir de demain les bizuts pourront manger assis ; deuxio, on va leur lâcher un peu la grappe lors des repas ; tertio, on mettra ensemble à une table ceux que vous avez repérés, avec deux bizuteurs qui les obligeront à manger.

– Je m'en occupe, si tu veux, propose un brun hâlé, aux joues parsemées d'une barbe de trois jours. On va faire des concours de gobage de purée comme ils n'en auront jamais vu…

– OK, problème résolu grâce à la créativité du BO Terminator. De toute façon, demain, on lève un peu le pied. Le rythme devrait se calmer. Et comme cette nuit on les laisse dormir…

– Pourquoi ?

C'est le Killer Officiel qui s'étonne ainsi, visiblement déçu. Laure reconnaît les yeux de fouine et le crâne rasé du grand garçon dégingandé.

– Ordre du proviseur, Gonzague. C'est dû au raccourcissement du bizutage. Avec un jour de moins, on doit adapter le timing.

Laure vient de glaner une information majeure : le bizutage a donc été réduit de vingt-quatre heures ? Pourquoi ? Et surtout, cela ne lui dit pas combien de temps il va encore durer.

L'interlocuteur du CDBIG n'a pas l'air convaincu, comme si le plaisir d'arracher les bizuts épuisés à leur sommeil allait lui manquer. La jeune fille l'observe. Il est très fin-de-race ; peu vigoureux, mais suffisamment pour venir à bout d'un gosse malingre, quasi handicapé. Surtout s'il bénéficiait de l'effet de surprise.

– Bon, les 3/2 : on se le fait, ce tour de trombino ?

La question est incompréhensible pour Laure, mais Nicolas le roux et le châtain Sylvain acquiescent en chœur.

Ce dernier se lève et descend les marches de la pièce en amphithéâtre. Il vient se planter devant une affiche que la jeune fille n'avait pas remarquée : les photos annotées des cinquante-quatre élèves de Sup 1.

– D'abord, Eric Ackermann : il a fini par craquer cet après-midi. Il était en larmes avant le dîner.

– D'accord, on va relâcher la pression, commente le CDBIG en s'avançant pour inscrire quelques signes au-dessous du portrait d'Eric.

– Mariem Akkouche, la Tunisienne… elle, on en a déjà parlé ; elle a craqué dès le premier jour. Maintenant ça va mieux, mais c'est limite. Ce n'est pas la peine de la brusquer… Une autre fille, Camille Barbier ; elle a craqué au début, mais elle remonte la pente sans problème. Elle a compris le système.

– Oui : je l'ai à l'œil, celle-là. M'a l'air de ne pas détester se montrer…

– Florian Casanier. On en a parlé hier, il avait pété un plomb ; depuis que vous avez calmé le jeu, c'est stable.

– C'est noté. Suivant ?

– Benoît Coriandre. Alors lui, il me bluffe. Avec tout ce que vous lui avez balancé, il n'a jamais craqué. Je ne sais pas comment vous allez pouvoir…

– Une minute ! l'interrompt le garçon que le CDBIG a surnommé BO Terminator tout à l'heure. Coriandre… on l'appelle bien Viagra ?

– Oui…

– Alors vous n'avez pas les yeux en face des trous, les 3/2. Parce que moi je l'ai vu pleurer, ce soir, pendant le Rio Crade… Il se planquait, mais c'était le déluge. Il est au bout du rouleau !

– Ah bon ? Ah, je suis désolé… Je ne sais pas comment ça se fait…

Le CDBIG le coupe :

– Tout le monde peut se tromper. Heureusement qu'on s'en est rendu compte, quand même. À l'avenir, essayez de regarder un peu mieux autour de vous. C'est votre boulot !

Sylvain continue son rapport, égrenant les noms des bizuts les uns après les autres.

Laure a du mal à y croire : ceux qu'elle prend pour des brutes épaisses se comportent maintenant comme des aînés bienveillants, presque protecteurs vis-à-vis des nouveaux élèves… On débat de l'état physique et moral de chacun : qui a « craqué » et quand, qui tient le coup, qui remonte la pente, qui la remonte un peu trop vite… Sur qui il faudra concentrer les efforts le lendemain… Les premiers « recals » qui émergent – ce que Laure finit par comprendre comme signifiant « récalcitrants ». Sans surprise : Malo Da Costa, l'arroseur de réverbère, a les honneurs de cette catégorie ; nul doute que Franck Loubat, plus éloigné dans l'ordre alphabétique, y aura droit aussi.

Il semble y avoir une stratégie très précise derrière ces consignes. Chaque bizut doit atteindre les limites exactes de sa propre souffrance, physique ou psychique. Quand il a sombré, on le repêche et on lui laisse un peu d'oxygène ; assez pour qu'il se maintienne dorénavant à flot, mais pas suffisamment pour qu'il s'aperçoive qu'on ne le traite plus comme avant. Quant aux fameux « recals », ils n'ont pas l'air de chagriner les bizuteurs. Au contraire, on pourrait croire qu'ils les amusent.

Laure sursaute :

– Laure Godin, lance Sylvain. Là, vous pouvez y aller.

Elle est imperturbable... On dirait qu'elle n'est pas avec nous : elle passe à travers le bizutage en ayant l'air de s'ennuyer.

– Godiche, c'est ça ? Oui, je suis d'accord, s'exclame une fille au regard un peu globuleux. Le bizutage ne lui fait ni chaud ni froid...

Psychologues du dimanche ! fulmine l'intéressée. Tout ça parce que je ne vous fais pas le plaisir de pleurnicher en public !

– D'un autre côté, tempère Nicolas, elle est tombée dans les pommes la nuit dernière, et elle s'est pris un coup de batte de base-ball d'un intégré pas plus tard que ce soir...

Le CDBIG l'interrompt :

– J'ai fait savoir au coupable ce que je pense de sa gaffe. Mais que ça ne nous empêche pas de bien nous occuper de Godin, d'accord ? J'insiste sur ce point. Bon, et puis c'est quoi, ce courant d'air : on pèle ! Pourquoi la fenêtre est-elle ouverte ? Ah, oui, c'est Claude qui fume sa sacro-sainte clope. Que quelqu'un ferme au moins la lourde, alors !

Laure se jette en arrière. Aucun recoin, dans le couloir, ne lui permet de se dissimuler. Panique.

Elle fait volte-face, bondit vers la porte la plus proche et atterrit dans une pièce obscure. Elle retient son souffle. Un rire, un claquement à quelques mètres d'elle, puis le silence. Le danger semble écarté. Le soulagement de la jeune fille prend le pas sur sa frustration d'être privée de la suite.

J'ai bien cru qu'ils allaient te surprendre, imbécile... On n'a pas idée de prendre des risques pareils !

Bon, à présent, elle n'a plus aucune raison de moisir ici.

Retourne donc te coucher. Surtout que tu sais qu'ils ne te réveilleront pas cette nuit…

Mercredi, 1 h 45

Elle patiente un instant : après une telle émotion, l'idée de sortir de son refuge ne la tente guère. Ses yeux s'habituent à la pénombre et elle identifie la pièce dans laquelle elle a échoué. Parfum de papier vieillissant : la bibliothèque. Son pouls anarchique s'apaise à mesure qu'elle découvre, à la faveur du maigre éclairage extérieur, les rayonnages de bois sombre qui croulent sous leurs trésors. Elle esquisse quelques pas entre les présentoirs et allume sa lampe de poche. Elle contourne une table vitrée dont le panneau de verre protège plusieurs dizaines d'albums luxueux. Cuir enluminé exposé aux regards. Un des volumes est grand ouvert. Laure jette un coup d'œil. Il s'agit d'une sorte de livre de promotion ; des photos de classe, des portraits d'élèves, les résultats aux concours. Elle s'en désintéresse.

Serrement de cœur. L'odeur des reliures encollées, de cuir et de poussière est à Laure une bouffée de cette intimité perdue et de cette paix qu'on lui refuse à Sainte-Thérèse. Être seule. Bouquiner. Se ressourcer loin de tout bruit, loin du chaos.

Est-ce ce qui lui manque le plus dans ce bizutage insensé ?

Est-ce plus important que de faire la lumière sur un meurtre ? Plus que les bras de Martin ?

Mais non, tu débloques. Arrête de réfléchir. Va te coucher, voyons, va dormir.

La jeune fille esquisse un demi-tour. Puis elle sursaute. Éteint sa torche.

Un grincement infime. Le battant d'une fenêtre qu'on repousse. Elle tend l'oreille. Un choc, qu'elle associe sans effort à des rangers atterrissant en douceur sur le parquet. Pas de doute : on est sur les traces de la bizute indisciplinée.

Ou du témoin trop curieux.

Une respiration étranglée se déplace, un peu rauque. Elle se rapproche.

Tire-toi d'ici, Laure.

Elle se meut sans bruit vers la sortie. Étouffant ses pas, elle contourne un présentoir puis un autre. Dans la pénombre, ses mouvements ralentis passeront-ils inaperçus ? Son regard est rivé sur sa gauche, dans la direction où elle estime que le bizuteur doit se trouver. Elle avance sans apercevoir son ennemi. L'issue est proche. Mais la jeune fille tremble. Manque hurler. Pourquoi son poursuivant n'a-t-il pas allumé ? Parce qu'il croit qu'elle ne l'a pas entendu, et cherche à la surprendre ?

Ou parce qu'il nourrit de plus noirs desseins ? Pas de lumière, pas de témoin : régler son compte ni vu ni connu à celle qui prétend faire éclater la vérité sur l'accident survenu à Tristan Lebeau… C'est presque trop facile.

Respire ! Ne panique pas.

Elle ne voit toujours pas l'intrus. Il doit être dissimulé par une vitrine – il n'en manque pas, des basses, des moyennes, des larges, des hautes qui montent jusqu'au plafond en projetant autour d'elles des ombres fantomatiques.

Elle se fige.

Là, dans l'obscurité imparfaite, à trois mètres d'elle : deux yeux l'observent à travers les déchirures d'une cagoule artisanale. Fiévreux. Haineux.

Fuir…

La porte. Laure tourne la poignée, arrache presque le battant, jaillit dans le couloir. D'instinct, elle prend la direction qui l'éloigne de la pièce où sont réunis les bizuteurs Euclide.

Cours vite, plus vite, comme si ta vie en dépendait – elle en dépend peut-être.

– Beuzeute ! Reviens ! Viens par ici, salope ! Reste là… Ne bouge plus !

Hurlement murmuré. Puis plus rien, rien que piétinements, cavalcade, fuite éperdue.

Laure bifurque vers l'extrémité du bâtiment Saint-François-Xavier. L'escalier extérieur… Remonter, essayer de regagner sa chambre en espérant qu'il ne l'a pas reconnue…

Elle n'y arrivera jamais. Quelle avance l'effet de surprise lui a-t-il procurée ? Cinquante mètres ? Non, moins que ça.

Une porte qui donne au-dehors, une langue de goudron, et Laure atteint l'escalier de secours. Monter, courir, voler… Elle grimpe les marches quatre à quatre. Puis deux à deux. Son souffle ne suit pas. Une par une. S'aider de la rambarde : en phase, pousser sur les cuisses, tirer sur les bras…

Derrière elle, le silence l'inquiète. Pourquoi le bizuteur ne crie-t-il plus ? Ne devrait-il pas la sommer encore de s'arrêter ? Appeler ses condisciples à la rescousse ? Il n'en fait rien. Même sa première injonction était anormalement discrète. Il traque sa proie sans autre bruit que celui de ses pieds qui labourent le ciment de la cour.

Il veut la rattraper, se retrouver seul avec elle.

C'est le meurtrier.

Un choc métallique, une vibration dans la rambarde… le chasseur est engagé dans l'escalier. Son retard s'amenuise. Laure tête l'air comme un poisson hors de son bocal. Sa poitrine brûle. Elle ralentit à chaque marche.

Le meurtrier. Le bizuteur qui a balancé Lebeau pardessus bord. Et moi, imbécile, je tombe dans le panneau… je l'emmène là où il voulait se retrouver… rien de plus facile que de me pousser du – quoi, nous serons au deuxième étage quand il me rejoindra ? Laure prend pied sur le palier. Elle se retourne. Il est là, presque là. La partie est perdue. Ouvrir la porte et hurler, espérer que les occupants des chambres attenantes accourront. Sa main saisit la poignée, sa bouche s'ouvre – sur un gargouillis inaudible. Elle n'est capable de rien d'autre qu'un couinement apeuré. Ce n'est pas ça qui va la sauver. À côté de la porte, un extincteur. Oui, ça peut marcher. Elle bataille un peu contre le socle qui retient la bouteille.

– Je te tiens, salope, je te tiens… alors là, ma belle, tu vas regretter de t'être fourrée dans mes pattes…

Laure se retourne. Frappe.

Son agresseur s'effondre sans un mot.

L'a-t-elle blessé sérieusement ?

De l'autre côté de la cloison, à l'intérieur, un brouhaha indique que des étudiants sont sur le pied de guerre. Qui ? Bizuts ? Bizuteurs prêts à venger un des leurs ?

Ils s'occuperont de cette ordure. Dans le doute, fuyons, fuyons encore.

Un dernier étage, et elle se faufile dans son lit en tremblant.

La couverture remontée sur son visage, elle demeure longtemps aux aguets. Par deux fois, elle croit percevoir le claquement étouffé d'une porte qui se ferme, mais elle ne peut en être certaine : les battements de son cœur, qui résonnent dans ses tempes, couvrent les bruits du dehors.

Les minutes défilent. La jeune fille continue de prêter l'oreille. L'agression n'a pas mis les bizuteurs en émoi. Aucun attroupement, pas de mouvement de foule. Peut-être la victime de Laure s'est-elle relevée, peut-être est-elle déjà partie se coucher ?

Sans ameuter ses copains ? Tu rêves !

Les représailles seront terribles.

Mais rien ne se produira plus avant le matin. Essaie de dormir, Laure, il faut absolument que tu te reposes.

Dors… Pense à Martin, pense à Martin pour t'endormir… même si tu ne sais plus rêver de lui…

Mercredi, 3 h 30

Déjà une semaine que Laure et Martin sont amants. Nouveau week-end de catamaran : cette fois, ils sont partis en amoureux. Seuls.

Un dernier baiser et Laure se redresse, moite de sueur. Elle enfile un T-shirt avant de laisser son regard embrasser le panorama. Féerique. Devant eux, le soleil ensanglanté se noie dans l'océan. Derrière, la pleine lune se reflète déjà sur un étang. Entre les deux, à perte de vue sous la palombière qui abrite leur escapade, la forêt des Landes. Les pins se courbent et s'étirent, ronronnant sous la caresse du vent.

– Je t'aime, soupire Laure qui s'est trop longtemps interdit de prononcer ces mots.

– Moi aussi.

La jeune fille ne peut s'empêcher de douter.

Martin s'assied à son tour.

– Un jour, je t'emmènerai au Venezuela. On fera de la planche à voile. Des runs magiques entre les pélicans…

– Pas de projets d'avenir, Martin. Je ne voudrais pas que tu te sentes lié à moi par une quelconque promesse. Tant que

tu m'aimes, tu restes avec moi ; dès que tu veux partir, tu le dis. Et on se quitte bons amis. Je ne te mettrai jamais de fil à la patte.

Le garçon éclate de rire :

– Arrête avec ça ! Tu ne prends jamais de vacances, hein ? Tu ne pourrais pas cesser de douter de toi, de moi, de tout le monde ? Juste quelques heures, pour me faire plaisir…

Il dévisage son amie avec des yeux étincelants. D'un geste, il fait sauter le bouchon de la demi-bouteille de champagne pour laquelle les amoureux se sont cotisés. Il remplit les deux coupes de plastique et lui en tend une.

– Tchin ! À nos amours… Allez, c'est dit : on voyagera dès qu'on aura des sous. Je partagerai avec toi tout ce que j'ai vu de plus beau.

– Où es-tu allé ?

– Amérique du Nord, du Sud, centrale… Pendant les deux ans que j'ai passés aux États-Unis avec ma mère, nous avons sillonné le continent.

– Qu'est-ce que vous faisiez là-bas ? Tu n'as jamais été très clair là-dessus. Tes parents sont divorcés, non ? Quel métier exerce ta mère ?

Son ami se rembrunit. Le gris mouvant de ses prunelles se plombe comme un ciel de neige.

– Oh, rien à voir avec son boulot. En fait, je n'ai toujours pas saisi. Quand ma mère s'est tirée, elle et mon père se sont enfermés des journées entières avec leurs avocats à négocier une pension alimentaire. Et puis un beau jour, ils sont sortis de là en me disant que ma mère prenait un congé sabbatique ; que nous partions pour deux ans aux États-Unis. Comme j'avais deux ans d'avance, à l'époque, ça ne posait pas de problème pour ma scolarité.

– Non ? Ton père a lâché assez pour que vous alliez tranquillement vous rouler les pouces à l'autre bout du monde ? Il a dû l'avoir mauvaise !

– Il était ravi ! Ne cherche pas à comprendre.

– Toi qui n'arrêtes pas de prétendre que c'est un type odieux...

– Sur ce coup-là, c'est vrai, il s'est bien rattrapé.

Le regard maussade de Martin, son front crispé prouvent que Laure a fait ressurgir des souvenirs désagréables.

– Tu peux le remercier, ironise-t-elle pour détendre son ami. C'est pour ça que je suis tombée raide dingue amoureuse de toi : « Il était beau, il était bronzé, il sentait bon le sable chaud »... Tu veux une confidence ? En premier de la classe avec deux ans d'avance, je t'aurais trouvé moins sexy !

Laure avale une gorgée de champagne, attend qu'il répande en elle sa torpeur pétillante et hausse un sourcil :

– Et le reste du temps, qu'est-ce que tu lui reproches, au fait, à ton paternel ?

– Plein de choses. Il a un grain. Monsieur J'-ai-majoré-Normale-Sup... Monsieur Je-veux-que-mon-fils-suive-ma-voie... Il espère que je ferai aussi bien que lui, sinon mieux. Premier à l'X alors que lui n'a fini que deuxième... ça, c'est son trip. Bonjour la pression !

Martin sourit quand Laure lui caresse la nuque. Il s'ébroue, de nouveau joyeux.

– Je t'emmènerai là-bas. La Cordillère des Andes... la Bolivie... le Pérou...

Les prunelles de Martin sont redevenues un océan impétueux, brassé par une éternelle tempête. Les deux amoureux se dévisagent. Le garçon prend délicatement le verre de Laure et le pose à côté d'elle sur la plate-forme de bois de la palombière.

Puis il lui enroule les bras autour de ses épaules, l'embrasse et la renverse sur la couverture.

Encore l'euphorie, ce parfum enivrant, cette tiédeur ardente sous l'immensité du ciel.

Une étoile filante jaillit des ténèbres.

Laure se demande si Martin a fait un vœu.

Cela aura-t-il de nouveau de l'importance, un jour ? s'interroge la jeune fille en plongeant enfin dans le sommeil.

Mercredi, 5 heures

– *BEUZEUS !*

– *DEBOUT !*

Chacun saute hors de son lit, chacun entrebâille une fenêtre pour ramasser sur son rebord la tenue raide de pluie et de crasse qu'il va revêtir dans la précipitation. Quatre cents bizuts répriment leur nausée, leur peur ou leur désespoir, essaient d'oublier l'état d'épuisement dans lequel ils entament cette nouvelle journée d'enfer.

– *TENUE CRADE, BEUZEUS, VITE !*

– *ON A ASSEZ FLEMMARDÉ ! C'EST PAS LE CLUB MED !*

– *MAGNE, BEUZEUTE, MAGNE !*

Laure enfile ses baskets spongieuses et prend le pas de charge à travers la nuit. Elle vole à la poursuite de ses condisciples qui convergent vers leur lieu de rassemblement, arrive dans les derniers sur le terrain de rugby. Le carré des bizuts de la Prépa Euclide est presque formé, en position pour la cérémonie matinale sous la statue de la Vierge. Laure effectue le salut qui s'impose, une fois, deux fois, et entonne la chanson obscène réclamée par les bizuteurs. Dès les dernières mesures, un glapissement retentit :

– *JE T'AMUSE, SOUS-MERDE ?*

– Non.

Le bizuteur a jeté son dévolu sur Camille, l'étudiante dont les deuxième année estimaient hier soir qu'elle n'avait rien contre l'idée d'être mise en vedette. Laure entrevoit enfin la logique qui préside aux agissements apparemment anarchiques de leurs anciens.

– *EH BIEN MOI EN TOUT CAS, J'AI ENVIE DE RIGOLER. SI VOUS SAVIEZ COMME ON S'EMMERDE À S'OCCUPER DE LOQUES COMME VOUS... ALLEZ, VIENS, TU VAS NOUS DISTRAIRE.*

Et une exécution ! Une ! diagnostique Laure avec lassitude.

Mais elle se trompe.

Entourée de son exhalaison putride, Camille fend les rangs pour aller s'agenouiller sur le devant de la scène.

– *PAS À GENOUX. ACCROUPIE. ACCROUPIE, LES MAINS SUR LES HANCHES, ET TU VAS NOUS DONNER UN PETIT SPECTACLE : TU VAS FAIRE LE CANARD. TU VAS MARCHER EN BATTANT DES AILES ET EN FAISANT COIN COIN. JE VEUX QU'ON T'ENTENDE À L'AUTRE BOUT DU STADE !*

– *ALLEZ, COIN COIN !*

– *LÈVE BIEN HAUT LES PIEDS !*

– *COIN COIN !*

– *PLUS FORT !*

Au-dessus de l'adolescente qui déambule accroupie, lançant des borborygmes et battant des bras, les bizuteurs se congratulent :

– *T'AS VU COMME ELLE EST DOUÉE POUR IMITER LE CANARD ?*

– *TU AVAIS LES PIEDS PALMÉS DANS UNE VIE ANTÉRIEURE ?*

– *ON DEVRAIT LUI DEMANDER D'ENLEVER SES CHAUSSURES, À MON AVIS ILS LE SONT TOUJOURS !*

Mad Max renchérit :

– *ALLEZ, VIRE TES GROLLES, ON VA REGARDER CE QUE TU AS ENTRE LES ORTEILS...*

– *TIENS-LES DANS TA BOUCHE, PAR LES LACETS*, spécifie la BO Nuit-Sans-Fin. *ET FAIS-NOUS DE BEAUX COIN-COIN !*

La trajectoire du canard-malgré-lui passe sous le nez de Laure. Celle-ci n'en croit pas ses yeux : Camille glousse, l'air de se réjouir d'amuser les anciens. Dans les rangs, une poignée de bizuts semble également se divertir ; quelqu'un réprime un sourire, un autre détourne la tête pour dissimuler son hilarité. Éberluée, Laure s'enhardit à observer plus largement autour d'elle.

La majorité de ses condisciples fixe le sol, les yeux dans le vague. Pourtant, une dizaine de bizuts tranchent sur ce tableau – soit qu'ils se trouvent soulagés de la bonne humeur de leurs bourreaux qui s'adonnent à des plaisanteries somme toute inoffensives, soit qu'ils s'amusent franchement du spectacle. Parmi ceux-ci, Laure reconnaît bien sûr Franck et Malo, qu'elle a déjà surpris la veille à se divertir de leurs déboires ; et puis Patrice, et Pierrick : toutes les sympathiques « grandes gueules » du week-end d'intégration. Elle continue d'observer l'alentour et étouffe une exclamation : Martin considère le palmipède improvisé avec, dans les yeux, cette flamme d'amusement qu'elle connaît si bien. Elle détourne le regard. Lui en veut, comme à un traître.

Arrête, Laure, tu ne vas pas lui reprocher d'avoir plus d'humour que toi. Il parvient à remettre cette blague à sa juste place. Elle n'est pas bien méchante !

C'est toujours mieux que, quand ? lundi ? mardi ? dimanche ? Ce soir où elle a trouvé Martin dans sa chambre en état de choc. Si le traumatisme a reflué, elle ne va pas s'en plaindre.

L'aube laisse place au matin. Laure se détend peu à peu. Ce qu'elle craignait ne s'est toujours pas produit. Aucun bizuteur cagoulé n'est venu se planter sous son nez en criant : « C'est elle ! C'est elle qui m'a assommé ! Je vais m'occuper de cette garce ! »

Rien de tout cela. Pompes, Rio Crade, discours mégalomaniaques : la routine. Escalade, lancer de nains, pyramide humaine, accélérateur de particules… L'habitude aidant, les bizuts trouvent de petits arrangements avec les ordres de leurs aînés. Lors des séries de pompes, Laure pose souvent les genoux au sol ; dans le Rio Crade, elle se redresse un peu pour marcher à quatre pattes, ou lâche subrepticement les chevilles du bizut qui la précède pour avoir les coudées franches et, sur un ou deux mètres, progresser à la force des bras. Tous ont appris à regarder autour d'eux sans se faire repérer, à tricher discrètement, détendre une position douloureuse, se dégourdir la nuque, fermer les yeux pour somnoler un instant.

Les bizuts épuisés ne luttent plus à présent que contre eux-mêmes pour tenir, tenir encore. Le bras de fer avec les bizuteurs, lui, a perdu en intensité. La peur chante en sourdine. Les exécutions deviennent moins cruelles, prennent souvent un tour ludique. Même Laure, une fois ou deux, se laisse aller à presque sourire d'une idée saugrenue de ses anciens. Avant de se morigéner : il n'est pas question qu'elle entre dans leur jeu.

Mercredi, 11 h 15

Cours de mathématiques, repos divin. Sauf pour Laure dont l'esprit est peuplé de cadavres désarticulés, d'yeux grimaçants qui ne cessent plus de la fixer à travers leur cagoule.

Son enquête sur la disparition de Lebeau doit progresser. Pour elle, c'est peut-être désormais une question de survie.

– Martin... il faut que tu mettes la main sur ton père. Tu dois trouver le moyen de...

Le jeune homme acquiesce mais, d'une grimace impatiente, lui intime l'ordre de se taire. Il n'est pas question que Michel Vignaud remarque une nouvelle fois le couple en train de bavarder pendant son cours. Laure se renfrogne. Pas un endroit, pas un instant, où les élèves ne soient surveillés, espionnés.

Que faire ? Si seulement elle se souvenait mieux de la silhouette qu'elle a vue s'enfuir dimanche soir... En y repensant, elle est gagnée par la sensation de l'avoir trouvée confusément familière.

Elle revit ce réveil nocturne, hallucinant de violence, de

désordre, de vacarme. Les bizuteurs qui la secouent et l'insultent. Leila et sa crise d'hystérie. Les allées et venues dans la chambre. Le bruit qui reflue, le silence qui gagne du terrain. Et puis ce cri, ce corps désarticulé sur le pavé de la cour d'honneur. Laure qui finit de se chausser et sort en trombe.

À ce moment, une ombre lui tournait le dos et s'éloignait dans le couloir. Précipitamment. C'est tout ce qu'elle a vu.

Et avec les déménagements qu'on a fait subir aux garçons les premiers jours, elle n'est pas sûre de se souvenir de l'emplacement précis de la chambre de Lebeau – la fameuse silhouette en sortait-elle vraiment ?

Une idée la traverse : elle devrait dénicher celui de ses camarades qui était le copiaulé de Lebeau la nuit de sa mort. Lui pourrait situer la chambre qu'on leur avait tout d'abord affectée. Peut-être même a-t-il vu quelque chose ?

– Martin ! Hé, Martin ! Te souviens-tu qui était piaulé avec Tristan, la première nuit ?

– Chuuuttt…

Elle n'insiste pas. Désœuvrée malgré elle, elle feint de s'intéresser à l'équation que le professeur est en train de résoudre à la vitesse de l'éclair.

Au tableau, les lignes dansent, s'enchevêtrent. La jeune fille écarquille les yeux, ouvre et ferme la mâchoire, se masse discrètement le front. Le sommeil la gagne, hypnotique. Elle s'efforce encore de noter quelques phrases sans les comprendre ; sa tête glisse jusqu'à son pupitre. Elle s'endort.

Un quart d'heure plus tard, qui ne lui a semblé qu'une poignée de secondes, Martin la secoue. Elle lève les yeux ;

les bizuteurs envoient la porte de la classe valser contre le mur.

– *BEUZEUS ! TENUE CRADE !*

Course, escaliers, chambre, tenue crade, remugles infects, course, escaliers, course, terrain de rugby. Rassemblement en carré, salut, exécution, hymne de la Prépa Euclide. Pompes, Rio Crade, exécution, pompes. Discours :

– *BEUZEUS ! AVEC TOUS LES EFFORTS QUE NOUS FAISONS POUR VOUS...*

L'orateur est interrompu par des quolibets qui fusent depuis l'assemblée des bizuteurs :

– *ON PEUT LE DIRE, MON CHER CDBIG !*

– *DIFFICILE, HEIN, LE BIZUTAGE ? IL NE FAUT PAS ÊTRE UNE PETITE NATURE !*

Les nouveaux ne comprennent pas l'aparté et se gardent de participer à l'hilarité de leurs tortionnaires. Têtes baissées, ils écoutent sans broncher. C'est Terminator qui daigne expliquer au troupeau la raison de leur humeur moqueuse :

– *BEUZEUS, SACHEZ QU'À FORCE DE SE PRIVER DE SOMMEIL ET DE NOURRITURE POUR VOTRE BIEN-ÊTRE, VOTRE CDBI VÉNÉRÉ EST TOMBÉ DANS LES POMMES !*

– *COMME UNE FILLETTE !* renchérit Nuit-Sans-Fin.

– *UN GRAND GARS COMME ÇA, VOUS IMAGINEZ ?*

Le chef dévoué, qui dort et mange moins encore que les bizuts dont il a la responsabilité au point de défaillir sous le coup de l'hypoglycémie, toussote et frappe par terre de sa batte de base-ball. Il reprend la parole d'un glapissement caverneux :

– *EH OUI, BEUZEUS, VOUS NE CESSEZ DE VOUS PLAINDRE DE*

VOTRE SORT. POURTANT, VOUS N'AVEZ QU'À OBÉIR À DES COMMANDEMENTS SIMPLES, ALORS QUE VOS BIZUTEURS DOIVENT ORGANISER, FAIRE RÉGNER L'ORDRE ET LA JUSTICE, IMAGINER SANS CESSE DE NOUVELLES ACTIVITÉS FORMATRICES...

– *UN PSCHITÈZE POUR VOTRE CDBIG !*

Le « pschitèze » est encore une de ces curiosités du bizutage, censée honorer, comme des applaudissements, la personne à laquelle il est destiné : il s'agit de s'agenouiller, de lever bien haut les bras et de jouer « ainsi font, font, font... » avec les mains tout en soufflant « pssssscccchhhhittttt » jusqu'à se retrouver en manque d'oxygène. Stupide, mais cela comble d'aise les bizuteurs ; les sous-hommes obtempèrent. Puis le CDBIG reprend la parole :

– *AUJOURD'HUI, ÇA VA ÊTRE À VOUS DE VOUS CREUSER LES MÉNINGES. ET NOUS, NOUS ALLONS ENFIN ÊTRE RÉCOMPENSÉS DE NOTRE DÉVOUEMENT : VOUS ALLEZ NOUS MONTRER DU CUL.*

– *À POIL LES BEUZEUS !*

– *À POIL LES GORETTES !*

– *LE TEMPS EST VENU DE LA SOIRÉE SEXE...*

Un flottement parcourt les rangs. Les bizuts ont voulu considérer comme acquise la légère détente à laquelle ils assistaient. Ils croyaient avoir deviné une faille, à travers les plaisanteries lancées par leurs bizuteurs ; ils les imaginaient devenus las de leur rôle de grands méchants, plus proches, peut-être un peu complices... Ils s'aperçoivent qu'il ne fallait pas sous-estimer leurs aînés, toujours les maîtres du jeu. La suite du programme est une nouveauté, donc inquiétante : finie la routine, exit les petits arrangements, les bizuts repartent au feu sans savoir à quoi s'attendre.

Terminator et Mad Max multiplient les détails sur la

« soirée sexe » : après le déjeuner, les nouveaux travailleront ensemble à la préparation d'une chorégraphie ; le soir, après les cours, ils réuniront entre eux les fonds nécessaires, puis certains se rendront sous bonne garde acheter gâteaux, apéritifs et boissons alcoolisées à la supérette d'en face.

Ensuite, ce sera le spectacle tant attendu.

Mercredi, 20 h 30

La salle est bondée de bizuteurs, de 3/2, et d'une impressionnante proportion de vénérables intégrés qui se sont déplacés à Neuilly pour l'occasion. Cette fête paraît être le moment privilégié du bizutage de Sainte-Thérèse.

Les nouveaux font leur entrée, assaillis par une odeur d'alcool et de sueur, la musique qui tonitrue, les rires gras des spectateurs. Des inconnus les invectivent :

– *BAISSEZ LA TÊTE, SOUS-MERDES !*

– *CE SONT VOS BIZUTS ? QU'ILS SONT LAIDS !*

– *QU'ILS SONT PETITS !*

– *ON VA BIEN VOIR CE QU'ILS DONNENT À POIL !*

Les intégrés semblent décidés à rentabiliser leur soirée. Ils vont s'en donner à cœur joie. Si quelques naïfs imaginaient retrouver l'atmosphère des veillées scoutes où ils se sont prêtés, plus jeunes, à la sempiternelle improvisation de mimes et chansons autour du feu de camp, ils peuvent déchanter : l'indulgence bon enfant ne sera pas au rendez-vous. L'ambiance est à la beuverie et aux humiliations.

En espérant, malgré l'alcool qui coule à flots, qu'elle ne sera pas de nouveau au dérapage.

Le CDBIG se lève de la chaise où il était vautré ; déployant sa carcasse massive, il ordonne :

– *LES BEUZEUTES, EN ATTENDANT VOTRE STRIP-TEASE QUI SERA LE CLOU DU SPECTACLE, VOUS ALLEZ NOUS SERVIR À BOIRE. LES BEUZEUS QUI DOIVENT MONTER SUR SCÈNE LE FONT, LES AUTRES : À GENOUX SOUS L'ESTRADE… ET VOUS NOUS TOURNEZ LE DOS, ON NE VEUT PAS VOIR VOS SALES GUEULES !*

Hésitantes, les filles se mettent à déambuler dans la pièce, gênées par les robes courtes et les talons hauts qui les rendent tellement vulnérables parmi ces brutes avinées.

– *TIENS, CELLE-LÀ, C'EST GODICHE… QU'EST-CE QUE TU EN PENSES ?*

– *J'AI HÂTE DE LA VOIR À POIL !*

– *GODICHE, VIENS SERVIR MON AMI !*

– *CE SERA UN WHISKY, MA POULE…*

Laure voudrait avoir le courage de balancer la bouteille à la figure du grossier individu, quitter la pièce, s'en aller pour toujours. Mais elle ne l'a pas. Les autres obéissent, elle suit le mouvement. Tout juste se promet-elle que si quelqu'un lui met la main aux fesses, alors là, pour le coup, il va voir de quel bois elle se chauffe… C'est reculer pour mieux sauter, comme elle le fait depuis trois jours, ou quatre, cinq, elle ne sait plus.

Criant pour couvrir le tumulte, le CDBIG dicte ses instructions :

– *ATTENTION, SOUS-MERDES, JE VEUX QUE NOS INTÉGRÉS VÉNÉRÉS S'AMUSENT ! GARE À VOUS SI VOUS LES DÉCEVEZ ! JE VEUX DE L'HUMOUR ET DU CUL !*

Et la débâcle commence.

Les bizuts se succèdent sur les planches, par petits groupes dont les tentatives sont huées les unes après les autres. Les spectateurs n'écoutent pas, hurlent, trépignent, jettent aliments et gobelets à moitié pleins sur les malheureux acteurs.

– *C'EST NUL !*

– *OUH, OUH !*

– *DU CUL !*

– *DE LA MOULE !*

– *DE LA CHAUDAAAAAASSE !*

Mais Franck, Malo, Pierrick, les quelques grandes gueules qui comme par hasard sont aussi devenues recals avant de s'ériger aujourd'hui en organisateurs de la soirée, ont tout prévu : après les histoires vaguement salaces mimées sur fond de chansons scabreuses, il est prévu que les sketches gagnent en indécence pour conquérir les plus exigeants. Par signes, ils demandent à ce que l'on enchaîne sur la suite. Et sous les yeux éberlués de Laure, dans l'illusoire objectif de s'attirer la clémence de leurs aînés, les bizuts commencent à se livrer à des simulations plus obscènes les unes que les autres. De leur propre initiative, les nouveaux qui ne savent plus comment plaire à leurs tourmenteurs miment des scènes de plus en plus évocatrices.

Pourtant rien ne satisfait les spectateurs, qui continuent de s'époumoner contre les artistes d'un soir. Les bizuts s'acharnent, dans une escalade insensée. Laure assiste impuissante à une ultime débauche de vulgarité ; ses condisciples miment désespérément les copulations et les partouzes les plus extraordinaires, échangistes, sado-masochistes, zoophiles, sans parler de plusieurs scènes que Laure ne comprend même pas.

Martin grimpe ce qui doit être une chèvre, avec une grimace concupiscente. Laure détourne la tête et pose hargneusement sur sa table le verre de gin qu'elle servait à une espèce de gringalet à lunettes.

Soudain, le CDBI se lève et hurle dans son porte-voix :

– *ASSEEEEEEEZ !!!*

Sans transition, le silence tombe sur l'assemblée. Les bizuts interrompus en pleine action se séparent, l'air hébété.

– *BEUZEUS, VOUS NOUS AVEZ PRÉPARÉ UN SPECTACLE DE MERDE. J'AVAIS DIT DE L'HUMOUR ! ÇA VEUT DIRE DE LA SUBTILITÉ ! DE LA DÉLICATESSE ! PENSEZ QU'IL Y A DES DAMES PARMI NOUS ! MÊME MOI, VOUS M'AVEZ DONNÉ ENVIE DE GERBER AVEC VOS SALETÉS ! VOUS VOUS CROYEZ DRÔLES ?*

Les bizuts baissent la tête. Plus bas encore qu'à l'ordinaire.

Jusqu'où iraient-ils pour s'allier les bonnes grâces de leurs bourreaux ? Les commentaires du CDBIG les frappent comme une gifle. Il a raison : oui, les bizuteurs sont souvent obscènes, oui, ils parlent de sexe, mais, à bien y réfléchir, ils n'ont jamais dépassé les bornes.

Lâchez la bride sur le cou des bizuts un moment, et ils vous prouveront leur médiocrité ; leur infériorité ; leur incapacité à organiser quoi que ce soit ; la nécessité, donc, d'être dirigés par des êtres supérieurs. Laissez-les seuls, sans plus leur donner d'ordres, et ils feront pire que ce que les pires des tortionnaires auraient exigé d'eux.

Le CDBI inverse ainsi les rôles, parvenant même à dépouiller les nouveaux de leur statut de victimes innocentes.

– *TIREZ-VOUS, LES BEUZEUS ! TOUT LE MONDE SOUS*

L'ESTRADE. À GENOUX. DOS À LA SALLE. JE NE VEUX PLUS VOIR VOS GUEULES DE PERVERS MINABLES. LES FILLES, MONTEZ SUR LA SCÈNE. C'EST VOTRE TOUR : VOUS ALLEZ AVOIR FORT À FAIRE POUR COMPENSER LA MÉDIOCRITÉ DE VOS P'TITS COS…

Le CDBI se rassied, l'air furieux. C'est le signal pour les autres spectateurs :

– *ENFIN !*

– *DU CUL !*

– *À POIL !*

– *ON S'EN FOUT DES MECS ! ON VEUT DE LA FEMME !*

– *DE LA CHATTE !*

– *ALLEZ LES BEUZEUTES !*

– *À POIL !, À POIL !, À POIL !* scande le public pendant que les filles escaladent l'estrade à contrecœur.

Laure a honte de la déconfiture de ses camarades qui rejaillit sur tous, et surtout de ce qu'elle s'apprête à faire. La mort dans l'âme, elle se retrouve sur scène au milieu des autres filles de la classe de Sup 1 – au nombre de cinq puisque Leila est définitivement excusée.

En contrebas, Franck Loubat lève la tête pour un sourire de sympathie. Malo Da Costa, qui assume son rôle de leader malgré l'échec cuisant qu'il vient d'essuyer, louvoie jusqu'à la sono pour démarrer le morceau sur lequel les filles vont danser ; puis il lance un signe d'encouragement aux effeuilleuses débutantes. La musique s'élève, concurrencée par les beuglements de l'assistance. Et les jeunes filles, avec plus ou moins de conviction, entreprennent de se déhancher dans un pâle simulacre de strip-tease.

Qu'est-ce que tu fais là, Laure ?

Mariem la Tunisienne, en robe plus longue et talons moins hauts que ceux des autres, reste pétrifiée sous les projecteurs. Même faire semblant est au-dessus de ses forces. Quant à Laure, elle se contraint à balancer vaguement le poids de son corps d'un pied sur l'autre pour qu'on ne puisse pas la croire immobile. Mais elle n'imite pas ses consœurs qui se dandinent en mettant en valeur poitrine et postérieur.

Camille enlève son foulard et le fait tournoyer avant de le jeter dans l'assistance. Laure et ses camarades l'imitent, avec moins d'enthousiasme. Des cris retentissent. Les vestes voltigent, les chemisiers, les jupes – Camille fait lentement glisser la sienne le long de ses hanches avec un sourire voluptueux. Sous les exhortations des spectateurs hystériques, le petit groupe se retrouve en bodies et collants. Elles ont prévu d'en rester là. Si elles ont la chance que les bizuteurs s'en contentent. Dans le cas contraire, elles ignorent comment elles s'en sortiront.

C'est l'instant de vérité. Celui que Laure, que toutes les filles appréhendent.

– *À POIL !*

– *BEN ALORS QUOI, ELLES FONT LA GRÈVE ?*

– *CHIQUÉ !*

– *REMBOURSEZ !*

– *ON VEUT TOUT VOIR !*

– *À POIL !*

Les bizutes continuent de se déhancher au rythme de la musique, droite et rigide pour Laure, plus sensuelles pour les autres, en priant pour que le calvaire touche à sa fin.

Ainsi en ont-elles décidé lors de la préparation de la fête, en espérant qu'elles ne se berçaient pas d'illusions. L'ambiance à peine un peu plus détendue de cette journée, les plaisanteries qui ont rendu les bizuteurs plus humains aux yeux des bizuts, l'assurance acquise, grâce à quelques détails observés çà et là, qu'ils suivent un scénario rigoureux, réfléchi, et qu'ils ne sont pas les brutes démentes qu'elles avaient cru initialement, ont persuadé les filles qu'ils n'attendaient pas réellement un strip-tease intégral.

Mais à la nuit tombée, la cohue, l'alcool, la bestialité apparente de certains spectateurs les obligent à douter.

– *BARBUE ! T'AS L'AIR D'AIMER ÇA ! DANSE ENCORE UN PEU POUR NOUS…*

Soulagement. Ils vont se défouler sur Camille Barbier, qui n'est pas la plus jolie de toutes mais prend le bizutage avec plus de légèreté. Aujourd'hui, sans devenir une recal femelle, elle a accumulé les exécutions – qui n'ont pas paru la chagriner outre mesure. Il faut dire que mimer le canard affolé ne peut pas être considéré comme une torture. Laure la regarde se déhancher d'un air lascif, croyant dissimuler sous un masque de peur simulée sa satisfaction de se faire ainsi remarquer.

Exhibitionniste, Camille ?

Non, bien sûr. Pas d'ordinaire. Mais une fille dotée d'un caractère envahissant, un peu arrogant, trop longtemps humiliée, rabaissée au rang de l'animal, qui soudain suscite l'intérêt, même malsain, d'une foule en délire…

La plaisanterie dure. Les filles se font le plus discrètes possible en mettant une mauvaise volonté évidente dans leurs pas de danse. Pendant ce temps, en première ligne, Camille se donne en spectacle ; la colère monte en Laure à la vue de celle qui semble désormais si étrangère à son propre sentiment d'humiliation et d'impuissance.

Puis, abruptement :

– *STOP !!!*

– *TIREZ-VOUS ! TIREZ-VOUS TOUTES D'ICI ! BOUDINS ! HORS DE MA VUE !*

– *À GENOUX ! DOS À LA SALLE !*

Hurlements, sifflets, injures, battements de pieds, cornes de brumes. La meute frustrée donne de la voix.

À genoux sur l'estrade, tête baissée, dos au public qui entreprend de leur jeter cacahuètes, gâteaux, gobelets et assiettes en carton, les bizutes attendent. Les filles, y compris Camille, à présent se sentent à la fois salies par ce qu'elles ont accepté de dévoiler et responsables, à cause de ce qu'elles n'ont pas montré, de la faillite de la soirée.

Un BO dissimulé par sa cagoule s'est emparé du porte-voix :

– *ON AVAIT DEMANDÉ DU SEXE ! ON S'EN FOUT, NOUS, DE VOS MAILLOTS DE BAINS ET DE VOS PORTE-JARRETELLES ! ON AVAIT DIT À POIL ! DE LA CHAIR FRAÎCHE ! DE LA CHATTE ! ON N'A RIEN EU DU TOUT ! IL VA FALLOIR REMÉDIER À ÇA…*

À côté de Laure, Mariem et Sophie sont livides. Camille laisse échapper un hoquet incrédule.

– *D'UN AUTRE CÔTÉ, UNE FOIS QU'ON A APERÇU VOTRE CELLULITE ET VOS VENTRES GRASSOUILLETS, ON N'A PAS ENVIE D'EN VOIR PLUS. QU'EST-CE QUE VOUS POUVEZ ÊTRE MOCHES, TOUTES ! SANS PARLER DE BARBUE, QUI A CRU NOUS ALLUMER EN TORTILLANT DU CUL… MAIS TU L'AS REGARDÉ, TON CUL ? T'ES MOCHE, MA PAUVRE ! QUEL THON ! TA CULOTTE DE CHEVAL QUI TREMBLOTE… C'EST ÉCŒURANT !*

Laure est traversée d'une horrible satisfaction devant la

déconvenue de Camille qui, à quelques pas de là, a les joues écarlates.

La voix d'un autre bizuteur s'élève :

– *NON, DÉCIDÉMENT, AVEC VOUS LE STRIP-TEASE EST PLUTÔT UNE MAUVAISE IDÉE. PAR CONTRE, IL Y A D'AUTRES CHOSES QUE VOUS POUVEZ FAIRE POUR NOUS. TENEZ, COMMENCEZ DONC PAR CONSOLER LE CDBIG AVEC UNE PETITE GÂTERIE. S'IL FERME LES YEUX, IL POURRA TOUJOURS SE FIGURER QU'IL SE FAIT TRIPOTER PAR UNE BELLE FEMME... AVEC BEAUCOUP D'IMAGINATION !*

Encore ce perpétuel mi-chemin entre sifflement et rugissement, mais celui-ci provient d'une bouche féminine :

– *LES BEUZEUTES, UNE PAR UNE, À L'APPEL DE VOTRE NOM, VOUS ALLEZ VOUS LEVER ET VENIR JUSQU'AU CDBIG. SI L'ADAGE SELON LEQUEL CE SONT LES MOCHES QUI SUCENT LE MIEUX SE VÉRIFIE, IL VA MONTER AU SEPTIÈME CIEL !*

Une voix incertaine s'élève du fond de la salle :

– Non ! Ne déconnez pas, quand même...

– *ON SE FAIT SUCER SI ON EN A ENVIE ! ÇA FAIT TROP LONGTEMPS QU'ON SE RETIENT !*

– Excusez-nous, mais...

– *VOS GUEULES, LES 3/2. VOUS FAITES CHIER, ON NE PEUT JAMAIS S'AMUSER, AVEC VOUS... SORTEZ ! SORTEZ TOUS ! PLUS VITE QUE ÇA !*

– Vous n'avez pas le droit...

– *JE NE VEUX PLUS VOIR UN 3/2 ! ALLEZ, OUSTE ! DISPARAISSEZ !*

Un silence crispé envahit la pièce. Des chaises raclent le sol, des pieds se dirigent vers la sortie. Un grincement, quelques chuchotements, puis la lourde porte se referme sur la chaleur et les vapeurs d'alcool de la soirée sexe.

– *ENFIN TRANQUILLES !*

– *OÙ EN ÉTIONS-NOUS ?*

– *ON VA COMMENCER PAR LA BARBUE, J'AIME LES CHAUDASSES...*

D'où elle est, Laure aperçoit Camille Barbier qui se lève, vacille, se retourne. Puis elle quitte son champ de vision.

Laure tend l'oreille pour essayer de deviner ce qui se passe derrière elle. Sa joie mesquine de voir Camille rabaissée par les bizuteurs s'est envolée en même temps que s'en allaient les 3/2 qui, si elle les soupçonne de faire parfois le jeu de leurs aînés, représentent tout de même la garantie d'un minimum de neutralité. Elle se remet enfin à penser à sa camarade comme à la victime d'une horde de fous furieux, et non plus comme à une allumeuse qui a bien cherché ce qui lui arrive. Toutes dans la même galère... Toutes enfermées dans cette salle, aux prises avec des adolescents ivres qui parlent de fellation.

Elle reste néanmoins soulagée de ne pas être appelée la première : quoi qu'on attende des bizutes, que Camille – ou une autre – y aille avant elle ! Il sera toujours temps d'aviser ensuite.

– *VIENS ICI, BARBUE. VOILÀ... ET MAINTENANT, TU VAS SUCER LE BOUT ROUGE DE LA QUEUE DU CDBIG.*

Des mouvements confus. Quolibets, insultes, moqueries. Exhortations :

– *PENCHE-TOI ! PLUS PRÈS ! ALLEZ, OUVRE GRAND LA BOUCHE... C'EST BIEN ! SUCE, SUCE, PLUS FORT !*

– *C'EST BON ?*

– *T'AIMES ÇA ?*

– *QUELLE BOUCHE À PIPES !*

Soupirs ; cris de jouissance ; puis une grande clameur et un éclat de rire final.

– *ET MAINTENANT, À TON TOUR, GODICHE !*

Pourquoi moi ? Oh, non, pas moi…

Laure se lève en titubant.

Ce n'est qu'une mise en scène… Ils ne te demanderont pas vraiment de sucer ce connard… Camille n'a pas pu… Elle aurait refusé… Ils ont juste fait des bruitages pour convaincre les autres qu'elle est passée à la casserole…

– *MAGNE, GODICHE !*

Laure se lève. Volte-face. Les jambes flageolantes, elle se retrouve face aux rires gras du parterre de bizuteurs et d'anciens élèves. Les chaises vides lui rappellent cruellement le départ des 3/2.

À deux mètres de l'estrade, le CDBIG est allongé sur une table, ceinture défaite, braguette ouverte, une évidente protubérance gonflant son caleçon.

Le cœur de Laure bat la chamade mais elle s'efforce de conserver un visage fermé. Impénétrable. Que personne ne voie qu'elle a peur… Que personne ne voie qu'elle ne sait pas sur quel pied danser…

Ne t'affole pas, ils ne vont pas te demander ça… De toute façon, tu ne le feras pas !

Elle pose un pied devant l'autre ; sur ses talons hauts, elle a du mal à descendre l'escabeau. À peine a-t-elle posé le pied par terre qu'on lui saisit le poignet ; on la tire sans ménagement vers le pervers qui la fixe avec des yeux gourmands.

Elle reste là, debout au-dessus du chef suprême, objet de toute sa haine et de toute sa crainte ; il lui décoche un sourire engageant en tripotant la bosse de son caleçon.

– *À TOI DE FAIRE UN PETIT PLAISIR AU CDBIG. PENCHE-TOI, SUCE LE BOUT ROUGE DE LA QUEUE DU CDBIG !*

– *MAGNE, TU VAS VOIR, ÇA A BON GOÛT !*

– *ALLEZ, TU EN AS SÛREMENT SUCÉ D'AUTRES AVANT LUI...*

Laure est paralysée par le dilemme qui s'offre à elle : feindre d'obéir et risquer de déclencher l'hilarité générale (*ON L'A BIEN EUE, ELLE ALLAIT LE FAIRE ! QUELLE SALOOOOPE !!!!*), ou refuser de but en blanc et s'attirer des représailles.

Dans le doute, abstiens-toi.

Elle n'ose parler mais affecte de lever les yeux au ciel en une mimique éloquente : cause toujours, tu m'intéresses... je n'ai pas peur de petits imbéciles comme vous... voilà, je suis là, et je ne sucerai pas votre chef... alors qu'est-ce qu'on fait maintenant ?

– *ELLE EST TROP CONNE !*

– *TU NE LE VOIS PAS, LE BOUT ROUGE DE LA QUEUE DU CDBIG ?*

À l'instant où une poigne de fer se referme sur sa nuque et la contraint à se courber jusqu'au bas-ventre du bizuteur déboutonné, Laure entrevoit enfin de quoi il s'agit : en travers de l'épaisse cuisse, repose un calot orné d'inscriptions en lettres dorées ; sur le devant un grand CDBIG s'étale, dont le G est prolongé d'un ruban vermillon : voilà le bout rouge de la queue du CDBIG, que Laure lèche avec application – et presque autant d'humiliation que s'il s'était agi d'un pénis véritable.

– *ALORS, TU VOIS QUE TU EN ÉTAIS CAPABLE !*

– *ELLE EST BONNE LA QUEUE DU CDBIG !*

Au bénéfice du troupeau de bizuts, celui-ci pousse des halètements et des cris d'aise afin de simuler l'orgasme.

Je suis morte et je n'ai rien appris

– *Beuzeutes ! Sachez que votre camarade n'a pas voulu obéir… Il a fallu la forcer… Eh bien, non seulement elle a sucé quand même la queue du CDBIG, mais en plus elle va récolter une exécution exemplaire. J'espère que les suivantes seront plus raisonnables !*

Mercredi, 23 h 15

Ce soir-là, la reprise en main est courte mais brutale. Les bizuts, qui ont couru revêtir leur tenue crade pour endurer les conséquences de leur médiocrité sur les planches, rampent dans le froid de septembre. Ils sillonnent le Rio Crade sous une pluie d'insultes, courent, pompent, grimpent, pendant que leurs anciens parviennent à les convaincre que la sanction est méritée. Salis à l'extérieur et à l'intérieur, ils attendent qu'on leur donne enfin le signal du coucher.

– *BEUZEUS... AU COUP DE SIFFLET VOUS ALLEZ DÉGAGER...*

– *AU DODO, LES SOUS-MERDES !*

– *À PART GODICHE, BIEN SÛR, À QUI LE KILLER OFFICIEL VA FAIRE REGRETTER DE NE PAS AVOIR VOULU FAIRE UN PETIT PLAISIR AU CDBIG. UN BEUZEUTEUR POUR AIDER LE KO À PUNIR LA BEUZEUTE ?*

Les Sup 1 s'égaient, heureux de ne pas avoir comme Laure déclenché les foudres des bizuteurs : qu'elle s'en débrouille ! Une boule dans la gorge, elle les regarde s'éloigner, suivis par leurs aînés qui regagnent leur lit d'un pas plus mesuré. Elle n'a que trop conscience de sa soudaine solitude aux côtés du bourreau en titre et du BO Terminator qui, dans les ténèbres anonymes, s'apprêtent à laisser libre cours à leur imagination.

De gros nuages mouillés roulent devant la lune. Les arbres dansent sous la brise. Mais le face-à-face nocturne avec deux bizuteurs livrés à eux-mêmes, peut-être ivres, fait trembler la jeune fille plus que les rafales mordantes.

– *MARCHE ! TOUT DROIT !*

Où l'emmène-t-on ? Des gravillons. De l'herbe. KO et BO se taisent, poussant seulement leur victime devant eux quand elle trébuche. Montée à l'échafaud. Devant les yeux de Laure se mettent à défiler des armes de poing, des visages patibulaires, des déguisements sinistres, le corps torturé de Lebeau, le proviseur penché sur lui.

Son vêtement détrempé n'offre aucun rempart contre la froidure de la nuit. Pourtant elle transpire ; un filet glacé, de peur et de sel, la pique entre les omoplates. Où ses tortionnaires la mènent-ils ? Que comptent-ils lui faire subir ? Elle déglutit avec difficulté. Les exécutions ne devraient plus l'impressionner, depuis le temps. Malgré tout, on lui en a promis une « exemplaire ». Ce n'est pas fait pour la rassurer. Il y a toujours la possibilité qu'ils aillent plus loin ; qu'ils trouvent l'idée d'une nouvelle brimade, plus humiliante, plus douloureuse, plus dangereuse que les autres.

Elle est tellement seule…

Mon Dieu, qu'ils ne me fassent pas de mal…

Pour ne pas céder à la panique, Laure repense à la réunion qu'elle a surprise la veille au soir. Les jeunes gens démaquillés, les jeunes filles au visage délicat, leur allure d'étudiants sérieux, leur organisation irréprochable, leur souci de chacun des bizuts.

Sous les pieds de Laure, un escalier. Bourrade dans le dos. Une marche. Une autre. Le pavé d'une terrasse. On tire Laure par l'encolure, d'un geste sec : le but de l'expédition est atteint. Le suspense sera bientôt levé.

Sur le sol, une marmite. Des exhalaisons fétides s'en échappent, une aigreur acidulée, écrasante. Une pleine louche du liquide s'abat sur les cheveux de la jeune fille. Dégouline sur son visage.

– *ALORS, GODICHE, ON N'A PAS VOULU SUCER LA QUEUE DU CDBIG ? C'EST PAS BIEN, ÇA, DE NE PAS OBÉIR À SES BIZUTEURS...*

La voix du KO est moqueuse ; supérieure ; cruelle. Il va prendre plaisir à faire durer le petit jeu.

– Bon, dépêche-toi. Fais ce que tu as à faire et lâche-lui les baskets. Tu ne vois pas qu'elle va attraper la crève ?

Laure n'en croit pas ses oreilles. D'une voix normale qui le rend presque humain, le BO Terminator est en train de voler à sa rescousse. Elle attend le verdict en frissonnant. Le grand échalas au crâne rasé à qui l'on dispute sa toute-puissance insiste :

– *ELLE N'A PAS VOULU SUCER LE CDBIG, QUAND MÊME... ON NE VA PAS LAISSER ÇA IMPUNI !*

– Ça suffit ! Fais-lui bouffer ta mixture puisque tu en meurs d'envie, et envoie-la se pieuter. Tu ne crois pas qu'elle en a assez chié pour ce soir, non ?

Une nouvelle giclée d'immondices saute à la figure de la jeune fille.

– *C'EST ÇA, BEUZEUTE, FERME LES YEUX… C'EST MA BITE QUE TU VAS SUCER MAINTENANT… ELLE EST ENCORE MEILLEURE QUE CELLE DU CDBIG… OUVRE LA BOUCHE…*

Laure s'exécute. Ce qu'elle reçoit entre les mâchoires est une seringue, qui lui éjacule dans la bouche un mélange culinaire infect. Sursaut. Elle doit combattre les haut-le-cœur provoqués par le goût de poisson avarié, pâtée pour chien, viandox, vinaigre, piment, moutarde et autres ingrédients qu'elle préfère ignorer.

Elle va vomir. Elle n'y arrivera pas… Elle ne va pas réussir à déglutir… La nausée monte…

– *EXCELLENT ! TU AS VU COMME ELLE A CHANGÉ DE COULEUR ? LE MÉLANGE BALISTIQUE INTERSIDÉRAL CRÉÉ PAR LE MEILLEUR KO DE L'HISTOIRE DE SAINTE-THÉRÈSE ! TENEZ-VOUS BIEN, BIZUTS : J'AI MIS AU POINT L'ARME ULTIME POUR VOTRE BAPTÊME !*

Pense à autre chose, Laure, ne respire pas, pense à Martin, à Tom… pense à… à quoi ? à quoi d'autre qu'à cette horreur qui brûle les tripes…

Un dernier spasme, et la nausée finit par refluer.

– *ÇA VA, GODICHE ? C'EST BON… ON VA ENCORE EN PRENDRE UN PEU, HEIN ? POUR FAIRE PLAISIR À SON KO PRÉFÉRÉ…*

– Non, maintenant tu lui fous la paix. Elle était à deux doigts de gerber, et en plus elle se caille. Stop. Fini. On s'arrête jusqu'à demain.

– *UNE TOUTE PETITE GORGÉE, POUR LA PUNIR DE SON CRIME INNOMMABLE…*

– Lâ-che-lui-la-grappe, OK ? ordonne Terminator.

– *Puisque tu y tiens tant que ça… T'AS DE LA CHANCE,*

Je suis morte et je n'ai rien appris

BEUZEUTE ! SI TU ÉTAIS SEULE AVEC MOI, JE TE PROMETS QUE TU TE SOUVIENDRAIS DE CETTE NUIT TOUTE TA VIE… ALLEZ, OUSTE, DU BALAI ! AU PIEU ! COURS, ET QUE JE NE TE RATTRAPE PAS !

Mercredi, 23 h 55

Le troisième étage, aile Ouest, est endormi. À l'exception de Laure qui chancelle sous le jet brûlant de la douche. Elle est là depuis une éternité, à se récurer, à se réchauffer : le froid et la saleté qui la rongent lui paraissent plus importants que le manque de sommeil.

Au bout d'un long quart d'heure, le froid reflue – la saleté demeure.

Elle réduit la température de l'eau et reprend le savon, dans l'espoir que l'impression de souillure s'estompera enfin. Peine perdue. Et la buée qui l'aveugle, le bac à douche qui déborde depuis plusieurs minutes achèvent de la convaincre : elle ferme le robinet. Elle se penche pour ramasser les touffes de cheveux et les coquilles d'œuf accrochées à la grille d'écoulement, s'interdisant de regarder le mélange crasseux qui tournoie avec une lenteur hypnotique.

Elle s'essuie vigoureusement, enfile son peignoir en prenant garde à ne pas le faire tremper dans l'égout qu'est devenu le bac à douche, à mesure que les bizuts s'y sont succédé. Tenue crade à la main, elle ouvre la porte et patauge dans la flaque qui rejoint cabines de douches, toilettes et pissotières. Elle traverse le bloc sanitaire pour s'engager dans le couloir endormi.

Brusquement, une main la saisit au collet.

Elle se sent tirée en arrière. La porte se referme sur elle.

Prisonnière des sanitaires qu'elle venait de quitter.

– *Qu'est-ce qu'elle fait là à cette heure, la beuzeute ? Elle s'est perdue ?*

– Je prenais ma douche, je…

Impérieux, le murmure sifflant la fait taire :

– *Ta gueule, beuzeute, n'ouvre pas ta bouche de salope ! Et baisse la tête ! Plus bas, la tête !*

Laure s'exécute, bouillant de rage.

Ils ne vont pas me foutre la paix, à la fin ? Qu'est-ce que je leur ai fait ?

– *Voilà, c'est bien, on ne lève pas les yeux sur un surhomme… Dis-moi : papa et maman ne t'ont pas appris qu'il ne faut jamais se promener seule à la nuit tombée ? On pourrait faire de mauvaises rencontres…*

Un signal d'alarme se déclenche dans le cerveau de Laure. Quelque chose cloche dans l'élocution de son agresseur. Elle essaie frénétiquement de comprendre d'où lui vient cette certitude.

– *Ils dorment tous*, chuchote l'encagoulé dans l'oreille de la jeune fille qui sent avec répulsion son souffle s'insinuer en elle. *C'est qu'ils sont fatigués les bizuts ! Surtout tes cochonnes de petites copines… On est très, très seuls tous les deux…*

Il est bourré. Bourré ou déséquilibré.

Est-ce le KO qui revient à la charge, après s'être débarrassé de son collègue ? Non, le timbre est différent ; différent de tout ce qu'elle a entendu jusqu'à présent ; moins « bizuteur », plus « agresseur ».

Violeur.

Pourquoi la guettait-il ? Pourquoi parle-t-il à voix basse comme s'il craignait de réveiller les occupants de l'étage ? Il semble se cacher.

Danger. Folie. Dérapage.

– *Ta mésaventure d'hier soir ne t'a pas suffi ?*

La jeune fille se glace. « Hier soir »... La bibliothèque... Son poursuivant... Le tueur, certainement...

– *Tu me cherchais, peut-être ? Tu as changé d'avis ? Tu regrettes de t'être sauvée si vite, alors qu'un vrai mâle proposait de s'occuper de toi ? Il n'est jamais trop tard, ma belle... Et cette fois, pas question d'interrompre nos ébats à coups d'extincteur... Je risquerais de me fâcher...*

Laure fait un pas en arrière, mais le pervers la saisit par les cheveux :

– *À genoux ! Allez, à genoux ! Magne, beuzeute ! Par terre, plus vite que ça !*

Elle est projetée au sol dans un infâme clapotis. Ouille ! Elle étouffe un gémissement. Serre les dents.

Elle se redresse. Cherche à se relever.

La main gauche du bizuteur emprisonne la tête de Laure, la droite abaisse la braguette du jean qui contient son érection, déboutonne en hâte un caleçon ridicule. Une verge cramoisie jaillit, ballotte un instant puis s'immobilise devant le visage de la jeune fille. Impatiente. Fougueuse.

Ça n'a plus rien à voir avec le bizutage. Quand j'ai refusé de me prêter à leurs obscénités, ce soir, ils n'ont pas insisté ;

c'était un jeu… Ils m'en ont fait baver pour le principe, mais aucune fille n'était vraiment censée sucer ce connard.

– Laissez-moi ! Non ! *Non !*

Une clef au bras la réduit au silence. Son cerveau continue de mouliner à toute allure.

Ce type est-il le meurtrier qu'elle cherchait, le bizuteur qui profite des moments où il est seul avec ses victimes pour… ? Une large main broie la nuque de la jeune fille. Elle résiste. Peine perdue. Un parfum moite, sueur, urine séchée. Elle retient sa respiration.

– Non…

– *Ta gueule, salope ! Tu vas me sucer, tu vas sucer ma bite ou tu es une beuzeute morte…*

« Morte ».

Le tueur. Il s'agit du tueur.

– *Vas-y, suce, beuzeute, elle est bonne…*

Une veine bleue palpite le long du membre frémissant. Diastole, systole, diastole. Elle-même a le cœur au bord des lèvres. Douleur. Bouffée de chaleur. La nausée qui menaçait depuis tout à l'heure monte de plus belle.

– Vous ne pouvez pas faire ça… s'il vous plaît…

Des voitures jaunes et vertes, sur le rouge sous-vêtement de l'agresseur, dansent devant les pupilles de Laure. Vite, de plus en plus vite.

Les points multicolores. L'insupportable touffeur.

Fragrance tiède et nauséabonde. À bout de souffle, la jeune fille prend une inspiration paniquée : l'odeur l'encercle, s'immisce en elle, la pénètre avec insistance, viol à elle seule.

Sa bouche, son nez s'écrasent sur le membre ; contact doux et mouillé, ignoblement suave.

– *TU VAS AIMER ÇA, BEUZEUTE, SUCE...*

Le jean rugueux laboure les pommettes de Laure. La fermeture Éclair lui écorche le menton. Elle serre les lèvres. Écarquille les yeux. Ballet étourdissant de ces points jaunes et verts, du tissu rouge, de l'érection humide et violacée. Immense répulsion.

Dire qu'elle trouvait émouvant le sexe de Martin. Ces horribles queues sentent la pisse et le foutre.

Canicule. Laure étouffe. Pressée contre l'organe belliqueux, elle ne parvient pas à reprendre son souffle. Ses genoux ne la soutiennent plus. Qu'est-elle venue faire ici, pourquoi le sort s'acharne-t-il sur elle ?

Des images de poulets éviscérés et de battes de base-ball, de cagoules et de rangers, de bizuts maculés se superposent dans son esprit à ces chiottes malpropres et à cette bite congestionnée. L'odeur de charogne qui émane de la tenue crade tombée à ses pieds flotte jusqu'à son nez, déjà assailli par l'urine et le sperme. Laure suffoque. La tête lui tourne.

Jaune, vert, rouge, ton caleçon est grotesque – tu trembles, tu frémis, queue dégoulinante de vice – tu pues, connard – j'ai mal, j'ai chaud...

– Salope ! Putain merde, c'est dégueulasse !

Les vomissures giclent sur le pénis ahuri. Poisson avarié et pâtée pour chiens, piment rouge, harissa, huile et vinaigre, et le reste, tout le reste, quoi exactement, Laure ne veut pas le savoir, tout ce qu'elle a avalé ce soir se déverse en cascade dans le caleçon de l'agresseur – qui débande en un clin d'œil.

– Quelle conne, j'y crois pas, quelle conne !

Il s'interrompt. Erreur de débutant. Ne pas parler de sa voix naturelle, rester sous le couvert du murmure rauque et sifflant qui unit les bizuteurs dans le même anonymat. Le pervers se dégage en repoussant Laure, qui perd l'équilibre et s'étale de tout son long sur le sol. Il l'abandonne ainsi, s'enfuit sans demander son reste. Cavalcade. Burlesque déroute.

La jeune fille demeure à terre, le visage dans les débordements de douches et de pissotières, et elle continue de vomir l'odeur, le goût, la chaleur de ce sexe humide, elle crache l'injustice et la perversité de cet univers qu'elle n'a pas choisi, elle expulse son dégoût d'elle-même et des autres.

Pour la première fois depuis tant d'années, Laure se laisse aller.

Elle pleure.

Jeudi, 0 h 20

Laure a toujours pansé seule ses blessures. Pas question d'aller, en pleine nuit, chercher du réconfort auprès de Martin. Elle se sent trop sale et humiliée, l'esprit trop confus aussi, pour ne pas garder le silence sur cet horrible sexe qu'elle a touché des lèvres ; sur la clef au bras qui l'a empêchée d'appeler à l'aide ; sur les larmes qu'elle a versées au lieu de suivre son agresseur pour découvrir son identité.

Impossible de retourner prendre une douche : le pervers rôde. À tâtons, Laure effectue au lavabo une rapide toilette, se frictionne à s'en faire mal et enfile un pyjama sec. Elle se glisse sous les draps, sans bruit.

Qu'elle est fatiguée. Elle aspire à plonger dans le sommeil pour s'abstraire de la réalité. Oublier l'amertume, dans sa bouche. Mais elle n'y arrive pas. Le pervers qu'elle vient de mettre en fuite va-t-il se raviser, venir jusqu'ici la chercher ?

Si quelqu'un franchit cette porte, ne te pose pas de questions, hurle. Allume la lumière pour apercevoir son visage, et crie du plus fort que tu peux.

Laure demeure assise dans son lit. Les genoux enlacés de ses bras, elle tremble longuement.

À présent, elle en fait une affaire personnelle. Elle apprendra qui sillonne Sainte-Thérèse en profitant de son statut de bizuteur pour réduire à sa merci les étudiants qu'il surprend seuls.

Un bizuteur ? Ou n'importe qui d'autre, qui exploite le chaos, la soumission des nouveaux, l'impunité offerte par le bizutage ?

Qui a choisi de dissoudre sa propre violence dans celle que le respectable lycée a institutionnalisée ?

Laure le découvrira : de témoin d'un accident mortel qu'elle n'a pas bien compris, dont elle n'était même pas sûre qu'il se soit réellement produit, elle vient de passer au rang de victime du dément qui circule à Sainte-Thérèse. Elle ne se laissera plus égarer par ses doutes, par la peur du ridicule, par la crainte des risques qu'elle pourrait encourir en menant son enquête. Qui qu'elle soit, la brute qui s'est attaquée à elle par deux fois le regrettera.

Continuer à observer ses différents suspects dès qu'elle en aura l'occasion.

Mais elle ne se limitera pas à ça. Les occasions, elle va les provoquer. Et elle va reprendre toutes ses pistes. Découvrir qui partageait la chambre de Lebeau la nuit de sa mort. Dénicher le père de Martin, le supplier de les aider. Et puis…

Et puis quoi ?

Se rebeller, s'affranchir d'un bizutage dont elle commence à mieux comprendre les règles ? Se montrer au grand jour ? Essayer de s'enfuir de cet établissement placé sous haute surveillance et dont le proviseur est le premier à dissimuler la mort d'un étudiant ? Comment ?

Non, Laure, ce n'est pas raisonnable. Ne te fais pas remarquer. Bientôt, le bizutage sera terminé.

Encore quelques jours. Ensuite, la police t'écoutera. Elle te protégera.

Je t'aurai, ordure. Fais-moi confiance, tu ne t'en sortiras pas comme ça.

Le froid repoussé par la douche brûlante s'empare de nouveau de Laure, monte le long de sa colonne vertébrale. Frissons. Elle doit avoir de la fièvre. Grelottant sous les couvertures, elle passe et repasse devant ses yeux des visages déformés qui se superposent, se mêlent, se combinent les uns aux autres. Elle délire presque.

Martin… Maman… Tom…

La poitrine de Tom se soulève avec régularité ; son souffle creuse légèrement le drap. Il s'est endormi. Laure le regarde avec tendresse.

Elle a treize ans. Ce soir-là, des rythmes endiablés montent déjà de la rue. La fête de la musique. Laure attend une amie avec qui elle compte sortir déambuler dans la ville, essayer de se faire servir une bière, danser sur les places piétonnières. Elle en est tout excitée. Au point qu'elle voulait même s'habiller un peu, oh, rien de très clinquant, elle comptait juste sortir de son armoire un pantalon taille basse et le bustier qu'elle n'a jamais l'occasion de porter – mais elle n'a pas eu une minute de liberté. Elle restera comme elle est.

L'après-midi a été rude. Tom n'avait pas école, et Laure en a profité pour rester lui faire travailler ses contrôles du lendemain. Ils décideront de son passage dans la classe supérieure : compte tenu de ses deux ans de retard, il serait catastrophique que le garçon redouble encore. Mais, bien sûr, lui ne l'entendait pas de cette oreille. Une demi-journée de congé, alors qu'il faisait si beau dehors…

La mauvaise humeur de Tom s'est vite transformée en cris. En insultes. Laure a déployé des trésors de ruse et de diplomatie pour canaliser l'énergie dévastatrice de son frère – une promenade dans le parc, et ensuite on fait cette dictée, un tour à vélo, et tu me récites tes tables d'addition. Mais, plusieurs fois, elle a esquivé des coups de poing, des coups de pied, décochés sans réelle envie de faire mal par le bambin à fleur de peau. Un véritable rodéo, auquel leur mère s'est bien gardée de participer.

Le soir venu, Laure n'était pas venue à bout de la moitié du programme qu'elle s'était fixé. Elle a fait dîner le garçon toujours maussade, puis s'est assise sur son lit pour lui raconter la rituelle histoire « d'avant de s'endormir ». À la faveur du calme enfin retombé sur l'appartement, elle a entendu sa mère pleurer de l'autre côté de la cloison. Elle a lu une deuxième histoire, une troisième, pour laisser à Alice Godin le temps de se ressaisir. Son frère a fini par confesser :

– Je voudrais juste qu'elle s'occupe de moi…

– Je sais, Tom.

– Je ne suis pas méchant, a insisté le garçonnet.

– Je ne t'en veux pas.

Il s'est redressé pour enlacer le cou de sa sœur d'un geste maladroit.

– Je t'aime, frangin, a-t-elle soufflé dans ses cheveux.

– Je t'aime aussi, frangine, a répondu une voix embuée.

Quelques minutes plus tard, l'enfant avait plongé dans les bras de Morphée. La journée de cauchemar était derrière lui.

Maintenant, Laure quitte la chambre sur la pointe des pieds : le premier sommeil de Tom est fragile. Elle laisse la porte entrebâillée. Dans la salle à manger, Alice tourne fiévreusement les pages d'un livre tout en regardant la télévision du coin de l'œil.

– Maman ? Ça ira, pour Tom. Et toi ?

– Ça va, chérie, je ne suis pas malade.

La jeune fille hoche la tête. Sa mère change deux fois de

chaîne tout en feignant de s'intéresser à son roman à l'eau de rose.

– Je peux te laisser pour la soirée ?

– Je ne suis pas une gamine.

– Ce n'est pas ce que j'ai dit.

Alice Godin change soudain de discours, prend une voix légère :

– Allez ma chérie, va donc t'amuser ! Tu me raconteras, hein ?

– Oui, si tu veux. Il reste des spaghettis. Tu peux te les faire réchauffer à la poêle ou au micro-ondes.

– Je sais, je sais, ne t'occupe pas de ça, pars vite ! Les concerts n'attendront pas ! Avec qui y vas-tu ? Magali ?

– Béatrice, maman, je te l'ai dit.

Un sourire espiègle :

– Eh oui eh oui, je plaisantais ! Béatrice, donc ! Bien sûr que je m'en souviens !

Le cœur de Laure se serre. Quelque chose ne tourne pas rond. Sa mère qui joue les follettes, ça n'augure rien de bon… Qu'est-ce qu'elle mijote ? L'adolescente a du mal à se résoudre au départ. Elle regarde autour d'elle. Rien de suspect. Et pourtant…

Tout en essayant de conserver un air dégagé, elle se dirige vers la cuisine.

– Laure, ce n'est pas la peine, je me débrouillerai avec ces pâtes !

– Oui maman, je prends une pomme pour moi. Où sont ces pommes ?

Tout en parlant assez fort pour que sa voix couvre le bruit qu'elle fait, elle ouvre et ferme les placards. Rien ici… ici non plus.

– Laure, tu n'as pas besoin d'une pomme, voyons ! Achète-toi un sandwich dans un bar ! Tu pourras en offrir un à Béatrice…

Elle ne veut pas que je furète trop longtemps dans la cuisine, se dit Laure. Pourtant, je n'ai rien trouvé qui… Ah, derrière les tupperwares. Ultime cachette. Bingo !

Une bouteille de vin blanc. Toute neuve. L'impatience d'Alice à voir sa fille s'en aller trouve son explication. La journée a été trop dure, avec Tom déchaîné… Elle est allée acheter une bouteille en cachette, en prévision de cette soirée où toute censure allait disparaître.

Quelques minutes après le départ de Laure, la troisième cure de désintoxication de sa mère sombrera à nouveau.

Et papa qui ne rentrera pas avant onze heures ou minuit, pour changer… de toute façon, qu'est-ce qu'il en a à faire ?

La sonnette de l'entrée retentit. Béatrice ! Elle est montée. Je suis donc tellement en retard ?

L'adolescente traverse la salle à manger, le palier, ouvre la porte. Elle adresse un sourire navré à Béatrice. Son amie comprend. Laure referme la porte.

– Oh, zut ! Béa ne peut plus assister à la fête de la musique ! Son père ne la laisse pas sortir…

– Tu vas devoir y aller seule…

– Seule ? Je n'en ai vraiment pas envie ! Non, tu sais ce qu'on va faire ? (Laure sourit.) Je vais nous cuisiner un bon petit plat, rien à voir avec de vulgaires pâtes, et on va se regarder la pièce de théâtre à la télé. De toute façon, j'avais envie de la voir…

Le regard d'Alice Godin se fige.

Le cœur de sa fille saigne.

Jeudi, 5 h 15

Laure ouvre la fenêtre et empoigne son sweat-shirt détrempé. Elle grimace. Pantalon, culotte, chaussettes, chaussures. Dégoulinant d'eau, de boue, de sang, des improbables mixtures dont on asperge et abreuve les bizuts. La puanteur est un peu aigre, curieusement sucrée. Laure enfile l'étoffe ruisselante avec de nouveaux frissons. Le plus terrible n'est pas la saleté ni l'odeur, non, elle est au-dessus de ça maintenant. Le plus terrible c'est le froid, le froid qui s'insinue en elle par tous ses pores, le froid qu'elle n'a jamais supporté, qui l'a toujours mise d'une humeur massacrante. Le froid tellement plus odieux quand on est fatigué.

Elle lace ses chaussures en tremblant de la morsure glacée du tissu sur sa nuque.

Qu'ils crèvent, qu'ils crèvent tous, ordures, salopards, salopards de bizuteurs de mes deux…

Routine sans surprise sous les étoiles pâlissantes. Discours, chansons, pompes et Rio Crade, preuves d'allégeance, exploits divers, crampes, ecchymoses, douleurs supportables, monotonie rythmée par les exécutions qui se succèdent. Un simulacre de mise à mort tire le troupeau de son hébétude épuisée ; un autre ; un troisième. Laure ne s'en formalise plus. À la lumière des propos tenus par les bizuteurs l'autre soir, elle discerne mieux la logique qui préside à ces exécutions.

Aux timides, aux fragiles, à ceux qui auraient filé doux avec ou sans bizutage, on n'administre guère que de petites sanctions anecdotiques, un œuf cassé sur la tête, quelques croquettes à avaler – et ils retournent dans les rangs, soulagés de s'en tirer à si bon compte et fermement décidés à faire de leur mieux pour ne plus encourir les foudres de leurs aînés.

À l'opposé, les « recals » sont à l'honneur : on impose des épreuves abjectes à ces grandes gueules d'avant le bizutage qui ont, en lui, trouvé une nouvelle tribune pour exprimer leur bravoure, leur force physique, leur sens de l'humour et de la repartie. Elles ne servent pas seulement à canaliser la confiance en eux qui pourrait amener ces plaisantins à s'affranchir ; elles constituent, aussi, des exemples à l'intention de leurs camarades plus craintifs. Et eux acceptent ces exécutions comme des défis personnels, parfois rebutés par un exercice particulièrement répugnant mais dans l'ensemble peu émus : ils ont démystifié ces mises à mort toutes symboliques, que seules leur méconnaissance et la terreur qu'elles inspiraient a priori rendaient si éprouvantes les premiers jours.

Laure se rend compte de ce que les exécutions spectaculaires réservées à ces recals, d'autant plus dures qu'ils les supportent trop bien, ont ceci de pernicieux qu'elles contribuent à terrifier les autres bizuts.

Tout est si bien conçu…

Juste le bon dosage de sévices physiques et psychologiques : si nul n'a la possibilité de vraiment se rebeller, un petit nombre peut quand même se targuer de jouer au héros tout en contribuant, fort opportunément, à la mise en scène générale. Ce bizutage centenaire est au point. Fondé sur la couardise et l'instinct grégaire de l'être humain, il sait même canaliser, pour les récupérer à ses fins, les moindres bribes de volonté qu'il rencontre. Les moins lâches, les plus prétentieux, se laissent manipuler pour devenir, à leur insu, un nouveau terreau à l'usage de ces bizuteurs qu'ils affectent de défier.

Laure appartient au camp intermédiaire, ceux qu'on ne ménage pas à dessein mais qu'on laisse relativement tranquilles tant qu'ils ne se font pas remarquer. Alors elle est rarement exécutée ; et c'est toujours, après une appréhension initiale, pour constater qu'il n'y avait pas de quoi s'en faire une montagne.

Cela permet à ses pensées de vagabonder, pendant que son corps continue d'obéir aux ordres des anciens.

Ramper, pomper, grimper… Tous volontaires, mon CDBIG…

Regarde autour de toi, Laure. Tu découvriras qui profite du bizutage pour assouvir ses penchants sadiques, et tu le lui feras regretter.

– Baisse la tête ! Plus bas ! Encore plus bas !

Une secousse envoie la jeune fille dans la pelouse ; une main empoigne ses cheveux et lui presse le visage dans la boue. Une giclée d'un produit nauséabond sur les cheveux, une bourrade entre les omoplates pour faire bonne mesure, et le bizuteur s'en va rectifier la position d'un autre infortuné.

Nez dans la pelouse maculée, Laure demeure immobile, incapable de déterminer si elle est supposée se relever ou attendre qu'on lui en donne l'instruction. Des chaussures s'approchent d'elle ; des baskets, pas des rangers. Elle se détend : un 3/2. Dans l'obscurité percée par les faisceaux des projecteurs, elle détaille les jambes du pantalon qui vient lui rendre visite : un bon vieux jean un peu délavé, dénué d'inscriptions obscènes et de slogans meurtriers. Son propriétaire s'accroupit et Laure peut le distinguer jusqu'à la ceinture, une imitation croco d'un goût douteux.

Douleur imprévue. Elle gémit. Ce fumier vient de lui tirer les cheveux.

– *C'EST LA VIE DE CHÂTEAU GORETTE ? ON AIME ÇA ?*

Ça ne va pas, non ? Si les 3/2 s'y mettent aussi…

Laure avait déjà inclus les intégrés dans sa liste de suspects, mais elle aurait tort de négliger les 3/2. Elle se promet de ne jamais oublier cette ceinture plastifiée : il pourrait s'avérer utile d'identifier son propriétaire, ce 3/2 frustré de devoir attendre encore un an avant de laisser libre cours à sa violence.

Plus le temps passe, plus les pistes qui s'offrent à la jeune fille se multiplient.

Jeudi, 13 heures

– *VOILÀ, C'EST ICI : L'ANTRE 5/2. VOUS ALLEZ BRIQUER TOUT ÇA JUSQU'À CE QUE ÇA BRILLE. INSPECTION DANS DEUX HEURES, VOUS N'AVEZ PAS INTÉRÊT À CHÔMER.*

Sophie pousse une exclamation ; Laure hausse les épaules devant le spectacle : la salle commune des redoublants de Mathématiques spéciales est une porcherie. Le BO Mad Max qui a escorté les deux filles jusqu'ici leur lance une grimace qui n'est pas sans évoquer un sourire d'excuse.

– *BON COURAGE !*

– Merci, mon BO, répond Sophie de manière conditionnée au bizuteur qui referme la porte sur lui.

– Ça ne va pas être du luxe ! soupire Laure en parcourant du regard les monceaux d'objets divers et de détritus nauséabonds.

Des verres brisés ont été laissés là, des viennoiseries s'émiettent sur le canapé et les fauteuils où s'étendent des taches graisseuses ; reléguées dans un évier crasseux, tasses et théières moisissent lentement ; des revues, bandes dessinées, divers livres et papiers gluant de café sucré dégoulinent des rayons de trois bibliothèques instables. Des bibelots hétéroclites, souvent cassés, toujours poussiéreux : des balles de ping-pong, une paire de baskets, une boîte de préservatifs, un poste radio minimaliste, quelques outils...

Mais évidemment, ironise la jeune fille, pas un téléphone portable qui traîne dont je pourrais me servir pour prévenir les flics.

– L'administration tolère ça ? s'insurge Sophie.

– Avec tout ce qu'elle tolère..., réplique Laure en ouvrant un sac-poubelle.

– Ça ne doit être que pendant la période du bizutage, suppose son interlocutrice.

– Vu la couche de crasse et les moisissures dans le lavabo, ça fait plusieurs semaines qu'on s'en donne à cœur joie ici !

– Oui, mais les 5/2 arrivent bien avant la rentrée pour préparer le bizutage. Ça représente beaucoup de travail, explique Sophie d'un ton qui fait dresser l'oreille à Laure.

– Tu ne vas pas les plaindre, non plus ?

– Je disais juste ça... comme ça. Mon frère a bizuté, lui aussi. Oh, j'étais en quatrième : je ne me rappelle pas grand-chose. De toute façon, je ne crois pas qu'il en ait beaucoup parlé à la maison. Mais maintenant que j'y pense, je me souviens qu'il a commencé à préparer la rentrée très peu de temps après avoir décidé de redoubler. On reçoit les résultats des concours fin juillet, à peu près ; les écoles qu'il avait décrochées ne lui plaisaient pas : dès qu'il l'a su, il est revenu presque tous les jours à Sainte-Thérèse. Nous habitons Versailles, ce n'est pas très loin.

– Ça ne lui a quand même pas pris tout le mois d'août ? interroge Laure d'un air absent.

Elle envoie un T-shirt lacéré, dont l'odeur trahit sa participation à quelques exécutions musclées, rejoindre les autres détritus au fond de sa poubelle.

– Tiens, tu veux bien ramasser ces revues et les trier ? Avant de les ranger on époussettera les bibliothèques.

Sous le chignon sévère qui tranche étrangement avec ses cernes violâtres, Sophie se met à l'ouvrage. Elle penche la tête sur des piles de bandes dessinées en triste état et renoue le fil de la discussion :

– Pas tout le mois d'août, mais au moins deux ou trois semaines.

La jeune fille se faisait une joie de partager ses doutes avec une nouvelle interlocutrice, mais Sophie ne lui prêtera vraisemblablement pas une oreille très complaisante. Elle tâte le terrain :

– Je me trompe, ou tu respectes les bizuteurs ?

Sa condisciple met quelques secondes à relever la tête ; quand elle s'y résout, des larmes brillent dans ses yeux.

– Je ne sais pas trop.

Elle se détourne de nouveau.

– Je m'étais fait une certaine idée du bizutage ; tu vois, celle d'un parcours initiatique, d'une expérience que je serais fière d'avoir surmontée ; au lieu de ça…

– Au lieu de ça ?

– Je ne dis pas que… Enfin, mon frère affirme qu'il faut faire confiance aux 5/2. Mais c'est tellement différent de ce que j'imaginais…

Elle hésite. Laure attend la suite.

– Tu comprends… ils me font peur…, lâche Sophie comme un secret coupable.

– À moi aussi, ils font peur. C'est assez normal, tu ne crois pas ?

– Je ne sais pas… je ne sais plus… je suis si fatiguée… je ne sais même plus qui je suis…

Laure brûle de la rassurer. Tu ne sais pas à quel point c'est aussi mon cas…

Elle se donne le temps de fermer son premier sac-poubelle – déjà cinquante litres d'ordures, et on ne voit même pas la différence, note-t-elle – avant de réagir. L'aveu de la Versaillaise, qui se demande si elle est toujours acquise à la cause de Sainte-Thérèse et de son jésuite bizutage, pourrait constituer une ouverture. Tu as peur ? Je vais t'en raconter une bien bonne : ici, de temps en temps, on tue ou on viole un bizut ; alors, qu'est-ce que tu dis de ça ?

Mais elle ne peut se résoudre à partager son secret avec la jeune fille de trop bonne famille, ses multiples particules, son chignon austère et son chemisier bien repassé. Si elles se trouvent dans le même camp, de toute évidence cela n'est dû qu'au hasard et n'aura qu'un temps. Sophie est l'opposé exact de l'alliée que Laure aurait voulu s'attacher.

De frustration, elle accélère le déblaiement des saletés qui jonchent sol et fauteuils. C'est presque dans le mutisme que se poursuit la « mission d'intérêt général » confiée aux jeunes recrues cet après-midi : alors que d'autres bricolent pour réparer les aléas du bizutage ou rendre plus confortables les chambres des anciens, Sophie et Laure nettoient l'antre 5/2 en n'échangeant plus guère que des informations pratiques. Mais Laure, qui prête l'oreille, entend la jeune fille renifler – la Versaillaise dont les convictions se voient si brutalement ébranlées ravale au mieux ses sanglots d'angoisse, de honte et d'épuisement.

– Bon, le paysage s'éclaircit. Maintenant, il va falloir récurer tout ça, mais ces montagnes de déchets vont nous encombrer, remarque-t-elle. Il faudrait s'en débarrasser. Tu sais où sont les containers à poubelles, ici ?

– Oui, répond Sophie d'une voix méfiante. À l'entrée. À côté de la grille. Mais je te préviens, il n'est pas question que j'y aille. Je ne me baladerai pas seule dans la cour.

– … Devant l'accueil ? interroge Laure sans relever la couardise de sa camarade, qu'elle ne songerait pas à lui reprocher.

– C'est ça.

Un œil fixé, à travers la vitre, sur la grille d'entrée qui lui paraissait si lointaine une seconde auparavant, Laure hoche résolument la tête :

– J'y vais tout de suite, décide-t-elle en soulevant les trois sacs avec difficulté.

Ployant sous son fardeau, Laure remonte le couloir qui dessert les chambres de ses bizuteurs. Il grouille d'une animation muette. La plupart des portes sont ouvertes, ne révélant que des première année, pour une fois vêtus de propre, qui consolident le sommier d'un aîné, installent des rideaux ou bricolent un verrou ; elle aperçoit Camille qui croule sous les pulls troués, les boutons à recoudre et les chaussettes à repriser ; Leila a été appelée en renfort pour confectionner des coussins, tandis que les autres filles se consacrent au rangement et au ménage.

Elle ne voit pas Martin. Comme une bonne moitié des garçons, il se trouve certainement en face, dans l'aile réservée aux bizuts : là-bas, la remise en état est plus problématique. Des armoires sont cabossées, des portes sorties de leurs gonds, un lavabo a besoin d'être rescellé, des trous dans le placoplâtre attendent leur rebouchage, victimes des rangers et des battes de base-ball.

Pas question, cependant, de se lancer à la recherche de son ami : au bout du couloir, le BO qui se fait appeler Baston monte la garde.

– *PLUS BAS, LA TÊTE !* aboie-t-il lorsqu'elle passe devant lui. *TIENS, ELLE PART AVEC LES POUBELLES, LA BEUZEUTE ? TU AS RAISON : QUI SE RESSEMBLE S'ASSEMBLE...*

Elle poursuit son chemin, feignant la soumission.

Rigole, connard, rira bien qui rira le dernier !

Descendre les trois étages en éboueuse improvisée s'avère inconfortable ; elle fait glisser chaque sac de marche en marche, espérant qu'aucun ne crèvera.

Plus vite, Laure, plus vite... profite de cette aubaine...

Dehors, elle entame la traversée de la cour d'honneur. Et retient sa respiration quand elle croise une silhouette familière : un homme d'une cinquantaine d'années. Où l'a-t-elle déjà aperçu ? Il ne lui adresse pas la parole, ne la regarde même pas. Il disparaît dans le bâtiment Saint-François-Xavier.

Laure continue de véhiculer ses sacs, les soulevant à grand-peine. Les pavés de la cour d'honneur cèdent la place au goudron du parking, de l'allée principale ; la grille est là, toute proche, à droite du bâtiment qui abrite l'accueil. Mais derrière l'un des deux énormes piliers, trois malabars maquillés de noir fument leurs cigarettes. Laure feint de ne pas les avoir aperçus. Elle jette ses poubelles dans les containers et rebrousse chemin. Elle remonte le long de la réception. Un regard derrière elle : les vigiles ne font aucun cas de cette bizute transformée en femme de ménage d'un jour. Elle esquisse un pas, deux pas : ça y est, elle a ouvert la porte et s'est glissée dans le hall d'accueil. Le but de son expédition. Bien sûr, elle aurait préféré sortir de l'établissement. Mais le plus réaliste était cet objectif apparemment secondaire et donc moins bien gardé : la réception, qui abrite la boîte postale et six cabines téléphoniques.

Heureusement qu'elle n'est pas en tenue crade : elle a sa carte bleue sur elle. Les machines l'acceptent. Elle jette son dévolu sur la cabine la plus éloignée de l'entrée, en partie dissimulée par une plante verte.

– Le numéro du lycée Alexandre-Dumas, à Paris, s'il vous plaît. C'est ça, mettez-moi en relation... Merci... oui, bonne journée...

Une attente. Deux, trois sonneries.

Vite !

Laure regarde par-dessus son épaule.

– Allo ? – une voix de femme.

– Allo... le lycée Dumas ?

– Oui, que puis-je pour vous ?

– Euh... bonjour. Excusez-moi de vous déranger, je vous appelle pour un renseignement...

– À votre service, de quoi s'agit-il ?

– Je voudrais savoir si... j'ai besoin d'avoir... confirmation de la présence d'un élève entre vos murs.

– Eh bien il faudrait que je vous passe quelqu'un qui... mais pourquoi voulez-vous savoir ça ?

Laure réfléchit à toute allure. Dire la vérité, convaincre son interlocutrice qu'il ne s'agit pas d'un canular, prendrait trop de temps. Quelle histoire inventer ?

Autant rester le plus proche possible de la réalité.

– Je me suis mal exprimée, pardon. Je me présente : je suis la mère d'un élève de Mathématiques supérieures. Tristan Lebeau. Je n'arrive pas à le joindre depuis plusieurs jours, alors j'espérais que vous pourriez me dire…

– Oh, bien sûr : nos élèves oublient souvent de donner de leurs nouvelles. Je vais vous transférer au surveillant de l'internat des Sup. Il vous rassurera !

– C'est ça, oui, merci infiniment…

Et surtout : grouille, grouille, grouille !

Une musique horripilante tient compagnie à Laure pendant qu'elle ronge son frein. Encore une fois, elle jette un coup d'œil anxieux derrière elle.

– David, à l'internat. Bonjour, madame : alors vous cherchez votre fils ?

– Bonjour ; exactement. Pourriez-vous me passer Tristan Lebeau, s'il vous plaît ? C'est très important.

– Lebeau ? Tristan… ça ne me dit rien. En quelle classe ?

– Maths Sup. Je ne sais pas laquelle.

– Attendez que je cherche le numéro de sa chambre. Voyons… non… non… Là non plus… Il n'est pas sur les listes. Il doit y avoir une erreur.

Laure précise :

– Il a dû être rajouté récemment ; il avait effectué sa rentrée dans un autre établissement avant de vous rejoindre.

– Une rentrée en retard ? Je ne vois pas du tout… quel jour ?

– La nuit de… enfin lundi. Je crois.

– Écoutez, madame, je suis désolé. Je ne vois pas de qui vous voulez parler. Je suis bien embarrassé, mais…

– Ce n'est pas grave. Je crois que je viens de comprendre ce qui s'est passé. Je me suis trompée. Désolée pour le dérangement.

Laure laisse retomber le combiné en tremblant.

Imbécile ! Quelle perte de temps ! Pourquoi ne t'es-tu pas fait confiance ? Il faut prévenir la police – ta petite enquête dans ton coin, ça commence à bien faire !

Sans plus hésiter, elle décroche de nouveau :

– Le commissariat de Neuilly, s'il vous plaît.

La communication s'interrompt. Une tonalité sans fin bourdonne à l'oreille de Laure : un doigt s'est posé sur le commutateur du téléphone.

– *BAISSE LA TÊTE, BEUZEUTE !* hurle un bizuteur tandis qu'une main brutale la tire en arrière et lui appuie sur le sommet du crâne.

– *TU NE SAIS PAS QU'IL EST INTERDIT DE TÉLÉPHONER ?*

Ils sont deux. Au moins.

– *LA BEUZEUTE VA NOUS FAIRE VINGT POMPES, MAINTENANT...*

– *À PLAT VENTRE ! POMPE ! PLUS VITE QUE ÇA !*

Laure obtempère. Nez sur le carrelage de l'accueil, elle tente de soulever son corps, le baisser, le soulever...

Exercice inhumain pour une jeune fille épuisée. D'autant qu'elle n'arrive pas à se concentrer sur ce qu'elle fait.

Elle vient de comprendre qui elle a croisé tout à l'heure, pénétrant dans le bâtiment qu'elle venait de quitter : le père de Martin, bien sûr ! Avec trente ans de différence, ils se ressemblent suffisamment pour que le doute ne soit pas permis... Idiote ! Focalisée sur ta petite stratégie utopiste, tu en as omis de reconnaître le salut quand il s'est présenté ! Maintenant, tout est raté...

Depuis combien de temps les bizuteurs l'espionnaient-ils ? Qu'ont-ils entendu de sa conversation ? Savent-ils ce qu'elle essayait de faire ?

Elle lutte de toutes ses forces pour obéir aux ordres des deux inconnus. Quatre… C… cinq… S… s… si… elle s'effondre. Impossible. Elle ne parviendra jamais au bout de ces vingt pompes. Elle se remet en position. Ses bras flageolent, brûlent, cèdent encore. Elle retombe, menton à quelques centimètres de deux paires de rangers malintentionnés.

– *ELLE EST DÉJÀ FATIGUÉE, LA BEUZEUTE ? C'EST DE TÉLÉPHONER QUI A BOUFFÉ TOUTE TON ÉNERGIE ? TU VOIS QUE CE N'EST PAS BIEN DE DÉSOBÉIR !*

– *SI TU N'ES MÊME PLUS CAPABLE DE FAIRE DES POMPES, IL VA FALLOIR TROUVER AUTRE CHOSE… REDRESSE-TOI ! À GENOUX ! TU VAS LÉCHER NOS GODASSES, À TOUS LES DEUX ! JE VEUX QU'ELLES BRILLENT ! LE DESSUS COMME LE DESSOUS ! ALLEZ, LÈCHE !*

Laure a la mort dans l'âme, une fois de plus. Elle sait que son interlocuteur est sérieux – tant de bizuts ont déjà accepté la même humiliation !

Elle a du mal à s'y résoudre.

A-t-elle vraiment peur d'eux ?

Ils sont deux ; en plein jour ; à quelques mètres, la réceptionniste ferait un témoin trop gênant pour qu'ils se permettent d'utiliser la violence.

Alors quoi ? Pourquoi ne pas faire ce dont elle rêve depuis le début ? Se lever, regarder ces connards bien en face, et leur dire que leur petit jeu est terminé en ce qui la concerne ? Partir, là, tout de suite ?

Mais s'ils l'empêchent, physiquement, de s'en aller ? Elle sera renvoyée dans le rang et sanctionnée. Ils sont si nombreux, si forts, elle est si seule…

Trop de questions se pressent dans la tête de Laure. Une fois de plus elle préfère attendre et voir venir.

Elle se tait encore – et elle se hait de plus en plus.

– *ALORS, ÇA VIENT ? J'AI HÂTE D'AVOIR DES CHAUSSURES PROPRES, MOI ! ET LE BO TERMINATOR AUSSI !*

Le BO Terminator ? Celui qui l'a secourue la veille au soir quand elle était entre les mains du Killer Officiel. Salaud. Pourquoi fallait-il qu'il traîne par ici ?

Laure détaille les chaussures qu'on veut lui faire lécher. Des immondices collent à chacune, éclaboussures de brimades et d'exécutions. Jaunes d'œufs figés, pâtée pour animaux durcie, et d'innombrables taches brunâtres à l'odeur écœurante.

– *MAGNE !*

– Oh, écoute, c'est dégueulasse. Laisse tomber. On l'a empêchée de bigophoner, c'est bon maintenant.

– *TU CROIS ? ON VA PAS LAISSER PASSER ÇA !*

– Elle est de chez moi, c'est une Euclide. C'est à moi de décider. Et je décide qu'on lui lâche les basques. *ALLEZ, CASSE-TOI, BEUZEUTE. QUE JE NE TE RETROUVE PLUS JAMAIS À MOINS DE CINQUANTE MÈTRES D'UN TÉLÉPHONE. C'EST COMPRIS ?*

– C'est compris.

– *C'EST COMPRIS QUI ?*

– C'est compris, mon BO.

– *DEBOUT, ARRACHE-TOI AVANT QUE JE REGRETTE MA BONTÉ.*

En se redressant, Laure entrevoit ses agresseurs. Le BO Terminator, et un bizuteur qu'elle ne connaît pas.

Surprise : son sauveur lui adresse l'ébauche d'un sourire. Laure en oublie qu'elle n'est pas censée le dévisager. Le jeune homme lui jette un clin d'œil à la dérobade tout en prenant un ton sévère :

– *BAISSE LA TÊTE, BEUZEUTE !*

La jeune fille prend la fuite sans demander son reste.

Malgré l'échec de sa démarche, elle se trouve un peu revigorée de l'embryon de complicité soudain offert par ce bourreau plus sympathique que les autres, qui semble la regarder en être humain et non comme le membre anonyme d'un troupeau sale et muet.

L'espace d'une seconde elle s'est vue dans ses yeux ; moins inexistante, moins répugnante qu'elle avait fini par le croire.

Jeudi, 17 heures

– *PLUS VITE ! PLUS VITE !*

– *BOUGE TON CUL, VIAGRA !*

– *PLUS HAUT !*

– *PLUS FORT !*

– *THALÈS VA ÉCRASER EUCLIDE !*

Les bizuteurs s'en donnent à cœur joie. Dans les rangs, tête inclinée, Laure ne distingue pas grand-chose des exploits de ses camarades. Mais elle a compris l'essentiel : l'après-midi s'achève par un tournoi péri-sportif qui confronte les différentes classes de Sup. Sur le somptueux stade d'athlétisme de Sainte-Thérèse, les première année en tenue crade s'adonnent à des disciplines aussi novatrices que le saut en longueur binômé – comprenez le saut simultané de deux bizuts attachés par la jambe –, le cent dix mètres haies-mobiles – une sorte de saute-mouton dont les moutons sont figurés par des élèves en mouvement –, ou le quatre cents mètres déculotté – réservé aux garçons, il s'agit de courir avec le pantalon sur les chevilles.

– *BEUZEUS ! ENCOURAGEZ VOS P'TITS COS ! À BAS LA PRÉPA THALÈS ! RÉPÉTEZ APRÈS MOI : THALÈS, GROSSES FESSES !*

– Thalès, grosses fesses !

– *EUCLIDE, GROS BIDE !* réplique le camp adverse.

– Euclide, gros bide !

Ça vole haut, se dit Laure en continuant d'écouter les beuglements qui trahissent l'évolution de la situation.

– *DES VOLONTAIRES POUR LA COURSE EN SAC !*

– Tous volontaires mon CDBIG ! s'égosillent les bizuts en levant la main.

– *POUR EUCLIDE : PINE !*

– *POUR THALÈS : COUILLE MOLLE !*

– *POUR PYTHAGORE...*

À côté de Laure, Franck et Pierrick éclatent de rire à l'énoncé des surnoms des participants. Décidément, ils trouvent le bizutage désopilant.

Quant à elle, c'est tout autre chose ; surtout que Martin va faire partie de la prochaine fournée. Laure ne peut s'empêcher de jeter un coup d'œil à la dérobée. Son ami est sur la grille de départ, affairé à remonter les bords de son sac jusqu'aux hanches.

– *À VOS MARQUES ! PRÊTS ? PARTEZ !*

Martin prend un départ explosif qui le mène deux mètres plus loin que ses condisciples, et chaque bond creuse son avantage.

– *BAISSE LA TÊTE !* lance un bizuteur à Laure d'un ton presque distrait.

Le BO Terminator. Encore lui. Elle croise l'éclat noir de ses prunelles ; elles semblent lui murmurer un encouragement, s'excuser de sa participation à une mascarade qui dépasse peut-être ce qu'il imaginait. Puis il détourne la tête.

Laure reprend son observation : Martin est toujours en tête ; il saute plus vite que ses trois concurrents et entame l'avant-dernier virage avec cinquante mètres d'avance, sous les sifflets admiratifs des bizuteurs.

– Il se débrouille, celui-là, hein ?

Des 3/2 sont en train d'échanger leurs impressions.

– C'est un Euclide ?

– Il a des cuisses en béton !

– En tout cas, ces Olympiades-Inter-Bizuts sont une super idée. Dommage qu'on n'y ait pas eu droit l'année dernière, on se serait bien marrés.

– C'est nouveau : une idée qu'ils ont trouvée pour compenser la suppression d'une journée de bizutage ; il fallait accélérer un peu le mouvement…

Les 3/2 s'éloignent. Ils ont confirmé ce que Laure savait déjà : le bizutage a été raccourci. Mais elle ne sait toujours pas quand il s'achèvera. Et en quoi ce tournoi sportif aidera-t-il ? La conversation qu'elle a surprise demeure énigmatique. Une corne de brume interrompt ses réflexions. Elle reporte son attention vers Martin, qui crée l'événement. Même les bizuteurs lui lancent des félicitations :

– *ALLEZ, PINE !*

– *TU LES SURCLASSES !*

– *À BAS THALÈS !*

Martin effectue de longs bonds souples. Mais il transpire sous l'effort, mâchoires serrées, joues écarlates ; Laure le connaît suffisamment pour savoir qu'il donne le meilleur de lui-même.

Pourquoi fait-il ça ? Il n'y est pas obligé.

À quoi bon gagner ? Et avec une telle avance ?

Elle qui aurait été fière de Martin si sa prestation avait

eu lieu lors de n'importe quelle épreuve sportive, en a presque honte ce soir. On est loin des falaises qu'il escalade, les cheveux au vent, sans autre témoin que la rude paroi, les prises rares, la verticalité, le soleil qui cogne comme un caillou derrière la tête ; loin des folles courses en catamaran, la voile qui claque, l'eau noire, la rafale qui gifle, les embruns aveuglants. Le demi-cadavre qui saute comiquement devant elle, sa pâleur rehaussée par deux pommettes rougies d'effort et par des rigoles d'aliments multicolores, aurait du mal à passer pour un athlète. A fortiori pour un héros.

Les cris redoublent, encouragements des bizuteurs mais aussi de quelques bizuts hilares, de plus en plus nombreux, qui se risquent à lever les yeux pour se repaître du spectacle. Martin franchit la ligne d'arrivée en solitaire et s'effondre dans un gémissement exagéré.

– *PREMIER : PINE POUR EUCLIDE !*

– *POUR EUCLIDE HIP ! HIP ! HIP !...*

– ... hourra !

Martin se relève, aux lèvres un sourire plutôt satisfait. Il semble lui être agréable, après des jours et des nuits d'humiliation, de se voir soudain reconnaître une valeur – n'importe laquelle.

– *LA TÊTE, PINE... BAISSE LA TÊTE... FAUDRAIT QUAND MÊME PAS CROIRE QUE TU VAS BÉNÉFICIER D'UN TRAITEMENT DE FAVEUR !*

Grisé par son succès, le champion obtempère sans inquiétude apparente ; il retourne dans les rangs d'un pas altier, ses larges épaules enfin redressées. Il manœuvre, avec une assurance qu'il n'avait pas quelques heures auparavant, pour se placer derrière Laure. Jetant un regard périphérique, il murmure :

– Cet après-midi, j'ai réussi à voir mon père. Il passait dans le couloir pendant les travaux d'intérêt général. Je lui ai raconté, pour Lebeau, mais il est au courant. C'est sûr : Tristan est parti pour Dumas. En pleine santé.

Laure attend une bonne minute avant de répliquer, à la faveur d'un nouveau concert de hurlements inexpliqués :

– Et comment le sait-il ?

– Lebeau a laissé une lettre au proviseur avant de partir.

– Mais puisque je te dis que le proviseur…

Une bizuteuse s'approche : Nuit-Sans-Fin a vu les lèvres de Laure remuer.

– *TU VEUX FAIRE UN DISCOURS, BEUZEUTE ? À QUI TU PARLAIS ?*

L'ancienne ne fouille pas le sujet plus avant :

– *TIENS, ÇA VA T'EMPÊCHER DE BLABLATER… ALLEZ, INFUSE !* ordonne-t-elle en lui enfournant un sachet de thé dans la bouche.

Langue collée aux herbes lyophilisées, Laure est réduite au silence.

Des exclamations annoncent le départ du relais gourmand – où le témoin est un camembert qui circule de bouche en bouche :

– *ALLEZ, EUCLIDE !*

– *PLUS VITE !*

Martin profite de la clameur pour conclure :

– Laisse tomber, tu t'es fait des idées. Il ne lui est rien arrivé, au nain bossu…

Il récolte un coup d'œil assassin pour son allusion au

physique disgracieux de Lebeau : Laure ne supporte pas que l'on se moque des plus faibles.

Le relais est dominé à son tour par la Prépa Euclide. Hasard ou non, le CDBIG a appelé pour le courir quatre sportifs notoires ; Laure reconnaît notamment Ralph et Damien, anciens espoirs français dans des disciplines aussi exigeantes que le tennis et l'athlétisme. Le frémissement d'une sorte de fierté retrouvée parcourt les bizuts ; pour une fois, certains des leurs brillent, amusant ou impressionnant leurs aînés qui en oublient d'être agressifs. Les représentants de la Sup 1 regagnent les rangs, victorieux. Quelques mains se tendent à l'aveuglette pour une bourrade de félicitations.

Laure en vomirait. Le dérisoire orgueil de ce troupeau crasseux la dégoûte. Elle enrage de voir les nouveaux donner raison aux bizuteurs en affichant cette synergie, cette artificielle camaraderie, objectif ultime des humiliations qu'ils leur infligent. De rage, elle serre ses doigts aux jointures gonflées de fatigue et de douleur.

Jeudi, 17 h 20

– Qu'est-ce que tu fais ici ? murmure Charles Beauprais dans un sursaut.

Les yeux du professeur vont et viennent, entre le stade où des grappes d'élèves se donnent en spectacle et son âme damnée qui vient d'apparaître derrière lui.

– La même chose que toi : je me dégourdis les jambes, je regarde sans être vu… et j'en profite pour rigoler un peu des idées de nos braves bizuteurs ! Allez, arrête de me dévisager comme si j'étais le diable en personne… on dirait une vierge effarouchée ! se moque Henri de La Louvière.

– Dans le domaine des vierges effarouchées, je te laisse juge, lâche Beauprais. Ton expérience surpasse la mienne.

Le proviseur est traversé d'un rire un peu triste :

– Ah, toujours ces vieilles histoires ! Tu as la dent dure, hein ? Des erreurs de jeunesse…

– Que j'ai couvertes pour toi. Comme je te couvre aujourd'hui.

– Pas la peine de me le rappeler. Je te suis reconnaissant, tu sais ?

– Franchement, je l'espère.

Beauprais affecte d'observer les bizuts qui s'élancent sur l'anneau d'athlétisme, mais il ne les voit plus. Il effectue un pas de côté pour s'éloigner d'Henri.

– De toute façon, affirme le proviseur en clignant un œil libertin, en ce qui concerne la pucelle en question… je ne l'ai pas mangée, quand même !

Charles Beauprais garde le silence. C'est la première fois qu'ils abordent aussi directement le plus scabreux de leurs souvenirs communs. Le discours de son ancien compagnon de débauche le dérange. Aucun remords, aucune pudeur… Que faisait-il avec lui, à l'époque ? Il faut bien avouer qu'il traversait une période douloureuse. N'empêche ; tout cul-bénit qu'il soit, Henri était et est resté peu recommandable.

– Bon, puisque tu es là, ça t'intéressera de savoir que mon fils m'a sauté dessus dans le couloir tout à l'heure : il a exigé que je me renseigne sur la disparition d'un certain Lebeau…

– Il fallait s'y attendre : la gamine allait forcément trouver un moyen de raconter ce qu'elle a vu à son petit ami. Qu'est-ce que tu as répondu ?

– Seulement ce sur quoi nous nous sommes mis d'accord, ne t'inquiète pas. Je crois que j'ai convaincu Martin. N'empêche, ça m'a fait un drôle d'effet…

L'enseignant tire son mouchoir de sa poche pour s'essuyer le front. Son vis-à-vis détourne le regard avec agacement.

– Ce qui m'ennuie, confesse le jésuite, c'est que cette Godin cherche par tous les moyens à mener sa petite enquête. Pas plus tard que cet après-midi, elle a passé un coup de fil où il était question du gosse.

– Elle a téléphoné ? s'étrangle l'enseignant.

– Juste quelques secondes. Elle n'a rien dit de compromettant.

Une brise un peu fraîche fait frissonner le chêne centenaire qui abrite les deux conspirateurs. Charles Beauprais chancelle :

– Qu'allons-nous faire ?

Il déteste le ton geignard qu'il a utilisé, la panique enfantine qui le saisit parfois et le met alors à la merci d'Henri. Celui-ci lève la main d'un geste apaisant :

– Rien. Nous nous en doutions depuis le début : elle n'oubliera pas ce qu'elle a vu, et elle en parlera à la police dès qu'elle en aura l'occasion. Le risque est calculé. Il faut simplement que le corps de Lebeau soit retrouvé au bon endroit, au bon moment… et que tous les témoignages, à part celui de cette hystérique, nous soient favorables.

– Tu veux dire qu'on ne bouge pas…, balbutie le professeur, que les élèves intimidés par cette grande figure des mathématiques françaises ne reconnaîtraient pas sous son masque de gosse apeuré.

– Pas le petit doigt. En revanche, il faut s'assurer que la demoiselle ne communique plus avec personne avant la fin du bizutage.

– Je croyais qu'on s'en assurait déjà, vois-tu !

Le haussement d'épaules du proviseur fripe comiquement son visage. Les plis de son cou tremblotent.

– Les bizuteurs ont été un peu légers… Ce sont des mômes… et à part trois d'entre eux, aucun ne sait pourquoi elle doit être surveillée plus étroitement.

– On ne peut toujours pas le leur dire, observe Charles.

– Non, et c'est pourquoi j'aimerais que tu mettes ton nez là-dedans.

– Pourquoi moi ?

– Parce que ça ne peut pas être moi. Ce serait discret, le proviseur qui déambule dans le parc, dans les couloirs, au milieu des chambres, à surveiller les bizuts ! Toi, tu es moins connu par les Sup ; et tu pourrais vouloir rendre visite à ton fils, pourquoi pas ? Ta présence attirera moins l'attention.

Charles ne répond pas.

– De toute façon, il n'y en a plus pour longtemps. C'est une précaution supplémentaire, c'est tout. Balade-toi à l'étage des Sup 1, travaille dans leur salle de colles, corrige des copies, prépare des sujets d'exercices… et pendant ce temps-là, tu gardes un œil sur ta future belle-fille !

Les yeux du professeur lancent des éclairs ; il tamponne de plus belle son front aride et rêche comme de la pierre ponce.

– Ne me parle pas de ça. J'espère bien que ça ne durera pas.

– Pourquoi ? À part sa curiosité malvenue, elle n'est pas si mal…

– Tu sais ce que je pense des couples en Prépa.

De La Louvière lui décoche un sourire entendu.

– Eh, oui ! Les statistiques sont sans appel, plaisante-t-il : « Amoureux en Prépa, à l'X tu n'iras pas » !

– Ce n'est pas à moi qu'il faut le rappeler. Je suis furieux que Martin se soit entiché de cette fille. (Beauprais se calme soudain :) Enfin, il faut que jeunesse se passe. Et en ce qui concerne mon Martin, les risques qu'il ne décroche pas

Polytechnique sont assez faibles, non ? Bon, je surveillerai un peu cette fille, puisqu'il le faut. Je vais retourner déambuler par là-bas.

– Bien. Et oublie le reste : il n'y a pas de raison de s'inquiéter.

– Et toi, Laure, comment vas-tu ?

– Bien, merci.

La psychologue qui suit Alice Godin à domicile depuis deux ans s'attarde parfois quelques minutes avec la fille de sa patiente. Boit un café, pour donner l'occasion à celle-ci, si elle le désirait, de lui confier son désarroi. L'adolescente ne l'a jamais saisie.

– Tu sais que je n'ai pas pour habitude d'insister. Néanmoins… excuse-moi de te dire ça, mais tu fais peine à voir.

Laure hausse les épaules. Son visage se ferme. La praticienne laisse le silence s'installer.

L'adolescente se détourne. Son dos est traversé de soubresauts discrets.

– Tu pleures ?

Les spasmes se multiplient ; ils enflent, se rapprochent, se combinent en vagues syncopées ; Laure n'a plus la force de retenir son chagrin. Sous des yeux désespérément secs, c'est sa bouche qui s'entrouvre. Un gémissement de fauve blessé envahit la cuisine, chasse la rassurante odeur du café.

La psychologue ne réagit pas. Laure aurait besoin de chaleur, de bras tendus, d'une étreinte solide. Mais, plus encore, elle doit réaliser qu'elle a besoin d'aide. Elle a fait trop de chemin seule, dans cet appartement qui étouffe sous le poids de la douleur.

Plusieurs minutes s'écoulent ; l'adolescente finit par ravaler sa plainte. Elle recouvre peu à peu son empire sur elle-même. La psychologue attend. Laure admet à regret :

– D'accord. Ça ne va pas fort. (Elle renifle.) Mais qu'est-ce que vous pourriez y faire ?

– Si on parlait un peu ? Si tu me racontais ce qu'il y a là-dedans ? suggère son interlocutrice en pointant un doigt sur son front.

– Vous savez ce qu'il y a. Avec le fantôme qui me sert de père et ma mère qui n'assume pas…

Elle ne va pas plus loin. La thérapeute est obligée d'insister.

– Si tu me disais pourquoi c'est aujourd'hui que tu craques, et pas un autre jour ? Qu'y a-t-il de particulier dans ta vie, en ce moment ? Ton existence ne se résume pas à ta famille, n'est-ce pas ?

De nouveau, Laure refuse de répondre. Mais ce n'est plus ce mutisme buté, rageur. Il y a comme de l'espoir dans ses prunelles. Ses lèvres tremblent, voudraient parler.

– Dis-moi n'importe quoi ; ce qui te passe par la tête, à l'instant même. À quoi penses-tu ?

Et soudain le barrage cède. Laure parle. Déluge. Elle raconte ce jeune homme, dans sa classe, Martin ; le premier regard, plus de six mois auparavant ; le coup à l'estomac, la nausée qui ne la quitte plus. Elle raconte l'amitié qu'elle a réussi à nouer avec lui ; les week-ends de voile et d'escalade ; le bonheur intense, quand elle le frôle et respire son parfum. Elle dit surtout la torture de ne savoir lui déclarer sa flamme, la certitude de n'être pour lui que la meilleure amie ; ses confidences, quand il a le béguin pour une autre…

La psychologue hoche la tête, sans commentaire. Mais Laure sent l'empathie qui l'anime. Et sa compréhension.

Soudain, elle n'a plus honte : plus honte d'être amoureuse, plus honte de souffrir alors qu'elle a tout pour être heureuse, au contraire de son frère abandonné ; plus honte de faire passer ses sentiments pour Martin devant ceux que lui inspire sa famille déconfite. Comme si elle lisait dans ses pensées, la praticienne lâche :

– Tu as le droit d'être amoureuse.

Elle n'a pas ajouté « c'est de ton âge » ou « les amours adolescentes font toujours cet effet-là ».

Il y a une longue pause ; la psychologue se ressert du café, comme pour bien montrer à Laure que la discussion ne fait que commencer ; qu'elle n'est pas prête à se sauver et à laisser la jeune fille seule avec le spectre qu'elle vient de déterrer.

Mais Laure n'a plus rien à dire. À quoi bon ? À quoi bon expliquer qu'elle n'échangerait contre rien au monde le supplice qu'elle traverse ? Pour ne pas souffrir, il faudrait qu'elle n'ait pas rencontré Martin ; et ce serait infiniment plus terrible. Quoi qu'il arrive, elle ne regrettera jamais d'avoir croisé ce personnage pour elle hors du commun ; elle le suivra aussi loin qu'il le voudra bien, le regardera mordre la vie à pleines dents, se réjouira de ses félicités, l'aidera à conquérir les femmes qui lui plairont. Aimer, n'est-ce pas avant tout souhaiter le bonheur de l'autre ?

– Laure, toi aussi, tu as le droit d'être heureuse. Ce n'est pas réservé aux autres.

La jeune fille hausse les épaules, encore. Piètre défense.

– Pourquoi ne lui dis-tu pas ce que tu ressens pour lui ?

– Parce qu'il ne m'aime pas. Je détruirais tout si je lui avouais...

– En es-tu sûre ?

– Oui.

– Qu'est-ce qui te fait penser ça ?

– Il me parle d'autres filles, souvent... Une Fanny...

– Et toi, pour brouiller les pistes, ne lui parles-tu pas d'autres garçons ?

– C'est différent.

La psychologue ne répond pas. Laure insiste :

– Je vous dis que c'est différent ! Il est trop bien pour moi. Je peux déjà m'estimer heureuse d'être son amie, ce n'est pas donné à tout le monde.

Laure sent la faiblesse de son argumentaire, de ce piédestal qu'elle érige pour son dieu vivant.

De nouveau, une logorrhée fébrile. Elle parle de son frère illégitime, malchanceux, de la faute de sa mère, pour laquelle elle-même voudrait expier ; elle dit son insécurité affective, le regard des autres, voisins, copains d'école, parents d'élèves : la douleur d'appartenir à cette famille pestiférée, d'être la sœur du petit dur, la fille d'une alcoolique et d'un père qui ne doit pas tenir à elle puisque, le soir, il reste au travail le plus tard possible. Elle dit, sous la carapace qu'elle s'est constituée, son manque de confiance en elle, sa peur des autres, sa terreur du ridicule, l'angoisse d'être rejetée.

Comment avouer son amour, avec ce fardeau ainsi engrammé en elle ? Comment même le prendre simplement au sérieux ?

Trop bien pour toi, il est trop bien pour toi... ils sont tous trop bien pour toi...

Deux heures après, la psychologue s'est éclipsée, laissant

derrière elle une adolescente épuisée d'y voir soudain plus clair en elle.

Oui, Laure… le regard des autres… la peur du ridicule… le manque de confiance en toi…

C'est pour ça que tu n'imaginais pas qu'un homme t'aimerait un jour ; pour ça aussi que tu ne pourras jamais pardonner qu'un gosse de riche te fasse pousser des cris de canard.

Maintenant, tu es la seule à ne pas rire des blagues des bizuteurs, devenues plus ludiques. Seule à te renfermer de plus en plus, alors que les autres sortent de leur coquille. Quels fardeaux, Laure, que la faute de ta mère et la naissance de Tom… Quels fardeaux que ceux qui te poursuivent jusqu'ici…

Jeudi, 17 h 40

Alors que les activités se succèdent sur l'anneau d'athlétisme, Laure rumine les prétendues révélations de son ami.

Le proviseur affirme avoir été prévenu par courrier de la défection de Tristan Lebeau. Que Charles Pinot, non, c'est vrai, Beauprais se contente de cette explication est une chose. Que Martin tombe également dans le panneau en est une autre : quelques jours auparavant, quand elle lui a annoncé la mort d'un bizut couverte par les plus hautes autorités de l'école, Laure l'a vu se liquéfier. Mais puisque papa assure qu'elle se trompe…

– *BEUZEUS ! RIO CRADE !*

– *REPRISE EN MAIN !*

– *VOUS ALLEZ EN CHIER !*

Laure est propulsée à terre ; à côté, le cri d'un bizut qui s'est tordu le poignet. Les affaires reprennent…

Des hurlements retentissent. Des battes de base-ball sifflent dans l'air et s'abattent à quelques centimètres des sous-hommes qu'elles tiennent en respect.

– *RIO CRADE, BEUZEUS !*

– *TOUT LE MONDE À PLAT VENTRE !*

– *ON N'EST PAS LÀ POUR S'AMUSER !*

La température chute d'une poignée de degrés. Ça y est, les vacances sont terminées. Les bizuteurs ont relâché la pression, juste le temps qu'il fallait pour donner des espoirs aux bizuts, les laisser respirer, les autoriser à se prendre de nouveau pour des êtres humains. La déception est d'autant plus cuisante quand l'enfer recommence. Les première année dépités rampent jusqu'au Rio Crade et s'y laissent glisser, les uns après les autres.

– *VOUS N'AVEZ PAS LE NIVEAU POUR LES JEUX OLYMPIQUES, QU'EST-CE QUE VOUS PENSIEZ ?*

– *VOUS AVEZ CRU NOUS IMPRESSIONNER, AVEC VOS MUSCLES ?*

– *CONTENTEZ-VOUS DE RAMPER DANS LA MERDE, ÇA VOUS RESSEMBLE PLUS !*

Peu de bizuts se formalisent de ces insultes gratuites. Bien qu'un peu honteux sans savoir pourquoi, ils sont surtout écrasés de fatigue. Les nuits trop courtes, hachées, les vêtements toujours trempés, les repas qui ne sustentent pas, l'infinie lassitude de ces heures qui s'écoulent avec comme unique point de mire le bout de leurs chaussures, et puis l'ennui, l'humiliation, l'envie de dormir… ce fossé putride, comme d'habitude… et l'unique question qu'ils savent encore se poser : pour combien de temps ?

– *CRIEZ PLUS FORT !*

– *PLUS C'EST LONG, PLUS C'EST BON !*

– Plus c'est long, plus c'est bon ! répète docilement le mille-pattes.

– Plus je rampe, plus je jouis !

Je suis morte et je n'ai rien appris

– C'est la vie de château, pourvu que ça dure !

Les exécutions se multiplient, mais Laure a appris à les décrypter et n'y prête pas une importance démesurée.

C'est la vie de château, pourvu que ça dure…

Jeudi, 23 h 30

– Si vous aviez vu ça ! pérore Franck Loubat. Ils avaient une tête de cochon, un vrai cochon, mort, avec un gros pif, une langue rose qui sortait, toute ronde… Pouah ! Et devinez ? Ils m'ont obligé à lui rouler une pelle ! Promis ! En tournant la langue et tout ! C'est le truc le plus dégueulasse que j'aie fait de toute ma vie…

– Non !?

– Mon pauvre, ils ne t'ont pas loupé !

– J'en ai eu une pas mal non plus, interrompt Malo : ils avaient répandu par terre un seau entier de poissons pourris, je ne vous fais pas un dessin, ça puait… jamais senti ça… et j'ai dû faire cinquante pompes au-dessus ! À la dixième, je me suis retrouvé le visage enfoncé là-dedans jusqu'aux cheveux…

Son peignoir à la main, Laure dépasse le groupe des première année béats d'admiration devant les deux recals. Elle ne veut pas en entendre plus. Cette course aux sévices les plus infâmes la scandalise. Les deux garçons, si sympathiques lors du week-end d'intégration et dont elle espérait se faire de véritables amis, l'insupportent. Trouvent-ils ça glorieux ?

Elle presse le pas ; ces crétins ne méritent pas qu'elle s'intéresse à eux. Elle remonte le couloir vers les douches. Comme elle l'a déjà fait le matin et le midi, elle ne s'arrête pas aux cabines les plus proches de sa chambre. Bien que rien ne ressemble plus aux sanitaires d'un internat vieillissant que les autres vétustes installations du même établissement, Laure ne peut se résoudre à retourner sur le théâtre de son agression nocturne.

Elle longe le corridor jusqu'au bout, où deux garçons et une fille attendent devant le dernier bloc de sanitaires. Sous la traditionnelle couche de crasse, elle reconnaît Sophie qu'elle a quittée dans l'antre 5/2 quelques heures auparavant. Elle grommelle :

– Quels connards, hein ?

– Qui ?

La jeune fille ignore elle-même si elle était en train de parler des bizuteurs ou des bizuts ; c'est un comble. Elle élude la question :

– Qu'est-ce que je peux détester cette école !

– Oh, non, il ne faut pas dire ça. Tu ne le penses pas…

– Comment ça, je ne le pense pas ? Je la vomis, cette boîte de fous ! Ils sont complètement cinglés !

– Ce n'est pas à ce point-là. Le bizutage est difficile, mais ce n'est quand même pas l'enfer…

Laure observe la fade bourgeoise qui, en début d'après-midi, dissimulait mal ses larmes. Elle se souvient d'ailleurs clairement que Sophie, les deux premiers jours, ne cessait de sangloter à fendre l'âme.

– Si ce n'est pas l'enfer, réplique-t-elle, ça y ressemble.

– Je te comprends. Moi aussi, tout ce dont je rêve, c'est de dormir… et qu'on me fiche la paix pour étudier tranquillement… D'un autre côté, ça va bien finir par s'arrêter. Il ne faudrait pas se braquer contre Sainte-Thérèse à cause d'une seule expérience éprouvante.

– Eh bien, tu as l'air d'aller mieux que tout à l'heure, toi ! se moque Laure avec amertume.

– Oh… c'était un passage à vide… (Elle hésite, rosit un peu.) Ce qui est important à réaliser, je crois, c'est que les bizuteurs ne sont pas tous aussi durs les uns que les autres. Au début, on fait l'amalgame, mais ensuite…

Laure repense au BO Terminator, humain, non dénué de compassion et de sensibilité, qui lui a sauvé plusieurs fois la mise au cours des dernières heures : sa présence contribue à équilibrer celle de certaines sombres brutes.

– Oui, je vois ce que tu veux dire…

Laure est interrompue par l'apparition de deux bizuts mal récurés, qui cèdent leur place aux deux suivants dans la cabine de douche. C'est Sophie qui reprend le cours de la conversation, avec un quasi-enthousiasme :

– Ah, tu es d'accord ? Les bizuteurs ne se valent pas tous. Par exemple, j'ai été exécutée pas mal de fois aujourd'hui, et je commence à bien connaître le Killer Officiel. Il est beaucoup plus délicat qu'on ne pourrait le croire. Tu ne trouves pas ? On voit qu'il fait son boulot à contrecœur.

– À contrecœur ? Le KO ? C'est une blague ?

Comment la demoiselle de bonne famille, du haut de son existence dorée et sans histoire, peut-elle pardonner à ce sale gosse, cette espèce d'horrible fin-de-race qui noie dans la cruauté son échec aux concours et certainement son insuccès auprès des filles ?

– Je me doutais que tu ne comprendrais pas, lâche Sophie en pinçant les lèvres. Il faut vraiment faire attention pour s'en rendre compte… mais je t'assure qu'il joue un rôle ; un rôle qu'il n'aime pas tant que ça. Faire le grand méchant, pour lui, ce n'est pas si facile.

– Je trouve qu'il se débrouille très bien !

Son interlocutrice se renfrogne. Laure est médusée : est-ce là une manifestation de ce qu'on appelle le syndrome de Stockholm ?

Un frisson la parcourt. Ce qui se passe ici est plus dangereux que la somme des shampooings de poisson pourri administrés par les bizuteurs, que l'ensemble des croquettes pour chiens ingurgitées par les bizuts. Presque autant, à tout prendre, qu'une certaine mauvaise chute du haut d'un troisième étage…

L'exemple de Sophie, qui semble près de s'enticher du Killer Officiel, est une révélation pour Laure. Elle-même ne commençait-elle pas à prendre pour un héros le fameux BO Terminator, qui a eu le courage inouï de prononcer « oh, fous-lui la paix » à deux ou trois reprises ?

Et tant d'autres choses inattendues se sont bousculées dans sa tête depuis le début de cette mascarade… N'a-t-elle pas tiré parfois fierté de ne pas craquer, de courir plus vite et pomper plus longtemps que les autres filles, de refuser d'être mise à l'écart après un malaise ? Cela n'était-il pas entrer dans le jeu des bizuteurs ? Elle s'en est déjà fait plusieurs fois la réflexion : sous des dehors de bravoure, elle réagissait comme un mouton à l'ego mal placé.

N'est-elle pas à jamais dégoûtée d'elle-même, de sa docilité, de sa lâcheté ? De sa stupidité aussi, qui a permis à la plupart des grossiers stratagèmes des bizuteurs de faire mouche ? N'a-t-elle pas perdu la confiance en elle qu'il lui avait fallu, grâce à Martin, tant de temps et d'efforts pour construire ?

Et…

Ses pensées s'interrompent à l'instant où elles allaient prendre un tour encore plus désagréable ; un beuglement vient de retentir à sa droite ; elle sursaute :

– *MAGNÈZZZZZE, BEUZZZZZZEUS, MAGNÈZZZZZZE ! VOUS N'ALLÈZZZZZZZE PAS VOUS ZZZZZZZENDORMIR SOUS LA DOUCHE, SSSSSSSSOUS-MERDES ??? SORTÈZZZZZZE D'ICI TOUT DE SSSSSSSUITE ! PLUS VIIIIITE !!!*

Elle se retourne et aperçoit l'origine du vacarme : Pierrick, hilare, guette devant une cabine de douche la réaction des bizuts à qui, en contrefaisant le hurlement sifflé des bizuteurs, il vient de donner l'ordre d'accélérer le mouvement.

Imbécile, va ! Comme si c'était la peine qu'on se fiche la trouille entre nous, en plus de tout le reste…

Un verrou tourne, la porte s'ouvre… et Martin se dessine dans l'embrasure :

– Ah c'est toi… (Il change de ton :) *ON NE ME PARLÈZZZZZZZE PAS COMME ÇÇÇÇÇÇÇA !* vocifère-t-il. *À PLAT VENTRE, BEUZZZZZZEU, POUR M'AVOIR MANQUÈZZZZZZZZE DE RESPECT ! TU ME FERAS DEUX MILLE CINQ CENT VINGT-TROIS POMPES SANS RESPIRÈZZZZZZZE !*

La tête rigolarde de Malo apparaît au-dessus de l'épaule de Martin ; les deux garçons encore trempés sortent de la douche qu'ils partageaient et poursuivent l'échange sur le même ton. Laure se détourne. Ses réflexions, dont elle s'était crue heureusement distraite, fondent de nouveau sur elle.

Ne te voile pas la face…

Oui, les ravages psychologiques sont parfois plus dévastateurs que les blessures physiques.

Le bizutage n'a-t-il pas sali, détruit l'essentiel des sentiments qu'elle portait à Martin ?

Son image a été démystifiée par les humiliations qu'il acceptait, écornée par son incapacité à venir délivrer sa belle de leur enfer commun. Chaque fois que la jeune fille le croise, à présent, c'est pour déplorer sa naïveté, sa complaisance. Et le reste, tout le reste…

Son amour pour Martin est mort.

Et cet amour immense, c'était toute sa vie.

Vendredi, 5 h 45

Avant les premières lueurs de l'aube, encore un réveil en sursaut, les beuglements des bizuteurs, la tenue glaciale, raide de moisissures… Laure a du mal à garder l'équilibre en enfilant son pantalon, frissonne de fièvre au contact du tissu mouillé. En revanche, elle fronce à peine les narines sous l'assaut de la pestilence à l'étrange arrière-goût de vinaigre et de sucre. Elle adopte le pas de course. Petites foulées d'abord ; elle accélère à mesure qu'elle se sent glisser en queue de peloton. Ses muscles crient, ses bras et jambes bariolés d'ecchymoses peinent à se délier ; les égratignures des coudes et les estafilades aux genoux suppurent. Mais c'est la gorge qui la fait le plus souffrir. Elle n'arrive plus à avaler sa salive.

Et c'est le salut matinal devant la statue de la Vierge, les hymnes paramilitaires et les chansons obscènes, les pompes qui réchauffent avant de brûler les biceps, le Rio Crade hérissé de cailloux visqueux.

La première exécution est pour Sophie. Laure redresse

la tête, intriguée par le sort qui, selon ce qu'elle lui a confié la veille au soir, s'acharne sur la Versaillaise.

– *BEUZEUTE, À GENOUX POUR SUBIR TON EXÉCUTION !* entonne le Killer Officiel d'une grosse voix.

Laure regarde du coin de l'œil. Le bourreau se saisit de deux œufs, qu'il conserve dans la main le temps de chuchoter :

– *Merde, qu'est-ce que tu as encore fabriqué ?*

La bizute juge prudent de ne pas répondre. Les œufs s'écrasent sur son cuir chevelu et coulent le long de son visage, relevant sa crasse brunâtre de leurs jaunes lumineux.

– *Je ne pouvais pas faire moins. Retourne vite dans les rangs...*, souffle le KO.

Laure a la réponse à sa question quant au nouveau béguin de Sophie pour le sale gosse qui les martyrise depuis une semaine : c'est la réaction perverse et néanmoins logique à un coup monté. Et chaque bizute doit en avoir fait les frais. Elle-même quand le BO Terminator a plusieurs fois plaidé sa cause, mais aussi toutes les autres, devant le numéro du gentil et du méchant flic ou une exécution évitée de justesse grâce à une intervention salvatrice. Elle ne sait pas si l'envie de vomir qui l'étreint de plus belle est due à son début d'angine ou à ces petits arrangements des bizuteurs avec les bizutes, des bizuts avec le bizutage...

La matinée traîne, s'étire. Le soleil qui monte vers le zénith informe les bizuts qu'ils sont là, à ramper, pomper, saluer, chanter, avaler les aliments qu'on leur présente, alors que l'heure d'aller en classe est très largement dépassée. Le découragement les écrase. Pourquoi ne les a-t-on pas libérés pour les cours ? À moins qu'on ne soit déjà dimanche ?

Non, quand même pas… Combien de temps cela va-t-il encore durer ?

Ils agissent en automates. Au physique comme au moral, l'épreuve est infiniment moins redoutable qu'elle l'était les premiers jours – il n'empêche que tous sont épuisés et rêvent qu'on les laisse enfin tranquilles.

Heureusement, quelques blagues lancées de-ci, de-là, détendent l'atmosphère.

– *VOUS AVEZ VU LA TÊTE DU* CDBIG *?* raille le BO Baston. *IL DEVAIT ÊTRE FATIGUÉ, ENCORE, AUJOURD'HUI, EN SE PRÉPARANT !*

Les bizuts se sentent autorisés à lever les yeux. Le mastodonte qui dirige les réjouissances a en effet quelque chose de changé – mais quoi ?

– *TU AVAIS REMARQUÉ ?* répond l'intéressé. *J'AI OUBLIÉ MES DENTS GÂTÉES !*

Les bizuteurs éclatent de rire, et nombre de bizuts s'esclaffent à leur tour. Effectivement, à défaut d'être blanches, ses dents sont saines. Ce seul détail modifie considérablement son apparence. À la réflexion, d'ailleurs, tous ses complices ont l'air d'avoir aussi pris quelques libertés avec leur uniforme. Laure remarque soudain que bien des accessoires ont disparu de la panoplie de leurs bourreaux : les lourdes chaînes, la plupart des cagoules, les gants cloutés, les cravaches. Sans parler du maquillage qui, chez certains, laisse à désirer. La couche de charbon s'affine sur les visages, le vernis s'écaille, le noir à lèvres s'estompe.

– *GROS DARD ! TU VEUX MA PHOTO ? C'EST PAS PARCE QU'ON EST SYMPA QUE VOUS POUVEZ DÉPASSER LES BORNES, MERDE ALORS !* tonitrue Mad Max d'un ton désespéré.

– *IL EST PAS VRAI, CELUI-LÀ…,* renchérit le BO Terminator. *QU'EST-CE QU'ON PEUT FAIRE POUR QU'IL NOUS FICHE LA PAIX ?*

Le KO s'avance avec gourmandise.

– *NON,* s'interpose Nuit-Sans-Fin, *TU VOIS BIEN QUE TU NE LUI FAIS PLUS PEUR !*

– *J'AI UNE IDÉE ! LAISSONS LOURDAUD S'EN DÉPATOUILLER. LOURDAUD ! AVANCE-TOI ET VIENS EXÉCUTER TOI-MÊME TON P'TIT CO. NOUS, ON ABANDONNE.*

Et Franck d'asperger Pierrick d'œufs pourris que les bizuteurs mettent aimablement à sa disposition ; l'un comme l'autre regagnent les rangs en se tenant les côtes.

Jusqu'à un beuglement du CDBIG :

– *BEUZEUS ! À PLAT VENTRE ! TOUT LE MONDE LE NEZ DANS L'HERBE !*

Ça nous change ! constate Laure.

– *LES 3/2 VONT PASSER PARMI VOUS ET VOUS BANDER LES YEUX. ENSUITE, VOUS ATTENDREZ LES INSTRUCTIONS.*

La jeune fille dresse l'oreille.

Pourquoi nous bander les yeux ? Qu'y a-t-il que nous ne devrions pas voir ?

Piétinements, herbe foulée, crissements de gravillons, murmures divers. Quelques rires étouffés. Au-dessus de sa tête, une présence ; une articulation craque : un 3/2 s'agenouille auprès d'elle. Elle se laisse masquer les yeux.

– Ne t'inquiète pas, chuchote le 3/2 en enroulant un chiffon autour de sa tête. Vous arrivez à la fin du bizutage : le baptême. C'est dégueulasse. Plus que tout ce que vous avez subi jusqu'à présent. Mais ensuite, ce sera terminé. Courage, c'est la dernière ligne droite.

Le nœud est beaucoup plus lâche que… quand ? dimanche, c'est ça ? Il y a si longtemps…

La fin. La fin est proche. Encore un peu d'attente. Au fur et à mesure que les 3/2 circulent à travers le troupeau, celui-ci se rassérène. Une légère inquiétude à propos de ce fameux baptême ; mais la voix confiante des anciens ne laisse pas présager une épreuve trop difficile. Rien à voir avec ce premier jour où ils semblaient si tendus, plus anxieux que les nouveaux auxquels ils communiquaient leur panique.

Non, décidément, on est loin de l'ambiance d'alors.

Des vociférations retentissent : le signal du départ. On remonte en rampant la pelouse du stade de rugby. Allée de gravillons. On se relève. Comme dimanche dernier, les bizuts effectuent une visite aveugle de l'établissement. Porte ; couloir ; escalier. Bien que l'école leur soit désormais plus familière, il est tout aussi impossible qu'alors aux nouveaux de s'y repérer : les petits pas malhabiles, les pieds qui montent sur les chaussures de leurs camarades, les emmènent sur une trajectoire qui n'en finit pas de tourner et de se perdre. La chenille a retrouvé l'air libre. Le parc. On stoppe, on repart, on bute sur le condisciple qui précède ; celui de derrière nous déchire le mollet. Désagréable, mais on a l'habitude. Mutisme des bizuteurs, petites exclamations de douleur du côté des bizuts et, de loin en loin, un gloussement d'hilarité. Nouvel arrêt.

– À PLAT VENTRE !

Tout le monde s'exécute comme un seul homme. Ordonnancement parfait : le bizutage porte ses fruits. Et le CDBIG prend la parole, comme au premier jour :

– SPIDERMAN !

Les bizuts sont appelés par ordre alphabétique. Étoffe froissée ; quelqu'un se lève non loin de Laure, puis plus rien. Eric Ackerman a quitté le groupe. Et c'est de nouveau l'attente, un des sports auxquels les bizuts ont appris à exceller. Le CDBIG égrène les surnoms, un toutes les une à deux minutes autant que Laure puisse en juger.

– *GODICHE !*

Laure se redresse, les yeux toujours bandés. Quelqu'un lui saisit la main. Elle achève de se lever et suit l'inconnu qui la guide avec douceur et fermeté. Ses pieds foulent une herbe inégale. Un monticule de terre la fait trébucher : une poigne virile la retient. Elle croit sentir des doigts presser les siens comme pour la réconforter. Quel est donc l'imbécile qui, après avoir œuvré par tous les moyens à l'asservissement de ses cinquante-quatre esclaves, éprouve maintenant le besoin de consoler la petite nouvelle parce qu'elle s'est pris le pied dans une taupinière ?

Son ange gardien s'arrête. À un ensemble de détails indéfinissables, Laure pressent que la meute des bizuteurs lui fait face. La qualité de l'air, le silence qui n'est plus le même, peut-être quelque souffle imperceptible lui suggèrent qu'elle se trouve au milieu de ses ennemis. Elle prend aussi conscience d'une extraordinaire puanteur. Bizarre qu'elle ne l'ait pas remarquée avant, à mesure qu'elle s'approchait. Mais la semaine qu'elle vient de passer à se vautrer dans la fange et à se vêtir de détritus dégoulinants a rendu secondaire la question des odeurs.

– *BEUZEUTE, TON PARRAIN T'AMÈNE À MOI POUR QUE JE TE BAPTISE.* (La voix est toujours cet étrange sifflement que les nouveaux ont appris à craindre, mais le volume sonore est anormalement bas. Pas de menace, pas d'intimidation. Juste des faits. Pour un peu, Laure y décèlerait un semblant de chaleur.) *NOUS T'AVONS INCULQUÉ LES VALEURS DE SAINTE-*

THÉRÈSE, LA CORESPONSABILITÉ, L'ABNÉGATION, L'ENDURANCE, ET TOUTES CELLES QUI TE MANQUAIENT POUR FAIRE PARTIE DES NÔTRES.

Bande de débiles mentaux ! Vous y croyez, à vos histoires de psychopathes ?

– *TU VAS DONC AVOIR L'HONNEUR DE SUBIR LA DERNIÈRE ÉPREUVE, CELLE QUI DÉMONTRERA QUE TU ES DIGNE DES PLUS PRESTIGIEUSES CLASSES PRÉPARATOIRES DE FRANCE. KO ? AMENEZ LE BREUVAGE.*

– Ouvre la bouche, chuchote celui qui l'a accompagnée jusqu'ici – son « parrain » à ce qu'il semble.

La mort dans l'âme, la jeune fille entrouvre les lèvres.

– Plus grand.

Elle sent un bout de plastique, large, cylindrique, s'insinuer dans sa bouche. Une seringue.

– *JE TE CONSEILLE D'AVALER LE PLUS VITE POSSIBLE... ATTENTION...*

Une mixture ignoble, l'« arme ultime » élaborée par le KO et testée sur elle l'autre soir, gicle dans la bouche de Laure. Encore. Et encore.

– *ON NE TOUSSE PAS, ON NE CRACHE PAS. SINON, TOUT EST À REFAIRE.*

– *ET ON NE GERBE PAS SUR LES BIZUTEURS !* renchérit quelqu'un en gloussant.

Elle se bat contre le liquide que sa gorge refuse de déglutir, contre le goût métallique qui lui paralyse les mâchoires.

Ne pense pas à ce qu'il y a là-dedans... Ne laisse pas ton imagination galoper...

– *COURAGE : C'EST LA DERNIÈRE ÉPREUVE... NE LA RATE PAS...*

Ça y est. Laure a fini d'avaler la mixture. Des applaudissements éclatent.

Et soudain, le jour.

Quelqu'un vient d'ôter son bandeau. Elle cligne les yeux dans la lumière de cette matinée d'automne.

Voilà. C'est tout. C'est fini.

Autour d'elle, en tenue crade mais le visage démaquillé, les anciens la dévisagent avec sympathie et curiosité. Certains rient de la voir ainsi désorientée.

– Le bizutage est terminé, sourit le CDBIG. Félicitations à toi : tu es des nôtres, à présent.

On lui tend un calot. Une bourrade, dans son dos. Laure se retourne : le BO Terminator la regarde avec gentillesse.

– Bravo, murmure-t-il comme pour ne pas être entendu de ses comparses. Tu as été super.

Laure se dégage. Elle ne supporte pas de rester au milieu de ce groupe de joyeux lurons faussement amicaux, qui la contemplent comme la convalescente d'une grave maladie – avec le même mélange de joie et d'embarras.

– Allez, va rejoindre les autres, suggère Terminator d'une voix chaude, un peu cassée par une semaine de hurlements.

Autour de Laure, les sourires se font moins francs. S'effacent peu à peu des lèvres. Son absence de réaction met mal à l'aise. Elle devrait sourire en retour, même timidement, ou bien plaisanter ; montrer du soulagement ou de la fierté… Mais rien. Rien de tout cela. Elle conserve cette expression indéchiffrable qui en a dérouté plus d'un au cours de la mascarade. Elle n'ose pas les injurier comme elle en rêve – non, pas encore assez sûre qu'elle ne risque rien à leur exprimer sa haine et sa colère – mais elle ne leur fera pas le plaisir de réagir comme ils l'ont prévu.

Alors elle se mure dans le mépris. Plus froide, plus dure que jamais, la glace de ses yeux se plante dans le regard des uns et des autres avant de se détourner.

Elle fait volte-face avec une raideur exagérée, affectant de ne plus s'intéresser à ses bourreaux qui soudain se voudraient ses amis. Sans se retourner, elle part rejoindre le groupe des bizuts qui ont déjà subi leur baptême et attendent ensemble la suite des réjouissances.

Vendredi, 11 h 30

Bâtiments de vieille pierre, gazon fraîchement tondu des terrains de football et de rugby, terre rouge de l'anneau d'athlétisme et des courts de tennis, feuilles chatoyantes, gravillons éblouissants de blancheur : le parc exulte sous le soleil qui réchauffe peu à peu les bizuts.

Les nouveaux élèves, arborant leur calot tout neuf, s'interpellent dans un bruit de volière. La plupart sont assis dans l'herbe, pour leur premier repos véritable depuis six jours dont Laure se souvient en frémissant qu'ils auraient dû être sept. Les garçons se sont débarrassés de leurs T-shirts glacés pour mieux profiter, torse nu, de la tiédeur automnale. Des 3/2 sont là aussi, rigolards ; Sylvain et Nicolas. Quand la jeune fille approche, des applaudissements crépitent ; des pouces levés, des sourires avenants, le V de la victoire. Elle arrive à portée de voix et prête l'oreille aux conversations qui s'entrecroisent. On se réjouit de la fin du bizutage, on échange des impressions, on se remémore des anecdotes.

On la hèle :

– Bravo, Laure !

– Ça fait du bien quand ça s'arrête, hein ?

– *VIVE LES BEUZEUS, À BAS LES BEUZEUTEURS !* tente un plaisantin qui commence à bien maîtriser l'accent de ses nouveaux copains.

La jeune fille se fige : au jean de Sylvain, une ceinture en croco. Oh, le salaud…

Autour d'elle, ses condisciples continuent de se féliciter bruyamment. Laure se renfrogne plus encore, choquée par leur joie. Elle-même a tellement honte d'être là, à l'issue d'une semaine de soumission complète ; tellement honte de faire partie de ce troupeau de lâches qui a baissé la tête, brouté la pelouse de Sainte-Thérèse, rampé sans se plaindre dans ses fossés putrides. Ces futurs grands patrons et hauts dirigeants nourris jour après jour de Viandox et de pâtée pour chiens, qui il y a peu pleuraient, criaient, vomissaient, s'évanouissaient de peur et de fatigue, rigolent à présent des quelques désagréments que leur qualité de brillants étudiants leur a occasionnés.

– Ils n'y sont pas allés de main morte, hein ?

– C'est clair : ça, c'est du bizutage !

Laure n'a pas le courage de participer à la conversation. Pour dire quoi ?

Sa gorge brûle ; elle est sûre d'avoir de la fièvre. Elle a tellement sommeil… elle voudrait s'endormir pour ne pas se réveiller, ne plus jamais se regarder dans un miroir, ne pas être obligée de vivre avec ce souvenir.

Ne pas avoir à aller témoigner au commissariat de la mort d'un certain Tristan Lebeau qui lui paraît si lointain désormais. Elle se sent trop fatiguée pour affronter les questions qu'on lui posera. Pourquoi avoir attendu si longtemps pour nous prévenir ? Par peur de vos bizuteurs, dites-vous ? Enfin, soyons sérieux ! Ces gosses de bonne famille ? Et qu'est-ce qui vous empêchait de vous confier à un professeur ? De téléphoner ? Arrêtez donc avec cette histoire de bizutage : vous étiez quand même consentante !

Laure s'écarte du groupe et s'effondre dans l'herbe. Couchée sur le dos, elle se perd un instant dans le ciel bleu avant de fermer les yeux. Les conversations bourdonnent, assourdies, émaillées de rires qui lui parviennent plus clairement – comme on entend les enfants crier sur la plage depuis le havre de sa serviette surchauffée.

– … Quand je pense que maintenant il va falloir bosser !

– Oui, bientôt vous regretterez le temps béni de la glande, des cours annulés pour cause de bizutage…

– … Merci à vous, les 3/2. Heureusement que vous étiez là…

– C'étaient toujours les mêmes qui nous suivaient nuit et jour, ou vous vous relayiez ? Vous n'avez pas dû beaucoup dormir…

– … Pour les 3/2 hip ! hip ! hip !…

– … Ça restera parmi les meilleurs moments que vous aurez passés ici…

– … C'est un temps fort, c'est sûr…

– … Les bizuteurs sont plutôt sympa… Vous avez vu les cernes qu'ils ont sous les yeux ? Ils sont aussi crevés que nous !

– … Pour les bizuteurs hip ! hip ! hip !…

– … Les cernes ne vont pas trop mal à la BO Nuit-Sans-Fin, vous ne trouvez pas ? Bien roulée, dans son cuir moulant…

Laure essaie de se fermer à ces plaisanteries. Congratulations à l'emporte-pièce. Elle bout de rage et de fièvre.

– Quand je pense à l'exécution de l'autre jour, cinq Rios Crades à faire tout seul...

– Arrête de frimer, Lourdaud !

À travers ses frissons, Laure a une pensée étrange pour Tristan Lebeau. S'il était encore en vie... serait-il lui aussi un des premiers à reluquer une bizuteuse, à plaisanter des sévices qu'il aurait subis... ? Aurait-il tiré fierté de son inoubliable sobriquet – Troudballe ?

Crétin, va ! Comme les autres...

Laure essaie de se reprendre. Que lui arrive-t-il ? Elle est en train de mettre tout le monde dans le même panier, bizuteurs et bizuts pour commencer, et à présent morts et vivants. Elle tremble de dégoût et de froid. Jamais elle ne s'est sentie aussi isolée, différente, abandonnée – elle dont la jeunesse a été emplie de tant de solitude. Elle hait les bizuteurs. Elle méprise Martin. Elle déteste les bizuts, ses condisciples, pourtant des victimes comme elle. Elle se fiche de Lebeau comme s'il n'avait jamais existé : après tout, s'il ne s'était pas fait défenestrer, qu'aurait-il eu de mieux que ces moutons ? Elle ne veut même plus savoir qui l'a tué, ni qui a couvert le dérapage : à quoi bon ? Leur faire payer quel crime ? Le crime le plus terrible a été perpétré ici, sur ce terrain de rugby, devant cette statue de la Vierge, quand on a volé leur âme à quatre cents adolescents sans défense.

Celui qui a poussé Lebeau, certainement sans le vouloir, dans l'ivresse d'une nuit de violence, n'est guère pire que les autres.

Ses réflexions sont interrompues par la voix de Martin qui se joint au groupe.

– La quille ! Enfin ! Tout le monde s'en est bien sorti, non ? Bravo à tous !

Approbations, exclamations, propos insipides. Laure sent une larme perler à son œil.

Elle qui, jusqu'alors, ne savait pas pleurer…

Sursaut de panique. Dans quelques secondes, un Martin enduit d'ordures va s'approcher, lui dire je t'aime, la féliciter, peut-être la prendre dans ses bras. C'est trop pour elle.

Le courage lui manque pour affronter sa propre indifférence envers celui qu'elle pensait être l'homme de sa vie. Elle serre les paupières, fort, le plus fort qu'elle peut, et fait semblant de dormir.

Vendredi, 12 h 15

Pour la dernière fois, la cérémonie des douches. Mais au lieu de bizuts en pleurs, réduits au silence par le poids de la honte, ce sont des étudiants guillerets qui se font une beauté. Ils ont surmonté une épreuve difficile, ont endurci leur caractère avant d'affronter l'ingratitude des années Prépa ; ce sont des jeunes filles et des jeunes gens nouveaux qui se récurent une bonne fois pour toutes et empilent au bout du couloir leurs tenues crades que les femmes de ménage jetteront sans pitié.

Dans quelques minutes, ce sera le premier repas pris à Sainte-Thérèse les mains propres, à l'aide de couteaux et de fourchettes. Premier déjeuner où ils mangeront à leur faim, sans répugnance, en prenant le temps de mastiquer ; de discuter ; peut-être même de traîner, mais il n'est pas sûr qu'ils en soient toujours capables. Et puis ce sera le départ en bus, la quête dans Paris pour subventionner la « soirée de réconciliation », qui doit réunir bizuts et bizuteurs et où l'alcool coulera à flots. De bons moments en perspective.

Les filles bavardent, se pomponnent. Plusieurs se maquillent : du rouge à lèvres sur les bouches épuisées, du fond de teint pour dissimuler joues grises et cernes violâtres, du mascara pour redonner du volume aux visages écrasés par l'effort et le manque de sommeil. Quant aux cheveux ternis, ils sont heureusement couverts par les calots que les bizuts vissent avec fierté sur leur crâne. On essaie tous les angles, le calot me va-t-il mieux ainsi – droit, non, penché en arrière, non, plutôt sur le côté... Les garçons ne sont pas en reste : jeans à la coupe sport, chaussures de marque, T-shirts onéreux qui paraissent un peu lâches sur les corps amaigris. Avoir été méprisés, privés d'identité et d'humanité pendant une semaine rend les étudiants d'autant plus sensibles à leur apparence, dont ils ont de nouveau le droit de disposer à leur guise ; plus qu'avant ils sont désireux de briller, anxieux d'être remarqués. Plus superficiels encore. Il faut effacer les insultes qui pleuvaient sur eux et oublier le visage lamentable que leur a renvoyé leur miroir.

Laure échappe à la surexcitation générale. Parce qu'elle est malade ? Elle ne doit pas être la seule, après ce que les bizuts ont subi... D'ailleurs, elle ne cesse de buter contre des éclopés, qui boitent, sautent entre deux béquilles, arborent bandages et pansements tachés de sang. Mais eux ont l'air de prendre la situation avec bonne humeur. Ils ne sont pas mécontents de leurs cicatrices d'anciens combattants :

– Ça fait très mal ?

– Ça ira, répond l'interpellé avec un air de martyre.

– Comment est-ce que ça t'est arrivé ?

Laure s'écarte brusquement. Un bizut, non, deux, la frôlent en courant. Devant, Pierrick, hilare, détale à toute vitesse en lançant des couinements surexcités ; derrière, Malo a les mains pleines de mousse à raser qu'il brandit d'un geste menaçant.

– *VIENS-LÀ, BEUZEU ! PAR ICI ! TU VAS EN BOUFFER, SOUS-MERDE, JE NE VAIS PAS TE LOUPER !!! VIENS BOUFFER MA BONNE MOUSSE À RASER, BEUZEU !!!*

Quelques secondes plus tard, un vacarme lointain indique que le fuyard a été rattrapé ; tout le monde regarde en souriant dans la direction d'où s'échappent les cris des boute-en-train. Une boule bizarre durcit l'estomac de Laure. Une fois de plus, elle se sent au bord de la nausée.

– Tu fais une drôle de tête. Ça va ?

Revenue de l'infirmerie, Leila s'inquiète de sa voisine de chambre qui reste figée dans le couloir, les bras ballant d'une tristesse incrédule.

– Oui. Enfin non : ça ne va pas du tout. Je ne comprends pas… Qu'est-ce qu'ils ont tous à imiter les bizuteurs ? À se raconter leurs exploits comme s'ils n'avaient jamais rien vécu de plus désopilant ?

L'orpheline dont l'existence passée a déjà achoppé sur tant d'horreurs a son éternel sourire timide, un peu en coin.

– Il vaut mieux en rire, non ? suggère-t-elle d'un air énigmatique.

Camille fait deux pas de côté et abonde dans le même sens :

– Le bizutage est derrière nous, maintenant, décrète-t-elle avec un air supérieur, presque réprobateur.

– Et alors ? réplique Laure en pinçant les lèvres. Ça ne change rien à ce qu'on a enduré.

– Ce n'était quand même pas si terrible ! Et puis il faut voir le bon côté des choses…

Après une semaine de soumission aveugle, la colère de Laure déborde. Elle hausse le ton, interpelle Patrice qui passe avec une mine réjouie :

– Tiens, et toi… Tu vas me dire que tout ça n'était qu'une bonne blague ? Toi aussi, ça t'a fait rire ? Hein, dis-moi, ça t'a fait rire ?

Le garçon s'arrête et l'observe avec curiosité.

– Qu'est-ce qu'il y a ? Oui, on s'est plutôt bien marrés, pourquoi ? Pas toi ?

Laure crie maintenant au milieu du corridor, en peignoir, sa tenue crade nauséabonde à bout de bras.

– Vous allez m'expliquer ce qui vous passe par la tête ? Il y a trois jours, vous étiez séquestrés ici, complètement terrorisés, épuisés, affamés… Vous avez oublié ?

Jeff Lemarchand approche à son tour, apaisant :

– Tu exagères. Moi, en tout cas, je n'ai jamais eu peur des bizuteurs… ils sont sympas !

– Tu n'as pas eu peur, hein ? Alors tout ça, leurs exécutions, leurs ordres débiles, tu les as subis pour le plaisir ?

– C'est la tradition… on n'entre pas à Sainte-Thérèse sans faire ses preuves ! Mais enfin il n'y avait pas de quoi fouetter un chat.

– Et c'est toi qui dis ça ? Je te revois pleurer comme une fontaine, crier que tu voulais t'enfuir… qu'ils avaient failli te tuer…

– La dernière fois que j'ai pleuré, je devais avoir cinq ans : tu dois confondre.

Laure observe les membres du petit attroupement qui

s'est formé autour d'elle, à la recherche d'une étincelle de compréhension chez ses interlocuteurs. Peine perdue.

– Vous... vous tous, hoquète-t-elle ; je vous ai vus... toi, tu n'as pas pleuré, le premier soir, après un Rio Crade où tu t'étais déchiré les avant-bras ? Tiens, la plaie s'infecte. Et toi, Franck, le fameux recal, tu ne te souviens pas avoir pleuré, crié, même... tout le monde passait à côté de toi sans te prêter la moindre attention... Et Ralph, après t'être fait rouler dans je ne sais quelle mare de viscères...

– Allons, plaide Patrice. Tu dramatises ! Certains d'entre nous ont peut-être connu des coups de barre... les plus émotifs... les moins endurants... avec la fatigue, c'est sûr, ça a été un peu difficile au début. Mais ce n'est jamais allé bien loin.

– Vous avez donc tout oublié ? Vous faites les fiers maintenant, mais pour l'amour du ciel, essayez de vous souvenir que ça n'a pas toujours été le cas !

– Eh bien ça ne sert pas justement à ça, le bizutage ? À nous endurcir ? Si ce qui paraissait pénible au début nous semble maintenant dérisoire, l'objectif est atteint...

– Tout ça, renchérit Franck, les bizuteurs l'ont fait pour notre bien : combien de temps crois-tu qu'on peut tenir le rythme de la Prépa si on a des vapeurs à chaque contrariété ?

Laure inspire profondément. Tente de se maîtriser. Ainsi seule contre tous, elle se fait l'effet d'une hystérique. On la dévisage avec des yeux moqueurs, irrités ou apitoyés. Personne ne laisse échapper le moindre signe d'intelligence. Au lieu de souder les élèves, comme promis, le bizutage a érigé un mur entre ses condisciples et elle.

Que se passe-t-il ? Elle n'a quand même pas inventé tout ça ! Elle n'exagère rien…

Et la mort de Lebeau ? Elle l'a rêvée ? Elle brûle de leur en parler, là, tout de suite ; mais les circonstances semblent peu propices. Les autres ont déjà l'air de la croire en plein délire.

Ultime tentative :

– Rappelez-vous. Le premier jour. Quand on vous a bandé les yeux, qu'on vous a baladés dans Sainte-Thérèse, que vous ne saviez pas trop comment réagir… que vous vous laissiez faire, attendant de savoir ce qu'ils avaient derrière la tête… et soudain le coup de sifflet, le face-à-face avec des brutes… Vous n'étiez pas terrifiés, à ce moment-là ?

– On s'en rappelle d'autant mieux qu'on a subi exactement la même chose ce matin ; avec en plus le baptême, qui n'était quand même pas piqué des hannetons. Et alors, ce n'était pas la mer à boire ! Tu as eu peur, toi ?

– Mais ce qu'on a fait aujourd'hui, ça n'avait rien à voir avec le premier jour. C'en était à peine une parodie !

Ses yeux brûlent : encore des larmes, ces maudites larmes inattendues chez Laure, qui en ce moment s'invitent trop souvent sans prévenir.

– Je ne vois pas ce qu'il y avait de différent, estime Franck. Ce dernier jour ressemblait au premier, mais nous étions mieux armés… plus courageux…

Le « Père Bizut » se rapproche, compatissant.

– Écoute, Laure… (Il enroule un bras autour de ses épaules :) nous ne te jugeons pas, dit-il doucement. Je suppose que l'épreuve a été plus difficile pour les filles que pour les garçons. Alors si tu as souffert de ce bizutage, il n'y a pas de honte à ça.

– La question n'est pas d'être une fille ou un mec ! Le problème n'est pas là...

– Alors c'est quoi, le problème ?

– Le problème, c'est...

De nouveau sa voix se réduit à un filet épuisé. Fièvre ; mal de gorge ; Laure lutte contre le découragement. Elle voudrait s'abandonner à la fatigue, aux bras de son camarade, à la confortable version des événements que les autres bizuts se remémorent avec bonheur.

– Tu es crevée... Dans quelques jours, il n'y paraîtra plus. D'ici là, si je peux faire quoi que ce soit pour t'aider à surmonter ce coup de barre, tu n'as qu'à demander. À moi ou à n'importe qui d'autre : nous sommes tous liés comme les doigts de la main, maintenant. Tu verras, à Sainte-Thérèse, l'esprit co n'est pas un vain mot.

Laure se dégage avec brusquerie.

Franck a l'air peiné. Les autres échangent un regard qui en dit long sur ce qu'ils pensent de l'ingratitude de la jeune fille à qui le « Père Bizut », le plus populaire des recals, vient d'offrir son soutien. Seule Leila lui adresse un sourire navré. Le délégué de classe revient une dernière fois à la charge :

– Allez, Laure, ne le prends pas comme ça. Dans quelques jours, tu te moqueras de toi-même...

– Bon, intervient Ralph. Il faut se préparer pour la quête sinon on sera à l'eau claire, ce soir ! Les filles, allez vous faire belles pour ramener un max de thunes...

Le bizutage et ses chansons obscènes vous auront au moins enseigné le sexisme !

Elle est distraite de ses pensées par un éclat de rire, au dernier rang de l'attroupement qui ne cesse de s'étoffer.

– Qu'est-ce qui se passe ici ? Je loupe quelque chose ? On fait des messes basses ?

Martin. Avec sa bonne humeur crispante et son absence totale d'esprit critique. Laure voudrait fuir, mais il l'aperçoit et se glisse à ses côtés. Il murmure à son oreille :

– De quoi parliez-vous ?

– Rien d'important, répond-elle sur le même ton pendant que le groupe entreprend de se dissoudre. Simplement un débat philosophique… je leur disais que… oh et puis merde, qu'est-ce que j'en ai à faire ? Tout ça n'est rien à côté de la mort de Tristan. Maintenant que je vais avoir les coudées franches…

– Laisse tomber ce truc-là ! Tu n'as toujours pas compris que tu l'as imaginé ? Mon père est formel !

– Il tient l'information du proviseur ! Alors que quand Lebeau est…

– Oh, lâche-nous, avec ton petit génie, fils de génie et petit-fils de génie ! Tu ne crois pas qu'on m'en a déjà assez rebattu les oreilles comme ça, depuis le temps ?

– Quel génie ? Je te parle de Lebeau, celui qui s'est fait… s'est presque sûrement fait…

– Oui, j'avais compris, merci : mais moi, je préfère encore qu'il se soit tiré pour Alexandre-Dumas, le quasimodo de quatorze ans qui a raflé les premières places de tous les concours généraux l'année dernière ! Au moins, je n'aurai pas à supporter sa face d'intello… et puis mon paternel ne passera pas l'année à nous comparer, ce n'est pas plus mal !

Laure est blessée. Par le ton de celui qu'elle a un jour

aimé, par ses réflexions sur le physique de Tristan, alors que nul n'est là pour le défendre. Sa voix se brise :

– Je me fous de tes histoires de concours généraux... Débile ou génial, beau ou laid, ce garçon était un être humain. Qu'on ait profité de sa faiblesse pour...

– Mais je me tue à te dire qu'on ne lui a rien fait de mal, à ton protégé ! On t'a tendu un piège, je ne sais pas trop lequel, et tu es tombée dedans. Je ne te savais pas si impressionnable.

C'est la deuxième fois en l'espace de cinq minutes que l'on suggère qu'elle est trop émotive. Laure n'en croit pas ses oreilles. Surtout de la part de Martin qui la connaît si bien. Elle se sent insultée.

Lui s'enquiert, plus calmement :

– Bon, et sinon, tu parlais d'un débat existentiel, c'était quoi ?

Laure ne répond pas : ses pensées suivent leur cours.

– Attendez, tous ! Ne partez pas !

Les étudiants font volte-face, la mine maussade. Que leur veut encore cette mauvaise coucheuse ?

– J'ai une question à vous poser. Toute petite. Rien à voir avec le bizutage.

Les trognes s'éclairent un peu : l'empêcheuse de tourner en rond va lâcher sa marotte, pour la tranquillité d'esprit de tout le monde.

– J'ai besoin de savoir... L'un d'entre vous se souvient-il d'avoir été piaulé avec Tristan Lebeau, le tout premier soir ?

– Pourquoi ?

– Qui ça ?

Martin lui décoche un coup de coude. Peine perdue ; d'autres répondent déjà à la place de Laure :

– Troudballe ! Celui qui nous a lâchés pour partir à Dumas !

Une rumeur s'envole :

– À bas Alexandre-Dumas !

– Hou !!! Troudballe ! C'est pas gentil, ça !

– On lui montrera aux concours qui est le meilleur !

– Vous vous souvenez de sa tronche ? Le musée des horreurs ! On n'a pas besoin de types comme lui ici !

– Troudballe, gros sale ! Dumas, caca ! se mettent à scander quelques fins humoristes.

C'est plus que Laure ne peut en supporter. Elle les interrompt, criant pour couvrir le tumulte :

– Tout ce que je vous demande, c'est si vous savez qui partageait sa chambre le premier soir…

La jeune fille se tait, épuisée d'avoir arraché chaque mot à sa gorge douloureuse.

– Oublie ça, lui souffle Martin ; qu'est-ce que ça peut te faire ? Tu es complètement obsédée…

– Ils sont trop cons pour répondre par oui ou par non ? s'emporte-t-elle.

Son ami fronce les sourcils :

– On a le droit de s'amuser un peu ! Après la semaine qu'on a passée… et puis dès demain, la pougne va commencer !

– La quoi ?

– La pougne : le boulot, quoi. C'est comme ça qu'on l'appelle ici… Et on a du retard à rattraper !

La jeune fille considère Martin avec agacement : il s'est bien fondu dans le moule ! Il ne peut déjà plus parler comme tout le monde…

Elle reporte son attention sur le groupe qui s'éclaircit. Il n'y a rien à en espérer : la moitié a tourné les talons pour s'en retourner vaquer à ses hilarantes occupations, l'autre continue de s'esclaffer en soulignant les difformités du traître qui les a abandonnés. Inutile d'insister.

– Bon, je vais finir de m'habiller, annonce-t-elle d'un ton las. À tout à l'heure !

– Tu ne m'embrasses pas ?

– Non ! Je veux dire : il ne vaut mieux pas. Je crois que j'ai une angine carabinée… je ne suis pas sûre que tu aies envie de la récupérer.

Martin lui dépose quand même un baiser sur le front ; il s'exclame :

– C'est vrai, tu es brûlante, ma pauvre ! Bon, merci de m'avoir prévenu. En tout cas, ça me fait un peu plaisir…

– Quoi ? Mon angine ?

– Ça explique au moins pourquoi tu as l'air aussi bizarre. Je croyais que tu avais quelque chose contre moi !

Une bribe de silence plane au-dessus du couple. Laure élude la question implicite :

– Je suis mal en point. Je vais aller me préparer… On se revoit dès que j'ai fini.

Vendredi, 13 h 45

Pourquoi Laure suit-elle le groupe, à présent que tout danger physique est écarté ? Qu'est-ce qui la pousse à s'habiller presque aussi bien que les autres, à piquer sur son calot les lettres dorées qui prouvent son appartenance à la Prépa Euclide, à enfiler sa nouvelle coiffe avant de descendre déjeuner dans la cohue ? Lâcheté, encore, toujours. Instinct grégaire, peur du ridicule.

Elle observe avec hébétude la fourmilière qui grouille de joyeux bizuts. Elle n'a rien de commun avec eux. Ils savourent leur retour au statut d'être humain, la perspective d'une sortie dans Paris, celle de la fête à venir : elle se hait d'avoir accepté d'être déchue une semaine de toute humanité, a honte de partir s'exhiber dans la capitale pour vendre des rouleaux de papier hygiénique, frémit à l'idée de se coucher tôt ce soir.

Les mêmes cars que le dimanche précédent attendent devant la grille. Nouveaux et anciens grimpent en bavardant gaiement. Laure se laisse guider par le flot, Martin sur les talons. Le garçon s'assied à côté d'elle. Proximité déplaisante. Le véhicule dans lequel ils ont pris place démarre aussitôt.

Laure ferme les yeux et se rencogne dans son siège :

– Ça ne t'ennuie pas que je dorme un peu ? Je suis claquée.

– Bien sûr que non, répond Martin d'une voix déçue. Vas-y.

Mais la cacophonie ambiante empêche Laure de s'assoupir. Elle prête l'oreille aux conversations qui l'enveloppent d'un halo criard.

– Comment vous y prenez-vous pour organiser les détails du bizutage ?

– Tu te souviens quand vous vous êtes mis à quatre pour m'exécuter ?

– C'est clair, tu nous as donné du fil à retordre...

– C'est si dur qu'on le dit, la Prépa ? Comment tu as vécu la première année, toi ?

– Quels concours as-tu décrochés en 3/2 ?

Tout irrite Laure. Chacune des phrases qu'elle surprend décuple sa migraine.

– Qui a fini premier à Polytechnique ?

– Un gars d'en face. De Dumas. Le meilleur à Sainte-Thérèse n'a fait que deuxième : vous auriez vu la colère qu'a piquée le prof de maths !

– C'est vrai, c'est dommage... et il était de votre classe, le deuxième ? Ah, dur, c'est la plus mauvaise place...

Un mouvement à côté d'elle ; elle entrouvre les paupières. Martin se lève pour rejoindre des camarades, à l'avant du car, qui commencent à pousser la chansonnette. Il tape dans le dos de deux ou trois étudiants et entonne l'hymne Euclide, tant de fois répété.

Elle referme les yeux, incapable d'effacer l'image de son ami radieux chantant au milieu d'un groupe de naïfs jeunes gens.

Feu rouge. Vert. Le bus redémarre. Le centre de Paris approche. Le CDBIG parle dans un micro, explique que des 3/2 vont distribuer les rouleaux de papier-toilette à vendre aux passants, et des sacs-poubelle dont les bizuts devront se confectionner un déguisement pour mieux apitoyer les acheteurs.

La fourmilière s'active de nouveau, chacun inventant une manière révolutionnaire de se vêtir d'un sac plastique. Elle observe Martin au loin, qui se bricole une jupe fendue jusqu'à mi-cuisse.

Premier, tout premier geste d'insoumission : Laure lance un « non merci » hostile quand Sylvain arrive à sa hauteur et lui tend un sac-poubelle. Elle les défie du regard, lui et sa ceinture de croco. Prête à résister, enfin prête à montrer à tous de quel bois elle se chauffe. Mais le garçon a compris à quoi s'en tenir. Il hausse les épaules et s'éloigne pour achever sa distribution.

Était-il si facile de refuser de se plier au diktat des anciens ? Si elle avait fait cela le premier jour, l'aurait-on laissée partir sans plus s'inquiéter d'elle, avec seulement un commentaire méprisant pour son absence d'humour ?

Ce qui est peut-être plus terrible que tout le reste, pour Laure, c'est qu'elle ne le saura jamais.

Vendredi, 14 h 20

Le car s'arrête définitivement. Il se range dans la colonne de véhicules venus de Sainte-Thérèse. La jeune fille se lève, se laisse porter par le flot des élèves. Tous descendent et s'égaillent sur le trottoir. Le CDBIG fait l'appel, constitue des groupes où se mélangent nouveaux, 3/2 et redoublants.

Laure, Martin, Franck Loubat et Benoît Coriandre se retrouvent ensemble. Le BO Terminator les accompagne, ainsi qu'un 5/2 dont Laure ignore le nom ; l'un des rares à ne pas avoir pris part au bizutage.

– Allez le Parisien, montre-nous le chemin !

Claude Garcia, méconnaissable sans son grimage de Terminator, les entraîne loin des autres. Laure est étourdie par le monde ; voitures, vélos, piétons, quadras pressés, jeunes mamans qui fraient difficilement un passage à leur poussette. Deux retraités discutent sur un banc en lançant des miettes aux pigeons. Un enfant crie. Un homme se mouche. Un autre regarde sa montre. La canne blanche d'un aveugle balaie la chaussée.

La vie. La vraie. Celle que Laure avait oubliée lors de

l'éternité qu'elle vient de passer dans sa prison. Pendant qu'elle se laissait terroriser par une bande de gamins qui la gavaient de pâtée pour chiens, d'autres marchaient ici, couraient, roulaient, pédalaient ; ils revenaient du travail, allaient chercher leurs enfants à la crèche, en retard, comme les autres soirs, se ruaient vers leurs courses en espérant que le bureau de tabac ne serait pas fermé. Ils avaient de vrais problèmes, petits ou gros, les tracas du quotidien et de l'existence.

Laure, elle, rampait en affirmant que « plus c'est long plus c'est bon »…

En se souciant plus ou moins selon les jours du cadavre de Lebeau, apparu et sitôt disparu.

À cette pensée, le rouge lui monte aux joues.

Dès que les autres auront le dos tourné, elle s'éclipsera et cherchera un commissariat. Elle n'a plus d'excuse pour repousser encore l'échéance.

– Tu te dépêches ?

– Hein ? Oui, j'arrive.

Et le petit groupe de remonter l'avenue, de bifurquer dans une rue piétonne, de se faufiler dans une improbable venelle avant de retrouver la lumière du jour au beau milieu d'un boulevard.

– Voilà. On peut commencer ici. Il y a du monde, et personne de Sainte-Thérèse pour nous marcher sur les pieds : ce raccourci n'est pas facile à trouver.

La quête débute. On interpelle les conducteurs qui s'arrêtent aux feux ; certains ne répondent pas, d'autres passent leur chemin en souriant ; beaucoup donnent à ces sympathiques étudiants – l'argent s'entasse plus vite dans leurs calots clinquants que dans la sébile du SDF, à côté.

Un barbu entame la conversation.

– De quel lycée êtes-vous ?

– Sainte-Thérèse, à Neuilly.

– Ils ont de bien jolies élèves…

Une dame trop maquillée s'enquiert :

– Pas trop dur, le bizutage ? Je croyais que ça n'existait plus.

Si vous saviez, madame, si vous saviez l'enfer dont je reviens.

– Vous êtes la seule fille ? Vous aurez des problèmes si vous ne ramenez pas assez de sous ? Tenez : par solidarité féminine…

Et des pièces tintent au fond de son calot.

Au feu suivant, un petit vieux klaxonne avec sévérité.

– Et vous en ferez quoi, de mon argent, si je vous le donne ?

– C'est pour subventionner notre soirée d'intégration, monsieur, confesse Laure.

– Ah oui ? Une soirée ! De mon temps, mademoiselle, en Prépa, on étudiait, on ne faisait pas la fête. Quant au bizutage, je peux vous dire, c'était bien autre chose que de vendre du papier hygiénique aux automobilistes ! Ça forgeait le caractère ! Tout se perd, vraiment, tout se perd…

Se perdent aussi ses récriminations quand la voiture redémarre.

Si vous saviez, tous, oh, si vous saviez ! répète Laure en boucle à ces commentaires. Sollicitude et mépris la plongent dans la même honte impuissante, une même rage de voir que l'extérieur ne sait rien, ne saura jamais rien de ce qui se passe à Sainte-Thérèse quand les grilles se referment.

– Alors, tu n'as que ça ? se moque Franck avec bonne humeur, en agitant son propre calot déjà lourd de monnaie.

– Normalement, renchérit le BO Terminator, les filles gagnent un max. Si elles jouent de leur charme…

Laure le foudroie du regard. Le maladroit bat en retraite sur une dernière pique :

– Bon, je n'ai rien dit. Mais c'est sûr, si tu fais cette tête-là, ça ne risque pas de bien marcher.

Martin commet l'imprudence de s'immiscer dans la conversation :

– Oui, Laure, qu'est-ce qui te prend ? Tu tires une tronche de douze pieds de long. Il faut leur sourire, aux passants, leur donner envie de t'aider ! Sinon, on n'aura rien à boire ce soir !

La jeune fille explose :

– Mais tu ne comprends pas que je m'en fous, de votre soirée débile ? Je me fous de votre bizutage, de votre prestigieux lycée de merde, de vous tous ! Tu crois que je suis super motivée à l'idée de ramener plein de jolies pièces sonnantes et trébuchantes qui serviront à abreuver tous ces gosses de riches, après ce qu'ils nous ont fait subir ?

– Oh, ça y est, tu remets ça. Mais qu'est-ce qu'ils nous ont fait subir ? À part toi, ça a amusé tout le monde !

– Vous êtes devenus amnésiques !

– Tu m'expliques pourquoi tu es la seule à avoir échappé à l'illusion collective ?

Laure baisse la tête, alors que leurs camarades s'éloignent pudiquement.

Pourquoi ? Oui, la question est là : pourquoi est-elle la seule à se souvenir des moindres détails de ce cauchemar ? Elle n'est pas plus intelligente que les autres, pour avoir su décrypter les mécanismes de cette tradition perverse. Alors ? Est-ce à cause de ses souffrances passées, qui lui ont fait prendre du recul sur l'existence ? Ou parce que son manque de confiance en soi, son incurable peur du ridicule l'ont d'abord rendue plus vulnérable, puis empêchée de trouver de la drôlerie même à ces activités ludiques qui devaient peu à peu dédramatiser le bizutage ? Son maladif besoin d'intimité, cette nécessité vitale pour elle de se ressourcer dans le calme et la solitude ont-ils joué un rôle ? Est-elle plus sensible que ses condisciples ? Incapable de se laisser manipuler ? Évidemment, elle n'est pas du même monde que la plupart des élèves de Sainte-Thérèse ; elle n'a jamais admiré cet établissement plus qu'un autre, jamais rêvé d'y accéder ; elle n'a pas entendu tout au long de son enfance les louanges de cette école, combien elle est extraordinaire, combien utile son bizutage. Nul scénario familial écrasant ne la prédestinait à choisir un lycée plutôt qu'un autre. Elle est venue sans a priori positif, sans le farouche besoin de défendre un établissement mythique, envers et contre tout, sous peine de voir s'effondrer des pans entiers de ce qu'on lui aurait introduit dans le crâne.

L'une de ces raisons est-elle suffisante ? Ou la somme de toutes ? Sans oublier qu'elle a été l'unique témoin de la mort de Lebeau, puis agressée à deux reprises par son meurtrier.

Oui, ce doit être ça. Bien sûr. En plus de tout le reste, l'accident survenu à Tristan Lebeau, ce pervers dangereux couvert par la direction de l'école…

Dès que Laure n'aura plus personne sur le dos, elle ira raconter bien des choses à propos du plus illustre lycée catholique de France.

Martin crève le silence, reprenant d'une voix plus douce :

– Alors, ça va mieux ? Tu arrêtes ton délire ?

– Pourquoi ne veux-tu pas essayer de me croire, Martin ? Pourquoi serait-ce moi qui ai tort ?

– Des générations d'élèves se sont succédé à Sainte-Thérèse, ce bizutage a toujours eu lieu, et tous l'ont toujours bien accueilli. Quoi, je te rappelle que Sainte-Thérèse est un lycée où on enseigne les valeurs chrétiennes. Cesse de prétendre qu'on y torture les étudiants !

– Parlons-en, des valeurs chrétiennes. Moi qui ne crois même pas en Dieu, j'ai pigé un truc qui vous échappe, à vous les culs-bénits : « La gloire de Dieu, c'est l'homme debout »... on n'honore pas Dieu en rampant dans la merde !

– Tout de suite les grands mots, Dieu et compagnie...

– C'est toi qui as commencé !

Son ami lève les yeux au ciel.

– Tu sors les choses de leur contexte. Ramper, comme tu le dis si bien, n'est pas une fin en soi : le but est d'apprendre l'humilité, la solidarité, le sens de l'effort...

– Et tu avais besoin de ça pour l'apprendre ?

– Je ne sais pas ; peut-être pas moi, ni toi... mais ça a sûrement fait un bien fou à quelques-uns, crois-moi. En tout cas ça nous a soudés, c'est une expérience commune...

– Ils t'ont manipulé... lavé le cerveau... Comment peux-tu croire que tu en sors grandi ? Ils t'ont complètement infantilisé, oui ! Toi qui n'as jamais eu le moindre problème pour t'intégrer dans une classe, qui as toujours été un leader, te voilà convaincu que tu es trop timide, trop égoïste ou trop bête pour te faire des copains en Prépa ?

Laure dévisage l'adolescent. Martin fait penser à la mauvaise reproduction d'une toile de maître : de complexe, profond, riche d'une vie intérieure luxuriante, il est devenu fade et sans relief. Policé, formaté, résumé à sa seule qualité d'étudiant modèle de Mathématiques supérieures au lycée Sainte-Thérèse.

– Tu exagères…, se défend Martin en baissant la voix, honteux de l'intérêt que suscite chez les passants ce jeune couple en pleine scène de ménage.

Mais Laure se moque d'être entendue ; elle se tait depuis trop longtemps.

– Voilà à quoi en est réduite l'élite de la nation : à être obligée de se pisser dessus de trouille pendant une semaine pour apprendre à lier des rapports humains normaux ! Bravo, les forts en thèmes ! J'espère que tu réalises combien l'administration de ton admirable lycée te fait confiance…

– Il n'y a pas que ça ! Tu résumes un peu vite… Un autre but du bizutage, c'est de t'aider à tenir le coup dans l'adversité… Ici, on est tous habitués à avoir dix-sept de moyenne… certains vont dégringoler, se payer des deux et des quatre… si on ne leur a pas appris à encaisser, ils vont craquer.

– Il y a humiliation et humiliation. Si j'ai quatre en maths, je comprendrai que j'ai trouvé mes limites, je serai peut-être déçue, mais je n'aurai certainement pas la même impression qu'après avoir bouffé une boîte de pâtée pour chiens ! Quel est le rapport ?

– Oh, tu joues sur les mots… Je n'ai pas trop envie de te suivre dans ce débat. Je préfère attendre que tu sois remise, parce que quand tu es malade tu n'es pas à prendre avec des pincettes.

– Très bien. Je ne vois pas l'utilité d'insister. Vous avez des œillères ! Et ça tombe à pic que tu m'y fasses penser : je suis effectivement mal en point ; je vais vous laisser et chercher une pharmacie. Si je ne prends pas quelque chose, n'importe quoi, je vais mourir sur place. Alors continuez votre quête sans moi.

L'anxiété remplace la colère sur le visage de Martin.

– Tu te sens si mal que ça… Je t'accompagne ?

– Non, merci, j'ai besoin de marcher. Libre. Seule. Pour la première fois depuis une semaine.

– OK, je te laisse broyer du noir. Où est-ce que tu nous rejoins ?

– À dix-huit heures au bus, si je ne vous retrouve pas avant.

– Bon. À tout à l'heure. Laure…

– Oui ?

– Tu ne m'en veux pas ?… Enfin tout ça, ce n'est quand même pas ma faute !

– Tu as le droit d'avoir tes opinions. Même si je ne les comprends pas. À tout à l'heure.

Martin retrouve immédiatement le sourire, malgré la sécheresse de son amie.

– À tout à l'heure. Je t'aime.

Laure tourne les talons et s'éloigne, à grandes enjambées tremblantes. Fuir ces imbéciles. Être seule. Et surtout, dénicher un commissariat. Le plus tôt sera le mieux.

Des pas précipités la rejoignent. Essoufflé, le BO Terminator l'interpelle :

– Où est-ce que tu vas ?

– À la pharmacie.

– Je viens avec toi.

– Tu es gentil, mais j'ai déjà dit à Martin – mon petit ami – que je préfère être seule.

– Je suis désolé, ce n'est pas possible.

De nouveau, Laure s'insurge :

– Pourquoi ? Vous allez faire votre loi longtemps, comme ça ? Tu peux toujours courir ! Désormais, je fais ce qui me plaît.

Un sourire désarmant de contrition, en face.

– Je n'ai pas le droit de te laisser vadrouiller comme ça. C'est une question d'assurance. C'est écrit dans le règlement : le proviseur est responsable de la sécurité des mineurs en remplacement de leurs parents.

– Et on ne va pas m'autoriser à marcher dans les quartiers chics de Paris, en plein jour ? Ils ont peur que je me fasse violer par un jeune cadre dynamique ? C'est le week-end, en plus. Je fais ce que je veux !

– Le week-end ne commence que le samedi soir après les cours… On est vendredi. Sans compter que vos familles ont été prévenues que vous ne rentreriez pas chez vous. Donc, vous êtes coincés à Sainte-Thérèse jusqu'au week-end prochain.

– Merci du privilège !

Claude ne relève pas et ironise :

– En attendant, légalement, c'est le principal qui te sert de papa et de maman – ou à défaut quelqu'un à qui il a délégué cette responsabilité.

– Toi, en l'occurrence ?

Un nouveau sourire, non dénué de séduction, illumine le visage du bizuteur. Ses yeux pétillent joyeusement, comme pour dire : « Eh oui ! c'est moi ! tu aurais pu tomber plus mal ! »

– De Clédat, je veux dire Alban, voulait même m'accompagner, mais je nous ai évité cette corvée : je l'ai laissé chaperonner tes petits copains. Crois-moi, tu devrais m'en être reconnaissante ! Ce type est tordu...

Laure rétorque d'un ton acerbe :

– Alban, c'est le 5/2 qui n'a pas bizuté ? Excuse-moi de te décevoir, mais j'ai plutôt tendance à trouver sympathiques les rares qui n'ont pas jugé bon de participer à cette fumisterie ! Je ne sais pas ce que tu lui reproches, moi en tout cas, je n'ai rien contre lui !

Claude semble trouver cette sortie désopilante.

– On voit que tu ne connais pas l'animal ! s'esclaffe-t-il. C'est nous qui avons refusé qu'il bizute... Sa bonté d'âme n'a rien à voir là-dedans. Des fois, il nous donne la chair de poule : quand il s'énerve, il peut devenir d'une violence ! Ces gens-là, on n'en veut pas dans l'équipe. C'est pareil pour Daniel Letourneur, d'ailleurs, je ne sais pas si tu vois qui c'est. Il nous a suppliés de le laisser faire partie de l'aventure, mais nous avons été inflexibles...

Laure est songeuse. Si le BO Terminator a raison et que ces deux énergumènes ont été autoritairement frustrés de bizutage, pourquoi ne pas imaginer qu'ils aient essayé de participer à la rigolade ? Quand leurs copains étaient occupés ailleurs. L'un des deux a-t-il poussé Lebeau dans le vide en croyant simplement lui faire peur ? L'un des deux a-t-il tenté de la violer, dissimulé par l'anonymat d'un rite auquel il n'avait pas le droit de participer ?

Elle secoue la tête, incrédule. En tout cas, sa petite virée au commissariat s'en trouve encore différée : elle ne va pas trimbaler derrière elle un bizuteur, c'est-à-dire un de ses principaux suspects. Reste la pharmacie...

Les deux jeunes gens marchent côte à côte plusieurs minutes sous le soleil. Laure ne frissonne plus. Le froid semble vouloir s'éloigner du plus profond d'elle-même. Ils traversent un marché fleuri. Les fruits embaument l'air. Il y a tant de paix chez ces petites vieilles qui soupèsent les pommes avant de les enfourner dans leur cabas, chez les vendeurs joviaux qui discutent d'un étal à l'autre…

Laure apprécie que Claude, au moins, ne cherche plus à briser le silence.

Jusqu'à ce qu'il pose la question fatidique :

– Ça ne marche quand même pas très fort, avec Martin ?

Vendredi, 17 h 30

– C'est pour ce soir ?

Au fond du parc de Sainte-Thérèse, une alcôve de pierre abrite un calvaire confidentiel. En face, un banc où les frères jésuites viennent parfois se recueillir. Le proviseur y a pris place. Il répond à la question de Charles Beauprais, qui tourne autour de lui d'un pas anxieux :

– Ça devrait. Si rien n'a changé, la benne est vidée le vendredi en fin d'après-midi.

Murmure presque accusateur :

– Une chance que tu aies été au courant…

– Je t'ai expliqué que ma sœur habite à deux immeubles d'Alexandre-Dumas. Combien de fois l'ai-je aidée à jeter des vieilleries dans ce container…

– Parle moins fort, enfin ! supplie Beauprais en regardant par-dessus son épaule.

Pourtant, le parc est désert : les élèves procèdent à leur quête rituelle dans Paris. Il y a peu de chance que quiconque surprenne leur conversation.

– Dans le genre parano…, ironise le proviseur. Je comprends mieux pourquoi tu as fait un ulcère à vingt ans ! Tu ne vas pas craquer, au moins ?

Charles Beauprais s'éponge le front.

– Pourquoi ai-je accepté de t'aider ?

– Parce que nous sommes amis, Charles. Et aussi parce que si je risque ma peau, toi, tu ne cours guère de danger.

– C'est vite dit.

– Bon, tout s'est bien passé du côté de la petite Godin ? Tu l'as surveillée ?

– Oui. Elle n'a plus approché un téléphone.

– Très bien. C'est déjà ça.

Le mouchoir du professeur continue de courir sur son front et tamponne de plus belle :

– En revanche, comme je m'y attendais, le bizutage n'a pas marché du tout avec elle. Elle le dénigre à tour de bras.

– J'avais cru le comprendre. C'est bien notre chance, n'est-ce pas ? Des gamins arrogants et dénués d'humour comme ça, on n'en a pas un par an… et il fallait que ça tombe sur elle !

Henri de La Louvière se perd dans la contemplation de la statue pieuse. Du pied, Charles Beauprais frappe dans une pomme de pin qui s'en va voler à dix mètres de là.

– Tu penses que c'est grave ?

Le jésuite semble se réveiller de sa méditation. Il tourne les yeux vers Charles :

– Ça m'ennuie.

– Mais encore ?

– Bien sûr, le risque était pesé… mais maintenant que l'issue est proche, je m'inquiète de son témoignage.

Le père de Martin sent le sol se dérober.

– Tu disais... qu'on ne la croirait pas... qu'on la prendrait pour une folle !

– C'est toujours mon opinion. Disons seulement que j'ai intérêt à ne pas me tromper. Et il y a autre chose...

De La Louvière détourne un œil gêné.

– Quoi ? aboie Charles Beauprais, sur des charbons ardents.

– Je ne sais pas si je dois te le dire. Déontologiquement...

– Pour la déontologie, il est un peu tard. Abrège !

– Eh bien... je suis embêté pour toi...

– Pourquoi ? Qu'est-ce que j'ai à voir là-dedans ?

– Cet après-midi, pour la quête... tu imagines bien que je n'allais pas laisser Laure Godin déambuler en plein Paris sans un chaperon. Elle est tout spécialement accompagnée par un élève sûr. Or, il vient de me passer un coup de fil...

– Elle a contacté les flics ?

– Non. Par contre, elle s'est rendue dans une pharmacie. Le garçon avec qui elle était l'a laissée entrer seule, évidemment. Mais il a réussi à jeter un coup d'œil sur ce qu'elle a acheté.

– Et alors quoi, à la fin ?

– ...Un test de grossesse, Charles. L'amie de ton fils s'est procuré un test de grossesse. Tu vois le tableau ?

Une boule énorme serre la gorge du père bafoué.

– Tu en es certain ?

– Je ne connais pas le résultat. Il y a encore un espoir. Mais à cet âge-là, tu sais ce que c'est...

La terre tangue sous les pieds de Charles Beauprais. La tête lui tourne.

– Ça veut dire que Martin et elle... et qu'elle... et lui...

Henri de La Louvière observe son complice dont le teint a viré au gris.

– Allons, ce n'est pas si grave. Il y a des solutions. Mais ton fiston mérite un bon coup de pied au derrière.

L'enseignant se ressaisit vite.

– Tu as raison. On arrangera ça plus tard. Pour l'instant… Quand penses-tu que les flics vont débarquer à Sainte-Thérèse ?

– Le temps de trouver le corps, de l'identifier, contacter les parents, comprendre que c'est ici qu'on a vu le gosse vivant pour la dernière fois… pas avant demain, dans le pire des cas. D'ici à ce qu'ils montrent leur nez, même les reliefs de la soirée de réconciliation auront disparu, les gamins seront tous sagement au boulot pour rattraper leur retard… et on ne devrait plus risquer d'autre témoignage accablant que celui de mademoiselle la fouinarde.

– Seule contre tous.

– Exact. Je ne m'en fais pas trop…

Vendredi, 20 h 45

Seule contre tous.

C'est aussi ce que Laure est en train de se dire, en regardant la nuit tomber derrière la fenêtre de sa chambre.

Le bizutage de Sainte-Thérèse est orchestré, minuté, surveillé, selon une tradition enrichie chaque année depuis plus d'un siècle, par les élèves comme par les plus hautes sommités de l'école. De cette façon, le lycée est parvenu à ce chef-d'œuvre de manipulation mentale.

La mise en scène du début, suggérée plus que montrée. La violence simulée, le bruit, le chaos, les menaces qu'on ne sait trop si l'on doit croire mais auxquelles les autres semblent ajouter foi puisqu'ils ne bronchent pas. L'effet de surprise, nécessaire, assuré par l'omerta qui entoure ce rite initiatique : pour que se perpétue la tradition, même les pères ne racontent pas l'épreuve à leur fils sur le point de la traverser, même les grands frères ne préviennent pas les sœurs fragiles.

Bientôt la fatigue, le froid, la souffrance, la honte, la faim se combinent pour anesthésier l'esprit critique et faire craquer les plus endurants. Alors le rythme se relâche, oh, à peine, et quelques reprises en main musclées empêchent que l'on remarque ce changement subtil. Le moral s'en ressent, le bizut imagine qu'il a compris comment fonctionne le bizuteur, comment éviter de susciter sa colère. Avec la routine, quelques grandes gueules s'aperçoivent qu'elles peuvent même à présent plaisanter, se faire remarquer, avec pour seule conséquence une énième exécution qui ne les impressionne plus. Et voilà les recals, ces faux courageux qui risquent une repartie humoristique mais n'oseront pas résister si leur esprit aventureux leur vaut de rouler une pelle à un porc putréfié.

Nouvelle détente. Les bizuteurs se donnent une image plus sympathique ; les exercices se diversifient, prennent un tour plus ludique. Les bizuts sont parfois livrés à eux-mêmes pour une activité de groupe pendant laquelle ils réapprennent à rire – sous l'influence des bienheureux recals qui se régalent de leur notoriété. À la toute fin du bizutage, les élèves ont droit à des nuits moins perturbées, des repas plus consistants, des journées moins harassantes et, de temps en temps, à un clin d'œil complice d'un bizuteur qui les rassure sur leur qualité d'être humain. Les bourreaux omettent de sanctionner la position incorrecte d'un bizut, ou la tricherie qu'un autre croit discrète quand il se met à quatre pattes dans le Rio Crade au lieu d'y ramper à plat ventre. Tout cela n'est donc pas si terrible, après tout, finissent-ils par penser ; et comme on leur rebat les oreilles des notions d'effort, de solidarité, d'endurance, ils admettent qu'il faut être une petite nature pour prendre le bizutage autrement que comme un divertissement formateur.

La mascarade se termine ; elle n'est plus une menace. Alors, forts des discours des anciens qui leur répètent l'importance de cette tradition et son utilité dans la vie quotidienne de la Prépa, soumis à l'exemple quasi dictatorial des grandes gueules charismatiques qui se remémorent leurs exploits en riant, tous finissent par admettre que ce n'était pas bien méchant. C'était même drôle, non ?

Les grandes gueules sont celles d'avant le bizutage, et elles ont adoré cette tribune qui leur a permis de se montrer. Les timides, les faibles, les influençables sont eux aussi toujours les mêmes. Prêts à suivre les leaders : puisque ceux-ci ont trouvé ça drôle, ces adolescents bourrés d'humour, ceux à qui la vie donne tout, ceux qui plaisent aux filles – ils ont forcément raison…

Et le résultat est le même pour les deux catégories de bizuts au cerveau récuré : J'ai pleuré, moi ? Vous n'y pensez pas !

Est-ce mensonge ? Non. Ça va plus loin. Ils sont sincères. Laure a pu le lire dans leurs yeux, dans leurs sourires, dans le mépris ou la pitié dont ils font preuve à son égard. Ils croient vraiment à ce qu'ils disent. Ils se sont reconstruit de nouveaux souvenirs : sélectifs, édulcorés, plus supportables que la réalité. Leur inconscient les protège. Quoi d'étonnant à ça ? N'est-ce pas son rôle depuis la nuit des temps ?

Après tout, est-il tolérable d'être brimé par son prochain, non parce qu'il est plus fort et vous a imposé sa cruauté, mais parce qu'on l'a acceptée soi-même ? Car une fois ôtés les déguisements, retombée la terreur, on s'aperçoit que le bourreau n'était pas si impressionnant, on imagine qu'on aurait pu lui tenir tête, avec un peu plus de courage. La subtile détente qu'offre le bizutage au cours de la semaine fait croire que ce qui est vrai le dernier jour l'était aussi le premier : ces gamins ne sont pas redoutables, j'aurais pu me lever et partir si j'en avais eu envie. Mais non, j'ai léché des semelles, ingéré des immondices, je me suis roulé dans la fange, de mon plein gré ou presque ; j'ai souhaité le pire à mon voisin, soulagé chaque fois que les foudres des anciens s'abattaient sur lui plutôt que sur moi.

Une organisation impeccable, des ruptures de rythme soigneusement étudiées, un bourrage de crâne testé sur cent générations d'élèves, l'influence de quelques fortes têtes – et les bizuts sont trop heureux de sauter sur l'explication qu'on leur souffle en toute sincérité : Tu t'es bien amusé, mon vieux. Tu as été courageux. Et tu as prouvé que tu es digne de rester ici, parmi les meilleurs des meilleurs.

Dommage : l'inconscient de Laure, lui, n'a pas si bien fonctionné. Au risque de sombrer dans la folie, elle se retrouve seule avec ses souvenirs.

Seule ? Non, Laure, ce sera pire que ça.

Car tes camarades ne pourront te permettre de continuer à parler du bizutage, à l'analyser, à essayer de les convaincre de sa perversité : chacun d'eux est aux prises avec un numéro d'équilibriste qu'il serait suicidaire de te laisser troubler. Rien ni personne ne doit être autorisé à faire tomber les barrières salvatrices érigées par leur inconscient. C'est pourquoi, même entre eux, ils ne parleront plus de ce merveilleux bizutage ; c'est pourquoi ils ne le raconteront jamais à des personnes extérieures ; c'est pourquoi, si on les interroge à ce sujet, ils n'hésiteront pas à mentir – mais en toute bonne foi, parce qu'« on » ne pourrait pas comprendre. C'est enfin pourquoi tout élève qui remettra leurs convictions en question sera mis au ban.

L'agressivité, dorénavant, ne sera jamais très loin quand on abordera ce sujet. Surtout de la part des grandes gueules qui sont si bien rentrées dans le système, des leaders tellement habitués à être admirés que leur ego ne pourrait supporter d'admettre ce par quoi ils sont passés. Seront les plus virulents, donc, les élèves a priori les plus sympathiques : ce n'est qu'un autre comble du bizutage.

Aucune chance de rallier tes condisciples à ta cause ou à celle de Tristan.

Vendredi, 22 h 30

Stridence inconnue. La sonnerie d'un réveil. Il fait nuit. Gorge en feu. Bouche pâteuse. Quelle heure est-il ? Quel jour, d'ailleurs ? Laure s'assied avec peine et se passe le dos de la main sur son front brûlant. Elle a transpiré. Ses yeux sont brouillés.

Qu'est-ce que je fais là ?

Sainte-Thérèse. L'internat.

Une lueur diffuse s'immisce dans la pièce : la lune, glauque. Des chiffres rouges clignotent – dix heures et demie !

Ça y est, elle se rappelle. La soirée d'intégration. Non, de réconciliation. Elle a dû commencer. Depuis une heure déjà. Laure s'était endormie.

Elle essaie de reprendre ses esprits. Allume le plafonnier. Ferme les paupières et les rouvre, à plusieurs reprises.

Sur la chaise qui lui sert de table de chevet, un mot. Le graphisme indécis de sa compagne de chambre :

Laure,

Je n'ai pas eu le cœur de te réveiller. Je pars pour la soirée en réglant ma pendule pour vingt-deux heures trente : je pense que tu ne voudrais pas tout manquer. D'ici là, repose-toi bien. À tout à l'heure j'espère.

LEILA.

Laure grommelle. Cette fille est gentille, mais elle aurait préféré dormir jusqu'au lendemain. Qu'est-ce qu'elle en a à faire de cette fête inepte ? Se réconcilier ? Avec qui ? Les bizuteurs ? Hors de question : elle ne supporte même plus les bizuts…

Leila devrait être la plus sévère avec ce bizutage d'une violence telle qu'elle l'a ramenée en cette nuit de démence où elle a vu sa famille suppliciée. Elle devrait être la moins tolérante envers ces tortures et ces exécutions, parodies d'agissements qu'elle-même a eu à vivre dans toute leur horreur. Mais non : voilà qu'elle est partie avec les autres à la soirée de réconciliation.

Le bizutage a été si bref pour elle ; le temps d'une crise de panique aiguë, qu'elle a mise sur le compte exclusif de son traumatisme personnel, et les 3/2 compréhensifs l'ont exfiltrée du théâtre des opérations. Puis quelques bizuteurs ont dû venir s'excuser auprès d'elle, la convaincre qu'ils agissaient dans l'intérêt général et que seule sa fragilité particulière l'avait empêchée de le comprendre.

Chaque année, comprend Laure, quelques crises d'hystérie, deux ou trois tentatives de fuite voire de suicide, sont immédiatement repérées par les organisateurs, leurs auteurs rassurés puis mis à l'abri des violences qui se poursuivent. Et leurs souvenirs sont réécrits, comme le sont ceux de leurs camarades qui endurent l'épreuve jusqu'à la fin.

Leila aurait pu être la meilleure alliée de Laure, mais ce ne sera pas le cas. Laure n'a pas d'alliés. Pas même Martin.

D'ailleurs, pourquoi Martin n'est-il pas passé la chercher ?

Ah oui, il devait aider aux préparatifs de cette fichue soirée.

Bon petit soldat, va ! Fais-toi des amis dans ton école fétiche, intègre-toi parmi les intellos-jésuito-nazillons... fais-toi bien voir de tes potes les bizuteurs... et oublie-moi, surtout. Oh, oui : oublie-moi.

La jeune fille ferme encore les yeux. Pour retenir une nouvelle larme. Décidément, ça devient une habitude.

Son histoire avec Martin est terminée. Fin abrupte, sans appel. Aussi irrévocable que si les bizuteurs le lui avaient physiquement arraché des bras. Elle qui s'était préparée à le voir la quitter, à en porter le deuil tout au long de son existence. Ç'aurait été le deuil, atroce mais lumineux, de la plus belle rencontre qu'elle eût jamais faite. Ironie du sort : c'est elle qui va rompre. Comment réagira-t-il ?

Ensuite, avec le jour, se rendre au commissariat. Se venger de tout le monde. Obtenir que soient condamnés l'assassin de Tristan, victime parmi tant d'autres, et ceux qui ont étouffé le scandale. Faire rendre gorge à un siècle de tradition, d'iniquité, de coupables secrets. Pour une seule raison inavouable : la haine – comme de la lave qui déborde.

Elle préfère se dire qu'elle aime protéger les plus faibles. Les plus vulnérables, comme Tom, comme bien d'autres. C'est une motivation plus reluisante. Grâce à elle, Tristan sera vengé. Plus jamais un adolescent ne broutera la pelouse sous les semelles d'un étudiant de Sainte-Thérèse.

Elle se lève. La chambre tangue. Laure se retient à son armoire, un de ces cubes métalliques qui sonnent creux.

Elle en tire le battant gondolé et fourrage dans le désordre auquel une semaine de bizutage ne lui a pas laissé le loisir de remédier. Extirpe un chemisier froissé, sans prendre la peine de choisir ; il faut juste remplacer le T-shirt dans lequel elle a transpiré. Elle glisse ses pieds dans une paire de mocassins et se coule hors de la pièce. Elle remonte le couloir plongé dans son éternelle obscurité verdâtre.

La tête lui tourne. Elle descend les marches de marbre avec une lenteur mesurée.

Le silence est immense, totale la solitude de la jeune fille : personne pour rester à l'écart de la fête. Une double-porte, et c'est enfin l'air libre. Sous les étoiles, la fraîcheur de la nuit revigore un peu Laure. Elle commence à émerger. Il vaut mieux, vu ce qui l'attend.

La rupture. Comment va-t-elle s'y prendre ?

Mais tarder plus serait malhonnête. D'ailleurs, Martin n'a pas beaucoup recherché sa présence, ces dernières heures. Toujours une bonne excuse pour vaquer avec ses héros les bizuteurs, et avec ses « cos » auquel il se trouve dorénavant lié par quelque force invincible.

Est-il en train de s'éloigner d'elle ? Voilà qui lui faciliterait la tâche.

Elle continue de marcher, chaque pas plus assuré, vers la fête qui bat son plein. Elle se laisse guider par le son des basses qui enflent et refluent en une respiration syncopée. Le pouls de la nuit.

C'est ici. Le bâtiment Immaculée-Conception. La gigantesque salle d'examens, qui accueille deux fois l'an une soirée dansante pour les élèves de Sainte-Thérèse. Un escalier extérieur à grimper, et Laure s'immergera dans la cohue des étudiants qu'elle méprise.

Courage.

La volée de marches avalée, la jeune fille prend une inspiration résolue et pousse la porte. Ses yeux ont du mal à accommoder, d'abord. Ses tympans résonnent d'une musique criarde. Des ombres se tortillent dans le vacarme ; d'autres sont immobiles, figées au bord de la piste avec à la main un verre qui ne parvient pas à leur donner une contenance. Un héros quelconque est porté en triomphe sur les épaules de congénères éméchés qui hurlent de rire. Eh oui, les meneurs sont toujours les mêmes – et les timides, les coincés, les complexés n'ont pas changé. Le bizutage ne nivelle les personnalités, les différences physiques et les niveaux sociaux que dans l'imagination perverse de son inventeur. Avant et après le long tunnel qu'ils viennent de traverser, gagnants et perdants n'ont pas été intervertis. Ils ne se mélangent toujours pas. Mais au passage quelques-uns y ont laissé des plumes, parfois sans même s'en rendre compte. Il n'y a que Laure à admettre que son traumatisme sera long à s'éteindre ; que Tristan pour savoir à coup sûr que le sien sera définitif.

Et le garçon au tympan crevé ? Les deux adolescents à la jambe cassée ? La clavicule brisée ? Tous les autres blessés que Laure ne connaît pas, dans sa classe ou dans une autre ? Que pensent-ils, eux ?

Autour d'elle, béquilles et bandages sont légion. Mais leurs propriétaires n'ont pas l'air d'en vouloir à quiconque. Ceux qui ne sont pas en état de danser demeurent au bar, où ils s'imbibent d'alcool en s'esclaffant d'une plaisanterie ou d'une autre – comme leurs congénères plus chanceux, qui leur tapent gentiment sur l'épaule chaque fois qu'ils viennent chercher un verre.

Laure s'immobilise.

Une même scène se décline presque à l'identique dans tous les recoins obscurs de la pièce. Des corps enlacés, des couples qui se serrent, se frottent, s'étreignent à la faveur de la pénombre. Sophie avec son KO si poète, si délicat… Camille et le CDBIG… Roxane et le BO Mad Max…

Laure aperçoit Terminator, tellement insignifiant, tellement fade sans son grimage… Il est seul. Désœuvré.

Tu m'attendais, mon pote ? Tu peux toujours rêver !

La prétention des bizuteurs fascine Laure. Si Claude Garcia a réellement parié sur elle, n'est-ce pas parce qu'il espérait qu'elle ne resterait pas avec Martin ? De quel droit a-t-il pensé ça ? À moins que le bizutage, traditionnellement, ne finisse toujours par séparer les couples.

Auquel cas, rien à faire, ils ont encore gagné.

Elle observe avec écœurement les filles, perdues et éperdues, qui se pelotonnent dans les bras de ces bizuteurs si forts, si virils, si impressionnants, et pourtant infiniment plus sensibles qu'ils n'ont eu droit de le laisser paraître lorsqu'ils accomplissaient leur mission quasi humanitaire… Laure comprend un peu ses compagnes. Avoir été niée, ravalée à une bestialité anonyme, et voir soudain un des surhommes se pencher vers elle et lui tendre la main, la sortir de sa fange, offrir de se transformer en protecteur… difficile de résister, non ?

Elle enrage. Le syndrome de Stockholm est une triste réalité ; mais que des jeunes gens à peine sortis de l'adolescence s'en servent à dessein, l'orchestrent même soigneusement pour s'attirer les faveurs de filles désemparées…

Une main se pose sur son épaule.

– *Lâchez-moi !!!* hurle-t-elle. Oh, pardon !

– Qu'est-ce qui te prend ? interroge Martin, éberlué.

– Excuse-moi : je ne t'avais pas vu arriver.

– Tu t'es bien reposée ? Ta co m'a dit qu'elle t'a laissée dormir… Ça me fait plaisir que tu aies pu venir. Ça va mieux ?

Le jeune homme crie pour couvrir la musique. Laure lui répond :

– Je dois vraiment avoir une angine. Ça fait un mal de chien. On peut aller ailleurs ? Il faut que je te parle.

Martin jette un œil à sa montre ; tout en recommençant à se trémousser en rythme, il esquisse une grimace de dénégation.

– Non, désolé, j'ai promis d'aider à tenir le bar jusqu'à onze heures trente. Après, les Pythagore nous relaieront. Mais pour l'instant on a besoin de moi.

– Et si je te dis que je m'en contrefous ? Il y a des choses importantes dont je voudrais te parler !

Laure est au supplice. Dans sa gorge torturée, chaque mot est un combat. Mais son ami n'a pas l'air de s'en apercevoir.

– Je ne vais pas les lâcher comme ça. Ça la ficherait mal… Amuse-toi donc. Dès que je peux, je viens te chercher et on s'éclipse. Si tu le souhaites encore.

– Écoute… Je ne suis pas bien. Et je n'ai pas le cœur à faire la fête. Je vais rentrer. Tu es sûr que tu ne veux pas venir avec moi ?

– Promis, je viendrai te rejoindre le plus tôt possible. Attends-moi dans ta chambre. On discutera autant que tu voudras. Mais c'est dommage, l'ambiance est super !

Il l'embrasse dans le cou :

– On ne fera peut-être pas que parler…

Sa proposition se heurte au mutisme de Laure. Il hésite un instant puis se ressaisit, se dandinant de plus belle en reconnaissant les premières notes d'un rock'n'roll.

– Bon, je fais aussi vite que je peux. À tout à l'heure, OK ?

Vendredi, 23 h 10

Le chemin du retour, dans le froid qui s'installe, les mêmes escaliers, le même couloir abandonné. La même immense solitude.

Si seulement elle pouvait faire quelque chose, n'importe quoi, pour tromper le sommeil jusqu'à ce que Martin revienne… Si elle n'était pas obligée d'attendre le matin avant de se rendre au commissariat… Où se trouve-t-il, d'ailleurs ? Et que va-t-elle dire ? Comment leur expliquer…

Elle imagine déjà la scène – épuisée à l'avance.

Elle aurait voulu avoir plus d'informations à livrer. Elle ne connaît toujours pas le nom de son agresseur, meurtrier de Tristan. Elle n'est même pas fichue de leur apprendre qui a vu le garçon vivant pour la dernière fois. Pourtant, un de ses camarades de classe partageait sa chambre et n'en est sorti que quelques secondes, quelques minutes au plus, avant la chute fatale. Peut-être a-t-il même aperçu le meurtrier. Le co de Tristan serait un témoin précieux, il pourrait révéler qui se trouvait avec lui au moment fatidique. Bizuteur ? Intégré ? 5/2 interdit de bizutage ? Un 3/2, comme ce Sylvain à la ceinture en croco ? Un autre bizut, pourquoi pas, soyons fous ?

Qu'a-t-il vu, ce fameux compagnon de chambre, dans la panique et l'obscurité, tête baissée, obnubilé par la seule nécessité d'obéir aveuglément… se dépêcher… ne pas se faire remarquer…? Rien de bien significatif, certainement. Elle-même, confrontée par deux fois à la crapule qui hante Sainte-Thérèse, n'a pas grand-chose à en dire.

N'empêche. Le moins qu'elle pouvait faire était de trouver qui partageait la chambre de Tristan en amont des repiaulages successifs. Elle n'a même pas réussi ça ! La tête lui tourne. Elle se sent complètement inutile. Elle aura l'air fin, demain, devant les policiers.

Est-il encore temps de répondre à cette simple question ?

Une pensée lui traverse l'esprit.

Oui. Ça pourrait marcher…

Elle tâtonne de nouveau dans son placard et attrape sa lampe de poche sur la planche du haut.

Laure vérifie que la chambre du surveillant, comme les autres, est plongée dans l'obscurité. De toute façon, elle a vu le pion faire tapisserie à la soirée de réconciliation – la voie est libre. La porte s'ouvre sans résistance. Laure jette un œil à l'intérieur, puis se retourne et scrute un instant la pénombre du corridor. Personne en vue. Elle s'aventure dans la pièce, referme le vantail et presse le commutateur de sa torche.

Deux pas lui suffisent pour atteindre le bureau. C'est sûrement là qu'est rangée la paperasse administrative. La jeune fille promène le faisceau de sa lampe sur la surface de la table. Elle passe rapidement sur des livres de droit, des fournitures scolaires, deux classeurs vides, qui attendent de recevoir les cours de l'étudiant puisque la rentrée universitaire n'a pas eu lieu. Des chemises à rabats sont empilées : droit des affaires, droit privé, droit international… Rien à voir.

Laure ouvre un tiroir. Voilà qui est plus intéressant : un dossier bleu, orné d'une étiquette SAINTE-THÉRÈSE. La jeune fille s'en empare avec précipitation : elle a déjà trop traîné par ici. Elle écarte les élastiques. Contrat… règlement intérieur… horaires… numéros d'urgence…

Un ensemble de feuilles agrafées : un inventaire des occupants de l'étage.

Bingo !

Juste derrière le prénom de chacun, entre parenthèses, le numéro de chambre, puis les dates de naissance, professions des parents, particularités et problèmes médicaux éventuels, personnes à prévenir en cas d'accident. Laure tourne les pages.

La lettre E, puis F, G, avec elle-même, Godin Laure (chambre W323)… H, I, J, K, L…

Ah ! Lebeau Tristan (chambre W304).

Ça lui rappelle quelque chose. Elle secoue la tête comme pour se réveiller. Elle relit la ligne qui l'a surprise et se remet à tourner les pages. M, N, O… Pinot Martin (chambre W304)…

Tu rêves. Pince-toi, tu dois encore dormir.

Pas d'erreur : « Pinot Martin (chambre W304)… profession du père : agrégé de mathématiques (Sainte-Thérèse 1976, Ulm 79)… »

La chambre initialement affectée par l'administration à Martin et à Tristan était la même. Or, son ami ne lui en a rien dit ; toutes les fois qu'ils ont parlé de l'accident – ou du meurtre – il s'est tu. Il s'est gardé de broncher, même lorsqu'elle a posé la question haut et fort.

Il doit y avoir erreur, essaie-t-elle de se convaincre.

À moins qu'il ne s'en souvienne vraiment pas ? Qu'il n'ait pas fait le rapprochement ? Que dans la confusion…

Difficile à croire. D'autant plus difficile que Martin a confessé qu'il connaissait Lebeau de réputation avant même leur arrivée à Sainte-Thérèse, avec ses premières places à tous les concours généraux. Des premières places dont son père lui avait déjà rebattu les oreilles. Quand il a vu qu'il était piaulé avec le fameux prodige, Martin n'a pu que s'en faire la réflexion.

Donc, il m'a menti.

Par omission tout du moins.

La jeune fille retourne en arrière, se force à déchiffrer, lettre par lettre :

« Lebeau Tristan (chambre W304) ; profession du père : président-directeur général (Sainte-Thérèse 1976, X 79, École des Mines de Paris 81), profession de la mère : ingénieur d'affaires (Sainte-Thérèse 1976, X 79, École nationale des Ponts et Chaussées 81)… » Un pincement au cœur pour ce garçon brillant et pourtant si terne, ce robot programmé depuis la naissance pour entrer à Sainte-Thérèse, à Polytechnique puis dans les meilleures écoles d'application, avant de se lancer dans une carrière prestigieuse. La réalité aura été bien différente. Par la faute de qui ?

Elle poursuit sa lecture : « Handicap moteur d'origine congénitale (léger). Ne nécessite aucun traitement. »

Pauvre gosse. Ce n'est pas une existence enviable.

Arrête de dire des conneries, Laure. De toute façon il est mort, et ça, on ne va pas le lui envier. Tu as trouvé ce que tu étais venue chercher. Tire-toi, maintenant !

Elle remet de l'ordre dans les dossiers qu'elle a compulsés. Mais son esprit est ailleurs. Oui, elle a trouvé ce qu'elle était venue chercher. Pas de doute là-dessus. Le dernier à avoir vu Lebeau en vie ? Le fameux « co » qui se souvient peut-être de la personne, bizuteur ou autre, restée seule avec Tristan lorsque lui-même a quitté la chambre ? Probablement Martin. Et il s'est bien gardé de le lui dire… Qu'est-ce que ça signifie ?

Un doute s'empare de Laure. Un doute odieux.

Martin. Deuxième partout, aux concours généraux de l'année précédente. Dans toutes les matières pour lesquelles il a été présenté. Toujours deuxième derrière Tristan-le-génie. Martin, aiguillonné par son père, par des générations de Beauprais. Martin, si bien intégré à Sainte-Thérèse, si bien acquis à ses valeurs – l'une d'entre elles n'est-elle pas la course à la place de major de l'X ?

Martin qui aurait pu, à la faveur du chaos qui régnait en cette nuit de bizutage, se débarrasser d'un rival gênant.

Ce n'est pas possible. Pas lui… Jamais il ne s'est pris au sérieux… Jamais il ne s'est vanté de ses notes… Il les a toujours relativisées…

Mais n'était-ce pas un rôle qu'il jouait, celui du beau gosse sportif et bourré d'humour ? Il est facile de paraître détaché quand tout va pour le mieux. Mais quand quelqu'un menace de vous voler la vedette, voilà qui peut changer la donne : le fair-play est souvent à sens unique.

Et la silhouette qu'elle a vue s'éloigner, après la chute

de Lebeau… cette silhouette vaguement familière… Y avait-il un petit quelque chose, dans la démarche…

Laure vacille.

Inutile de traîner ici, elle aura tout le temps de réfléchir quand elle aura quitté la chambre du surveillant. Elle repousse le tiroir, vérifie d'un dernier faisceau de torche qu'elle ne laisse pas d'indices de son indiscrétion et tourne les talons. Sa lampe cherche la porte ; elle glisse sur le mur, le lavabo, le lit…

Sur le lit, une pile de linge propre que les femmes de service ont dû rapporter de la blanchisserie. Au-dessus de la pile, trois caleçons soigneusement pliés.

L'un d'entre eux est rouge, parsemé de voitures jaunes et vertes.

Laure le reconnaîtrait entre mille.

C'est donc lui… c'est donc lui le monstre qui…

Moi qui allais accuser Martin ! Mais lui n'aurait jamais tenté de me violer !

Soudain, la porte s'ouvre à la volée et s'écrase contre le mur.

Vendredi, 23 h 40

– T'es qui, toi ?

Une silhouette maigre, aux cheveux mi-longs, se découpe sur la lumière du couloir.

– Personne… je veux dire… je m'en allais…

Elle se giflerait de sa repartie affligeante. L'individu referme soigneusement le vantail et allume le plafonnier. Se retournant vers elle, il change de ton :

– Oh ! On se connaît, hein ? On se connaît même pas mal du tout…

– Bien sûr, j'ai la chambre attenante. J'ai entendu un bruit, comme si quelque chose était tombé. Alors je me suis permis de…

– Pauvre conne ! éclate le jeune homme aux yeux débordants d'alcool. Qu'est-ce que tu crois exactement ? Vous vous êtes donné le mot, ce soir, toutes à me prendre pour l'idiot du village !

– Pardon ? hoquette Laure sous le coup de cette accusation burlesque – elle prend le surveillant pour beaucoup de choses, mais l'idiot du village était loin de ses pensées.

– Fais l'innocente ! Tes petites copines m'ont snobé à votre soirée d'intellos ! Elles étaient toutes dans les bras de vos forts en maths ! Moi, l'étudiant en droit, je peux aller me branler tout seul ! Jamais vu une fête aussi pourrie... Normalement je lève toujours quelque chose... Mais là, rien, ceinture : je ne fais pas partie de votre monde !

La meilleure défense est l'attaque ; de toute façon, il ne faut pas que cette ordure se rende compte qu'elle est démasquée. Malgré sa panique, Laure élève la voix :

– Ça commence à bien faire : je vais te laisser cuver tranquillement ; moi, je retourne voir mon copain. Il m'attend à côté.

Elle esquisse un pas vers la porte, mais son adversaire lui barre le passage.

– Ton copain... Laisse-moi voir... Martin Pinot ? Celui qui est en train de se trémousser comme une pédale sur la piste de danse à votre soirée de premiers de la classe ? Il ne va pas t'être d'une grande aide, ma chérie...

Laure prend conscience de la sueur âcre dans la tignasse de son interlocuteur. Halètement rauque, haleine chargée. Le pervers la saisit par les bras. Elle perd l'équilibre. Ses pieds décollent du sol. Il l'entraîne vers le lit avec une force qu'elle n'aurait pas soupçonnée. Alcool, colère et concupiscence décuplent son énergie. Laure se débat. Pas question de se retrouver de nouveau le nez sur cette bite infecte...

Elle donne une secousse. Mais la poigne est solide, elle ne parvient qu'à se meurtrir les bras. Son assaillant la jette en travers de sa couche et s'allonge sur elle. Les ressorts gémissent. Leurs respirations se mêlent.

– Salope... ! tu vas me payer tout ce que tu m'as fait,

ahane-t-il. M'assommer ! Me gerber dessus ! Pour qui tu te prends ? Ce soir, tu vas être bien sage… La vengeance est un plat qui se mange froid…

Le poids de son adversaire suffit à clouer la jeune fille sur place. Il l'immobilise d'une main et la bâillonne de l'autre. Elle ne peut plus bouger.

Impuissante. Horrifiée.

Étonnée. Que ce monstre, affublé d'une cagoule noire, ait profité de l'anonymat du bizutage pour la brutaliser – pour les brutaliser, elle, Tristan, et peut-être bien d'autres – est une chose. Qu'il se dévoile maintenant au grand jour en est une autre. La folie doit être en train de gagner du terrain.

Laure ignore l'expérience de l'enfant qu'était Jean-Baptiste Béranger avant de devenir le jeune homme qui la violente. Elle ignore ses nuits de cauchemar, quand ses camarades et lui subissaient le surveillant de leur propre dortoir. Honte, peur, culpabilité : tous se sont tus à l'époque. De frustrations en fantasmes, Béranger a réussi à se convaincre que jamais les victimes ne dénoncent leurs bourreaux.

– Tu vas aimer ça, éructe-t-il d'une voix essoufflée.

Calme-toi, Laure. Réfléchis ; tu peux l'emporter.

Lutter ne servira à rien. Elle s'efforce de détendre son corps. Son adversaire le remarque :

– Ah, finalement, ça te dit bien, une partie de jambes en l'air, interprète-t-il. Vous êtes toutes pareilles ! Tu vas voir, je baise mieux que ton espèce de nabot…

Attention, Laure, ça va être maintenant…

Le poids sur la jeune fille s'allège. Son adversaire est en train de dégager l'accès à sa braguette.

Il a relâché sa prise – C'est le moment !

D'un coup de reins, Laure se dégage.

– Salope ! Ne bouge pas !

Trop tard. Laure ouvre déjà la porte. Avant de se lancer à sa poursuite, Béranger perd de précieuses secondes à rajuster son pantalon et remonter sa fermeture Éclair.

– Au secours ! s'époumone Laure.

Un silence glacé lui répond. Personne pour l'aider.

Pas de temps à perdre. L'issue de secours. Laure court de toutes ses forces vers la porte métallique et l'ouvre d'un coup d'épaule. Dehors. Elle s'engage dans l'étroit escalier extérieur, colimaçon qui plonge dans les entrailles de la nuit. Elle dévale les marches, perd l'équilibre, s'accroche à la rambarde, se rétablit, reprend sa fuite.

Où cette ordure peut-elle bien être ? L'a-t-elle suivie ?

Le vacarme de ses pas précipités l'empêche d'entendre ceux qui la pourchassent.

Ne te leurre pas. Il est plus rapide que toi.

Elle va devoir ruser. Priant pour que le pervers ne l'ait pas déjà en ligne de mire, elle interrompt sa descente sur le palier du deuxième étage et se faufile à l'intérieur du bâtiment. Elle repousse délicatement le battant.

Pas question de moisir ici. L'assassin se rendra vite compte de son erreur. Elle remonte le couloir, aussi désert que l'étage supérieur, passe la porte à double battant et débouche sur l'escalier principal. Elle ne s'y engage pas : son agresseur pourrait remonter par là. Elle traverse le palier et, en face, ouvre le vantail qui fait pendant au précédent. L'aile Est. Une trentaine de longues enjambées muettes, un virage à angle droit. Encore dix pas, et elle se retrouve face à une porte semblable à celle par laquelle elle a échappé à son poursuivant. Un grincement, une odeur d'encens mêlé de moisissures.

Où a-t-elle atterri ? Cette issue ne donne pas sur l'extérieur.

Qu'importe ! Elle s'engouffre dans l'ouverture et referme le battant sur elle. Les bruits résonnent comme dans un hall immense. Laure s'appuie au parapet. Il est en bois. En contrebas, des flammes. Des bougies. Ses yeux s'habituent à la pénombre. Vitraux, peintures, fresques bariolées. La chapelle. Elle a débouché dans la chapelle. Une lumière rouge veille sur le tabernacle.

Laure frissonne dans l'air humide, trop frais, chargé des senteurs de la dernière messe. Elle s'engage dans un escalier un peu vermoulu, creusé en son centre. Elle a l'impression qu'on peut entendre ses pieds claquer sur la volée de marches à des kilomètres de là. Pourtant, elle essaie de refréner son imagination. Elle a semé son poursuivant. Son cœur retrouve un rythme moins désordonné.

Au rez-de-chaussée, elle rejoint l'allée centrale et traverse une sorte de crypte, puis une salle jonchée de bancs et de prie-Dieu. La porte. Pourvu qu'elle soit ouverte. Laure tourne la poignée. Les battants s'écartent. Dans un établissement qui n'abrite que d'irréprochables fils de bonne famille, rares sont les lieux verrouillés.

Elle débouche sur les pavés de la cour d'honneur et s'immobilise. Où aller ? Dans la grande salle où se tient la soirée de réconciliation, pour y être protégée par la foule ? Les lampadaires qui encadrent la grande grille d'entrée accrochent son regard.

Et l'attirent. Cette grille, interdite pendant une semaine, qu'elle a si souvent rêvé de franchir…

Mais elle s'arrête de nouveau.

C'est curieux, elle a du mal à imaginer le surveillant pervers défenestrant Tristan. Il s'en est pris deux fois, non, trois fois à elle. L'attrait semblait sexuel – tout au moins ce soir et mercredi, dans les douches. Difficilement compatible avec le décès de Tristan.

La jeune fille reprend sa progression. Lentement. Ses idées se bousculent dans son esprit. Juste avant que Jean-Baptiste Béranger ne fasse irruption dans sa chambre, c'est à Martin qu'elle pensait. Martin qui avait eu le mobile, le moyen et l'occasion pour défenestrer son copiaulé à la faveur du chaos de cette première nuit de bizutage.

Les jambes de Laure se mettent de nouveau à flageoler. Refusent de la porter. Elle est incapable de faire un pas de plus. Elle se laisse glisser, s'assied à même le sol.

Elle a besoin de réfléchir.

Martin… Est-il possible que tu aies…

Toi qui as toujours prétendu te moquer de cette course aux classements, à la réussite, au prestige, que vénérait ton père… Martin si libre, si fougueux – jusqu'à ce bizutage qui s'est avéré plus fort que ton courage…

Mais n'est-ce pas lui, tout à l'heure, qui crachait ces mots avec animosité : « Ton petit génie, fils de génie… »

Laure redresse la tête.

Elle a une idée.

Elle se lève, tourne les talons et se hâte vers le bâtiment qu'elle vient de quitter : elle sait enfin ce qu'elle a à faire.

Une dernière vérification, et elle sera fixée.

Vendredi, 23 h 55

Laure scrute les alentours, le cœur battant. Mais celui qu'elle redoute n'est plus Jean-Baptiste Béranger. Non, celui qui l'inquiète, c'est l'autre, qui a tué Tristan Lebeau et a tout à craindre du témoignage de Laure. Celui dont elle croit avoir percé l'identité.

La fièvre et l'atroce mal de gorge referment à nouveau leur étau. Un instant repoussées par l'adrénaline, des bouffées de chaleur et de froid l'envahissent à tour de rôle, épuisantes.

Vite, qu'on en ait vite fini… prie la jeune fille en se faufilant dans le hall de Saint-François-Xavier.

Elle remonte l'obscurité lunaire du corridor qui mène aux salles de classes et à la bibliothèque.

Celle-ci n'est pas plus fermée à clef que ne l'était la chapelle. Comme la nuit où la jeune fille s'y est réfugiée pour échapper à ses bizuteurs. Laure pénètre dans la pièce, où l'accueillent les mêmes parfums sensuels et apaisants, dénués de tout relent de bizutage. Elle se dirige droit vers la vitrine où repose le livre qu'elle est venue chercher.

Parmi les ouvrages reliés de cuir qu'elle avait repérés, elle déniche celui qui l'intéresse : le livre de la promotion 1976. Elle l'ouvre, les doigts tremblants. Une page, une autre. Une photo de classe, une liste de noms : la Prépa Euclide, en 1976. Gagné. Laure avait raison. Cette année-là, trois jeunes gens se côtoyaient en Spé 1 : Henri de La Louvière, actuel proviseur de Sainte-Thérèse, Charles Beauprais, le père de Martin, maintenant professeur, mais aussi Pierre Lebeau. Pierre Lebeau qui, lui apprennent les pages suivantes, a été reçu premier aux concours de Polytechnique, des Mines de Paris et de Centrale.

Pendant que Charles Beauprais, lui, décrochait systématiquement les deuxièmes places.

C'est donc bien ça. Sous ses dehors de nain disgracieux, Tristan Lebeau est effectivement « petit génie, fils de génie » : le digne rejeton de celui qui en son temps a damé le pion à Charles Beauprais, décrochant devant lui toutes les premières places. Sauf au concours de Normale sup, qu'il n'a vraisemblablement pas présenté.

Voilà que Martin allait se retrouver confronté au même prodige : dans la famille Lebeau, le fils.

Laure se sent prise d'un étourdissement. Elle referme le livre en chancelant. Il n'y a plus de temps à perdre. Elle doit sortir d'ici, s'éloigner de Sainte-Thérèse et du monstre qu'elle nourrit en son sein, trouver le commissariat où elle se débarrassera du secret qui la brûle depuis trop longtemps. L'ouvrage accusateur sous le bras, elle marche, se meut en aveugle, continuant de réfléchir au morbide scénario qui se dessine dans son esprit.

Pour quelqu'un de résolu, qui connaît chaque ficelle de la vie à Sainte-Thérèse, il est facile de se débarrasser d'un importun : la première nuit du bizutage, les explosions, les coups de batte et les vociférations, une obscurité rendue plus opaque encore par les grenades à plâtre… quand les nouveaux terrifiés ne savent que baisser la tête et obéir aux ordres incompréhensibles qui grêlent au-dessus d'eux, quand ils se laissent pousser, secouer, manipuler comme des pantins sans plus essayer de comprendre ce qui leur arrive…

Beauprais, cagoulé, a fait irruption dans la chambre que partageaient Martin et Tristan. Il a imité la voix des bizuteurs, hurlé à son fils de sortir, attendu en affectant de harceler Tristan que l'étage soit de nouveau retombé dans le calme. Aucune réaction n'était à craindre des bizuts ; quant aux 5/2, si l'un d'eux avait passé la tête dans l'embrasure de la porte, il aurait vu que le retardataire se trouvait entre de bonnes mains.

Alors, il a projeté le garçon à travers la fenêtre.

Le bizutage a dérapé. Rien de plus simple. Les soupçons iront vers les deuxième année.

Laure sort du bâtiment, remonte l'allée principale, franchit enfin la grille qui la sépare de la civilisation. Elle avance vers les lumières de la ville, un pas après l'autre, luttant contre la fatigue et la fièvre.

Charles Beauprais a-t-il vraiment tué le génial Tristan, futur rival de son rejeton ?

Pourquoi Martin ne lui a-t-il pas confessé qu'il partageait la chambre de la victime le soir du meurtre ? Protège-t-il son père, en connaissance de cause ?

Laure refuse de spéculer plus avant. Elle accélère le rythme : la police prendra l'affaire en main.

Un véhicule approche. Les noctambules sont de sortie.

Je suis morte et je n'ai rien appris

La voiture freine. Se range le long de la contre-allée où Laure chemine entre les platanes. D'instinct, la jeune fille s'écarte. Feux de détresse. Une portière claque. Laure regarde par-dessus son épaule.

Sursaut d'effroi. Elle se met à courir.

Trop tard.

Samedi, 0 h 15

Une odeur d'huile et d'essence. La voiture avale l'asphalte en ronronnant. L'air manque dans le coffre exigu. À travers son bâillon, Laure n'arrive pas à respirer. Elle suffoque. Panique. Asphyxie. Elle repense à la violence du bizutage, à ses innombrables simulacres de mises à mort : cette fois, elle ne risque pas un œil au beurre noir mais une exécution bien réelle sans espoir de retour.

Un cahot. Un autre, plus violent. Le moteur rugit un instant, puis c'est le silence. Le conducteur a coupé le contact. Le trajet a été court. Cliquetis. Claquement de portière. Un pas sur des gravillons. Le hayon se soulève.

Au-dessus de Laure, un visage honni, qui ressemble à un autre tant aimé naguère, se découpe contre les étoiles.

Samedi, 0 h 25

Charles Beauprais extrait Laure du coffre. Il la traîne sur les graviers et l'assied, adossée à un large muret de briques sombres. Il se redresse. La jeune fille tousse. Hoquette. Elle réussit à abaisser le tissu graisseux qui lui sert de bâillon. Elle respire. Enfin. Aspire une bouffée d'air nocturne. Les relents d'hydrocarbures inhalés pendant sa brève promenade lui brûlent la gorge. Elle est blême. Et les cahots de la route qui lui ont mis le cœur au bord des lèvres...

– Une petite nausée ? Bien sûr. Depuis quand est-ce que ça dure ?

– Quoi ?

Laure se masse le cou. Un ricanement :

– Surprise que j'aie découvert votre petit secret, mademoiselle la maîtresse de mon fils ? Mademoiselle la future maman de mon petit-fils ?

– Je... je ne comprends rien à ce que vous racontez, hasarde Laure.

– Le bébé. Je suis au courant, pour le bébé. Vous êtes enceinte de Martin.

C'est donc ça ? C'est pour ça que ce dément m'a kidnappée en pleine ville ? D'où sort-il une ineptie pareille ? Et surtout, quel rapport avec l'histoire autrement dramatique qui occupe la jeune fille depuis six jours ?

– Ne cherchez pas à nier, votre état parle de lui-même.

– Mon état ? Je suis malade ! Ce bizutage m'a collé une angine…

– Mais oui, mademoiselle Godin, prenez-moi pour un imbécile.

Il poursuit avant que son interlocutrice ait eu le temps de se récrier :

– Vous comprendrez que je ne peux pas laisser faire ça. Mon fils est tout ce qui me reste. Je souffrais déjà suffisamment de voir qu'il trimballait jusqu'ici sa petite amourette, le meilleur moyen de détourner de son travail un étudiant de Classes préparatoires. Mais que vous soyez irresponsable au point de vous faire engrosser… que vous osiez le précipiter dans un tel guet-apens…

Beauprais avance d'un pas. Leurs regards sont ce que Martin et son père ont de plus dissemblable. Jamais elle n'a vu cette teinte de gris dans les yeux de son ami : une bille de métal, brute, froide, remplace chez le professeur l'océan mouvant et multicolore des prunelles de Martin.

Laure observe anxieusement l'alentour. Elle est appuyée au parapet d'un pont. Autour d'eux, les ténèbres trouées par trois lampadaires furtifs, et pas âme qui vive. Au-dessous, vingt mètres de chute et une voie ferrée.

– Laissez-moi tranquille, chevrote-t-elle. Vous faites fausse route. Je vous en donnerai la preuve dès demain. Je ferai une prise de sang, je vous montrerai les résultats… Je n'ai pas piégé Martin ! Laissez-moi. Allez-vous-en !

– Oh, non, ma petite Laure… je ne partirai pas… pas avant d'avoir fini ce que j'ai décidé… Car vous voyez, nous avons plusieurs problèmes à résoudre tous les deux… et celui de mes petits-enfants à venir n'est pas forcément le plus urgent !

D'un geste de prestidigitateur, il exhibe le livre de promotion que Laure compulsait quelques minutes auparavant. Il lui en assène un coup violent au creux de l'estomac. La jeune fille s'effondre en gémissant.

Le professeur la regarde se recroqueviller à ses pieds, sans émotion. Passant au tutoiement, il lance :

– Alors, ça te dit quelque chose ? Une raison spéciale pour que tu aies ceci avec toi ?

Rien ne vient à l'esprit de Laure pour justifier son larcin. Elle reste muette.

– Eh oui, tu as deviné : Lebeau, son talent et sa chance insolente…

La jeune fille essaie de se redresser, le souffle court. En contrebas, un train klaxonne. La civilisation est si proche et pourtant si lointaine…

– Avec tout ce que j'ai fait pour Martin… Il était prêt, fin prêt ! Il allait réussir ce qui m'a été interdit… Majorer le concours de l'X, ça a de l'allure, quand même ! Porter le drapeau sur les Champs-Élysées, au défilé du 14 Juillet… Et voilà qu'il se retrouvait lui aussi en concurrence avec la famille Lebeau… génies de père en fils…

Laure a la tête qui tourne. Elle essaie de rassembler ses idées.

– Ce n'était pas possible. Lebeau a fichu ma vie en l'air, il me fallait coûte que coûte empêcher son fils de ruiner à son tour l'existence du mien.

Les phares d'une voiture transpercent l'obscurité, lointain faisceau qui tremblote avant de disparaître. Peut-être en passera-t-il une autre ? Plus près ?

– Je ne comprends pas, balbutie Laure pour gagner du temps. Ce Pierre Lebeau, le père de Tristan… Il ne vous a pas empêché d'intégrer l'école que vous désiriez… major du classement…

– Normale sup ? la coupe Beauprais avec mépris. Jamais je n'ai voulu entrer là-dedans. Avoir le choix entre prof et chercheur… enseigner à des générations d'adolescents mal dégrossis… quel cauchemar ! J'avais prévu de faire Polytechnique, l'ENA… de la politique, peut-être… Mais je n'allais pas choisir l'X après m'y être fait battre à plate couture. Pour être un faire-valoir ? Au moins, Lebeau n'avait pas présenté la rue d'Ulm… alors, la mort dans l'âme, j'ai opté pour cette école. Exit mes rêves de jeunesse !

Froid. Fatigue. Terreur. La jeune fille grelotte.

– À présent, c'est pour Martin que j'ai de grands projets. Et tu vois, mademoiselle-l'empêcheuse-de-tourner-en-rond, ce n'est pas toi qui vas les mettre en péril. Car je n'ai pas prévu que tu survives à cette petite discussion.

– Je ne vous dénoncerai pas, tente Laure. Je ne dirai rien. Je comprends votre frustration… et ce que vous avez voulu faire pour Martin…

S'épongeant frénétiquement le front, son agresseur s'engouffre dans la brèche. Il semble désireux de se justifier :

– Je n'avais pas d'autre choix. Je suis né supérieur. J'avais un destin. Lebeau me l'a volé. Ça, et bien plus encore.

– Oui, papa. Bien plus encore !

Le cri a claqué dans la nuit comme un coup de fouet. La voix de Martin.

– Arrête de mentir, papa, apostrophe durement le jeune homme. Tes histoires de classement aux concours ne sont que des salades. Ce qu'il t'a vraiment pris, Lebeau, c'est ta petite amie. Ta Juliette. Et ça, tu n'es pas près de le digérer…

– Martin ?

Beauprais scrute les ténèbres pour apercevoir son fils. Ses yeux sautent de gauche à droite et d'avant en arrière, s'accrochent à chaque poteau, à chaque branche d'arbre, à chaque souffle de vent. Contrariété. Angoisse. L'assurance du professeur se lézarde devant l'intervention de celui pour qui il a commis le plus mortel des péchés.

– J'ai eu raison de te suivre, finalement. Tu prétendais vouloir parler à Laure…

– Je t'ai demandé de ne pas t'en mêler. Retourne à Sainte-Thérèse, oublie ce que tu as vu. Je m'occupe de tout.

– Laisse-la tranquille !

Un couinement échappe à la jeune fille : Charles Beauprais vient de dégainer un revolver et le lui applique sur la tempe. Il s'éclaircit la gorge pour affermir sa voix.

– C'est trop tard. Avec ce que j'ai déjà fait… ce qu'elle a deviné… Tu t'en remettras, Martin : elle n'est pas pour toi. Elle ne te mérite pas.

– Et tu t'en est remis, toi, d'avoir perdu Juliette ? continue de crâner le jeune homme qui n'a pu manquer d'apercevoir l'arme. Tu as tué son fils, trente ans après, pour te venger : oseras-tu dire que tu l'as oubliée ?

Tenant Laure en joue d'une main, Beauprais, de l'autre,

se tamponne encore le front avec son mouchoir. Il continue d'inspecter les ténèbres, en vain : son fils semble se déplacer de manière aléatoire.

– Ça n'a rien à voir. Juliette était... tu ne peux pas comprendre. Il aurait fallu que tu la connaisses... (S'adressant à sa prisonnière :) Mais c'est vrai. Mon fils a raison, sa mère a dû le lui raconter : Lebeau ne m'a pas volé que ma carrière. À peine avions-nous intégré que ce salaud a séduit ma petite amie ! Moi à Normale sup, eux à Polytechnique... Loin des yeux, loin du cœur !

Les prunelles de Beauprais semblent s'humecter.

Il s'agit donc d'un crime passionnel. À retardement. Laure y voit plus clair.

– Le fils de cette ordure n'aura pas l'occasion de nuire à Martin...

La voix du jeune homme fuse, toujours invisible :

– Papa, tu vas lâcher Laure et t'en retourner d'où tu viens. Je l'aime. Nous allons nous marier. Avoir ce bébé, même, si Laure le souhaite. Si tu veux mon bonheur, laisse-nous simplement tranquilles.

Un rictus incrédule paralyse le visage de l'enseignant. Ses dents grincent. Laure remarque des filets de sueur sur son front, qui semblent prendre source dans chacune de ses rides.

– Elle doit mourir. Je ne peux plus faire autrement. Tu ne voudrais quand même pas voir ton père en prison ?

– Et tu comptes la balancer par-dessus le parapet ? Non, papa, c'est fini. Tu ne tueras plus personne.

– Il vaut mieux que tu ne voies pas ça. Va-t'en, Martin. Et toi... Debout ! Allez, plus vite !

Beauprais enfonce le canon de son pistolet dans la tempe de la jeune fille.

Ça fait une semaine que l'on s'en prend à Laure. Une semaine qu'on lui donne des ordres iniques, destructeurs. Qu'elle rêve de les enfreindre sans en avoir le courage. Une semaine qu'elle se méprise, qu'elle se tait et se hait, qu'elle ne croit plus en elle, qu'elle ne croit plus en rien. Elle n'est plus un être humain. Comment pourrait-elle mourir ? Elle est déjà morte à l'intérieur.

Elle se lève, comme une somnambule.

Beauprais la pousse contre le muret.

– Monte là-dessus.

– Arrête ton délire, papa ! hurle Martin d'un ton soudain implorant.

– Monte, je te dis !

– Non !

Martin surgit de la nuit. Une fraction de seconde, son père l'observe. Ses lèvres s'élargissent en un sourire. Un face-à-face. Il préfère ça à cette voix invisible… Il va être facile de faire flancher l'adolescent, maintenant. Pour les choses importantes, il a toujours su le garder sous sa coupe.

Il désigne l'arme d'un mouvement du menton.

– Fais un pas, une tentative, n'importe quoi pour sauver ta traînée, et je lui tire dessus.

Martin ignore l'avertissement. Trois foulées, et il saute sur le parapet. Il contemple le vide. Vacille un instant. Puis il se retourne :

– Tu n'as pas tiré.

– Je vais le faire !

Sur le front du professeur, la transpiration perle à présent en geysers de microscopiques gouttelettes. Martin observe son père. Il décide de pousser son avantage :

– Tu tires sur elle, papa, tu la touches simplement… et c'est moi qui saute.

– Ne fais pas ça !

– Tu auras tout perdu. C'est la prison à vie, et ton fils au cimetière.

– Ton sort est lié au mien. Tu ne peux pas reculer maintenant…

– Tu es dingue. Je n'ai rien à voir avec tes élucubrations. Aujourd'hui moins que jamais : tu t'en prends à celle que j'aime. Presse la détente, et je sauterai avant même que le coup soit parti.

Laure est fascinée par la joute à laquelle elle assiste. L'espérance renaît. Martin semble maîtriser la situation. Le garçon se dresse, provocant, les bras le long du corps, plus grand que dans le souvenir de son amie. Seul un frémissement que Laure connaît bien, à la commissure de ses lèvres, trahit son trouble quand il entend son père insister :

– S'il te plaît, laisse-moi faire ce que j'ai à faire, profite de la vie que je suis en train de te construire…

– Arrête de te leurrer. Si tu as tué Tristan, ce n'était pas pour moi. C'était pour te venger. De son père, de la fille qui t'a quitté, de tout ce que tu as raté en te persuadant que c'était la faute de ce Lebeau.

Beauprais ne cesse de passer son arme d'une main dans l'autre pour mieux s'essuyer le front.

– Écoute-moi, mon chéri, supplie-t-il. Tout ce que je veux, c'est que tu fasses ce dont tu rêves.

– Je n'ai pas les mêmes rêves que toi, papa !

La pression du revolver sur le crâne de Laure se relâche à chaque réplique.

– Il n'y a qu'une chose que tu peux faire pour moi. Et il ne te reste qu'une chance de la faire avant qu'il soit trop tard. Écoute bien car je ne le répéterai pas : *lâche ton arme ou je me jette dans le vide.*

Laure sent le revolver hésiter. Une interminable seconde s'écoule, puis une autre. Les yeux de Martin lancent un défi impérieux. Bien que la jeune fille ne puisse apercevoir ceux du professeur, il semble, dans le silence de leurs regards assassins, que père et fils soient en train de croiser le fer. L'amour déçu, les ressentiments, les espoirs vains, les promesses trahies surgissent du plus lointain de leur histoire commune et s'affrontent dans l'air glacé de la nuit.

Laure s'interdit de respirer. Un tremblement agite le bras du dément. De plus en plus violent. Puis la pression se relâche.

Un peu.

Complètement.

L'arme quitte sa tempe pour de bon.

Charles Beauprais, brillant enseignant de mathématiques dans la meilleure classe du meilleur lycée de France, s'effondre sur lui-même. Il glisse à terre. À genoux sur les gravillons, les mains jointes sur son arme inutile, il sanglote comme un enfant.

Samedi, 1 heure

Charles Beauprais disparu avec l'éclat bleuté des gyrophares, la jeune fille s'est dégagée de l'étreinte de Martin.

Elle ne peut plus l'aimer.

Quel gâchis. Et ça n'a rien à voir avec le mutisme du garçon quant à l'identité de son camarade de chambre, le soir du meurtre. Peut-être avait-il inconsciemment deviné les actes de son père, voulu le protéger une dernière fois ? Chacun son jardin secret.

De toute façon, Laure a cru, l'espace d'un atroce instant, que le jeune homme était à l'origine de la tragédie. Bien faible est un sentiment qui autorise à douter à ce point de son amant.

Un simulacre. Alors que, une semaine auparavant, elle était dévorée d'un amour éternel… Il ne lui reste qu'à accepter l'échec de leur histoire.

Et tant pis si Martin ne comprend jamais pourquoi elle le taxe de lâcheté, alors qu'il l'a secourue au péril de sa vie.

Pour sa petite amie, Martin a menacé de sauter dans le vide. Il l'aurait fait, Laure en est persuadée.

Lâche, lui ? C'est vrai, ce n'est pas logique. Laure veut bien l'admettre.

Mais tout son courage n'a pas suffi à lui faire refuser l'épreuve dont Laure sort si meurtrie. La jeune fille n'oubliera jamais le spectacle de son ami à genoux devant ses tortionnaires, broutant l'herbe sous la semelle de leurs chaussures, gobant sans broncher les plus putrides immondices, pleurant de terreur, tête inclinée, épaules voûtées. Chaque fois qu'elle le verra, elle apercevra en filigrane les yeux d'une bête aux abois, des viscères lui dégoulinant éternellement le long du visage. Son parfum restera toujours, pour elle, masqué par la puanteur caractéristique du bizutage de Sainte-Thérèse. Surtout, elle repensera à ce Martin hilare, qui avant le bizutage lui promettait que ce n'était « rien de méchant », qui, après, lui expliquait combien il avait trouvé l'expérience sympathique, combien il avait ri, combien admirable était le CDBIG et ingrate la besogne de l'infortuné KO.

Combien elle, pauvre fillette impressionnable, avait dramatisé cette aimable plaisanterie.

Ils t'ont volé ton âme. Comment as-tu pu les laisser faire ?

Je ne t'aime plus. Je le sais depuis ce matin où je me suis réveillée sans avoir rêvé de toi. Car cette nuit-là mes sentiments se sont laissé étouffer par la peur. Ils n'étaient plus absolus, plus tout-puissants. Amour en demi-teinte – non, merci bien.

Tu as eu raison de ton père. Mais, avant ça, le bizutage avait eu raison de nous.

Octobre

C'est curieux qu'il n'ait pas deviné plus tôt.

Les premières heures, Henri de La Louvière n'a pensé qu'aux conséquences qu'aurait pour lui la découverte d'un bizut défenestré dans l'enceinte de Sainte-Thérèse. Le puzzle ne s'est assemblé que lentement dans sa tête. Une réflexion innocente, d'abord, ce bon vieux Charles ne doit pas être fâché que la victime soit justement Tristan Lebeau… Une deuxième à peine plus dérangeante, en somme, c'est un sacré coup de bol pour Charles et pour Martin… Puis le reste s'est mis en place, pièce à pièce.

C'est qu'Henri a assisté, lui, aux déboires de son ancien condisciple, trente ans auparavant : l'appendicite au milieu des épreuves de 1975, alors que rien ni personne ne semblait capable de lui souffler la vedette… obligé de redoubler en 5/2… l'année suivante, la compétition effrénée avec ce Pierre Lebeau et la deuxième place au concours de ses rêves… son humiliation publique… son choix ahurissant, intégrer l'École normale supérieure pour laquelle il n'avait jamais eu la vocation… et puis sa toute fraîche polytechnicienne de Juliette qui a cessé de lui rendre visite… qui est tombée dans les bras de son rival… Charles se morfondait : elle a raison, elle opte pour le gagnant… si je n'avais pas été amoureux d'elle en Prépa, comme un jeune imbécile immature, c'est moi qui aurais fini premier… moi qui l'aurais éblouie… je l'ai aimée trop tôt, trop fort, et c'est pour ça que je l'ai perdue… pour ça qu'il a pu me la voler…

À cette époque, à la faveur de son mal-être grandissant, s'est épanouie son amitié ambiguë avec Henri dont les activités provocantes lui servaient de défouloir. Puis les deux jeunes gens ont ensemble enseigné à Sainte-Thérèse – sauf lors de la formation d'Henri au séminaire. Et celui-ci a vu, au fil du temps, la blessure de Charles qui s'enkystait au lieu de cicatriser.

Il se rappelle le mariage de Juliette avec Pierre Lebeau ; celui de Charles avec Marie-Ange Pinot, sans grande conviction ; la naissance de Martin, les relations qui devenaient difficiles entre le père et le fils. La maladie de Juliette, pendant sa grossesse ; Charles qui dissimulait mal sa joie d'apprendre que l'enfant en demeurerait marqué à vie – dommage que ses capacités intellectuelles n'aient pas été touchées…

Le temps n'avait incité Charles ni au pardon ni à l'oubli.

Il y avait eu son divorce, son fils qui souhaitait porter, en nom d'usage, celui de sa mère, le désespoir du père qui avait tant misé sur son descendant… l'arrangement à l'amiable, quand il avait convaincu Marie-Ange d'aller passer deux ans aux États-Unis tout en inscrivant le garçon, déjà brillant, à des cours par correspondance : pari gagné, le garçon était revenu mûri, bilingue, et considérablement en avance sur tous les programmes scolaires. Il lui restait à finir son lycée à Bordeaux où sa mère avait retrouvé du travail, puis à entrer à Sainte-Thérèse – on ne refuse pas une place à Sainte-Thérèse. Il était fin prêt, sur tous les plans, pour devenir ce meilleur des meilleurs que son père n'avait su être... Henri se souvient de son agacement amusé devant cette obstination de Charles à transformer son fils en bête à concours, presque à son insu... du triomphalisme de son subordonné quand la candidature de Martin avait été acceptée dans la Prépa jésuite avec les honneurs qui lui étaient dus...

Le proviseur se remémore surtout la fureur de Charles le jour où le dossier de Tristan Lebeau est lui aussi parvenu à l'établissement... l'enseignant qui n'imaginait pas que ce gosse de quatorze ans était déjà en terminale et rentrerait à Sainte-Thérèse en septembre suivant pour concurrencer Martin... qui compulsait fiévreusement les bulletins de notes du prodige et en constatait l'excellence sans appel... Les concours généraux, quelques semaines plus tard, où Tristan avait raflé toutes les premières places... Charles qui demandait à voir ses copies pour y trouver une raison d'espérer, et n'y puisait qu'une rage grandissante.

Oui, décidément, Henri est surpris de n'avoir pas deviné plus vite l'identité de celui qui s'en était pris à Tristan Lebeau. Quelques jours d'aveuglement. Pourtant, ne convenait-il pas de se demander pourquoi Beauprais acceptait de l'aider à dissimuler le cadavre ? L'emprise d'Henri sur son ancien camarade suffisait-elle à l'expliquer ?

Or, s'il avait tué le gosse de façon à déguiser sa mort en dérapage du bizutage, n'était-ce pas justement pain bénit que de voir le proviseur se charger d'étouffer le crime ? Le corps de Lebeau serait retrouvé à des kilomètres de là, et son meurtre totalement dissocié de l'univers de Sainte-Thérèse.

Le crime parfait devenait plus que parfait.

Quand le proviseur a enfin recouvré son sang-froid, la vérité lui est apparue aussitôt. Il a hésité. Dénoncer sans preuve son subordonné qui, bien sûr, nierait les faits et accuserait le bizutage comme il avait prévu de le faire depuis le début ? Impossible. À son tour, il a décidé de retourner la situation à son profit. Poursuivre dans la direction initiale qui, après tout, était mûrement réfléchie. Son subterfuge avait toutes les chances de fonctionner, et de détourner les soupçons loin de Sainte-Thérèse. Seule la perspective du témoignage de Laure Godin restait une hasardeuse épée de Damoclès. Ne pourrait-on pas se débarrasser de la jeune fille, sans faire reposer le moindre soupçon supplémentaire sur le bizutage de Sainte-Thérèse ? Ce cher Charles a toujours su se charger des basses besognes...

Des allusions savamment dosées à Laure, au danger qu'elle leur faisait courir, à la détestable influence qu'elle ne pourrait manquer d'exercer sur les résultats de Martin, ont mis le père névrosé dans l'état d'esprit requis. La dernière petite touche, c'est le CDBIG qui l'a soufflée à Henri, en transmettant par téléphone le rapport de Claude Garcia sur la quête à Paris et la visite de Laure à une pharmacie.

Charles a toujours été si facile à manipuler... Et puis, quand on a tué une fois, cela ne coûte guère de recommencer.

Bien sûr, cet imbécile a loupé son coup. Et les projecteurs se sont braqués sur le lycée. Mais la police tient le coupable d'un meurtre avec préméditation, pris en flagrant délit d'une nouvelle tentative d'assassinat ; il a avoué ; elle a aussi arrêté ce surveillant qui agressait les jeunes filles à la nuit tombée.

Alors le commissaire n'a guère besoin d'approfondir les accusations de Laure Godin à propos d'un bizutage qui aurait facilité la tâche du criminel. La pauvre gosse est traumatisée par les tentatives réitérées de viol et de meurtre dont elle a été la victime, sans compter qu'elle a déjà un passé difficile. Le fonctionnaire, psychologue à ses heures, a vite posé son diagnostic : dépression mélancolique, fréquente à l'adolescence, dont certains symptômes ne sont pas sans évoquer ceux de la paranoïa. Inutile de chercher plus loin.

Pour la police, le scénario est limpide : il existe à Sainte-Thérèse un rite d'accueil auquel les élèves participent sur la base du volontariat, et que toutes les dépositions convergent pour décrire comme un ensemble d'activités ludiques destinées à souder les nouvelles promotions. Que Charles Beauprais ait profité de l'animation qui régnait pendant un jeu de nuit pour perpétrer son forfait n'implique aucun lien de cause à effet. L'assassin a défenestré Tristan Lebeau puis, pour égarer les soupçons, a transporté son corps à proximité d'Alexandre-Dumas. Déguisant son écriture, il a déposé dans la boîte aux lettres du bureau du proviseur un courrier prétendument signé de la victime, annonçant son départ pour le lycée parisien – dommage que le principal n'ait pas conservé cette lettre, mais en a-t-on réellement besoin ?

* *
*

Aucune violence, non. Pas du tout. Ils faisaient les méchants, pour rire, mais personne n'y croyait. C'était bonne ambiance, vraiment, très bonne ambiance.

CAMILLE BARBIER, SUP 1.

Oui, je suis au courant de ce que dit Laure. Nous sommes tous tristes pour elle. J'ai cru comprendre qu'elle a des problèmes, elle n'a pas eu la vie facile. Et puis le père de son petit ami qui commet un meurtre presque sous ses yeux… Ça explique sa réaction. Mais en ce qui concerne le bizutage, elle est passée complètement à côté. C'est dommage. Alors que c'est elle qui en aurait eu le plus besoin : rigoler un bon coup, se détendre, oublier ses soucis… se recentrer sur l'essentiel… se faire des amis pour la vie…

FRANCK LOUBAT, SUP 1.

J'ai été impressionné. Par l'organisation, l'imagination que ça demandait, le travail… Les anciens se sont occupés de nous tout le temps, ils nous proposaient sans cesse des activités. C'était très drôle, et à la fois si formateur. Il paraît qu'il a fallu plus de cent ans pour arriver à cette version du bizutage, qui joint l'utile à l'agréable… Parfois, la tradition a du bon !

MALO DA COSTA, SUP 1.

Pardon… je vais poser mes béquilles ici… oui, une fracture. Mais non, pas à cause du bizutage, bien sûr que non ! C'est ma faute. Au contraire, qu'est-ce qu'ils ont été embêtés, les

5/2 ! Comment ça s'est passé ? C'est toujours stupide, un accident : j'escaladais un talus, oh, pas haut du tout… je ne devais pas avoir les yeux en face des trous… j'ai mal assuré ma prise, mon pied a glissé, et hop ! On ne croirait pas qu'une chute de soixante centimètres pourrait casser une jambe, hein ? Eh bien c'est possible. La honte !

JEAN-FRANÇOIS LEMARCHAND, SUP 1.

J'ai beaucoup appris. C'est un lycée pas comme les autres. En classes Prépa, ailleurs, c'est l'esprit concours, chacun pour soi… Ici, c'est différent : on a confiance, on sait qu'on n'est pas un numéro ; les copains sont là pour nous aider et on aidera les copains autant qu'on le pourra. C'est pour ce genre de choses que mes parents ont choisi une école catholique, plus humaine, plus proche des élèves… Il ne s'agit pas seulement de réussir ses études : ils forment des citoyens. Vous savez qu'ils nous encouragent à nous investir dans des activités bénévoles ? Moi je vais donner des cours à des enfants défavorisés, mais je sais que l'administration propose toute une variété de projets. Ce ne sera pas que boulot, boulot, boulot…

SOPHIE DE LA GRANDIÈRE, SUP 1.

Novembre

CONFIDENTIEL.

Compte rendu de la réunion du 5 novembre relative à la réforme du bizutage au lycée Sainte-Thérèse.

Participants :

Madame et messieurs les représentants de la Commission d'enquête du mouvement jésuite, monsieur le proviseur, messieurs les préfets des études, mesdemoiselles et messieurs les délégués de Prépa, messieurs les CDBI.

Les membres de la commission jésuite ont tout d'abord présenté les conclusions de leur enquête. Ils ont confirmé que le bizutage s'est déroulé cette année dans la transparence et la régularité habituelles, remplissant ses objectifs de transmission de valeurs morales. La commission a salué la conception du bizutage et le travail de ceux qui l'organisent.

[...]

Pour préserver l'indispensable bizutage de Sainte-Thérèse tout en évitant que se reproduisent les attaques dont le lycée a été victime cette année, il a été suggéré plusieurs pistes de réflexion.

[…]

Il a paru souhaitable à tous de transformer l'appellation « bizutage » par exemple en « cérémonie d'intégration » –, tout comme la dénomination « beuzeu » – par exemple en « gueuzeu ».

[…]

Il a été envisagé de limiter la cradification au premier jour du bizutage et au baptême final. Elle pourrait être remplacée, notamment lors des exécutions, par d'autres symboles forts. Reste à préciser la palette des sanctions que les bizuteurs seraient autorisés à administrer. Quelques idées ont déjà vu le jour, comme celle d'enfermer les nouveaux dans une armoire contenant du poisson avarié pendant une durée suffisante, à déterminer.

[…]

Des réunions de suivi se tiendront deux fois par trimestre, entre les mêmes participants, pour faire avancer la réflexion sur la réforme de nos nécessaires rites d'accueil.

Deux ans plus tard

En reposant sur son socle le combiné du téléphone, Laure sourit presque.

Presque.

Tom semble tiré d'affaire. Un compagnon du devoir, qu'il a rencontré après avoir abandonné l'école le jour de son seizième anniversaire et trouvé un emploi temporaire sur un chantier autoroutier, l'a convaincu de reprendre les études. Un patron réputé pour son sérieux vient de signer un contrat d'apprentissage au garçon soudain remotivé, qu'il compte bien préparer au CAP et au BEP, avant de le diriger pourquoi pas vers un baccalauréat professionnel. Le chemin est encore long, mais la nouvelle passion de Tom pour la construction des ponts et des routes autorise tous les espoirs. Le miracle que Laure espérait depuis toujours est en passe de se produire.

À l'autre bout du fil, leur mère jubilait. Et pour une fois cet enthousiasme fébrile ne devait rien à l'alcool, dont elle est enfin parvenue à modérer la consommation.

C'est bien, maman.

De nouveau la jeune fille essaie de sourire.

Mais elle tourne la tête et aperçoit son reflet dans une vitre. Les commissures de ses lèvres s'affaissent.

Alice Godin remonte la pente, remplaçant peu à peu ses paradis artificiels par la saine joie de s'intéresser de nouveau à son fils trop longtemps négligé, ce fils qui vient enfin de trouver sa voie. Ce qu'elle n'a pas remarqué, c'est que son autre enfant partait à la dérive. Soit que Laure excelle dans l'art de cacher son jeu, soit que madame Godin, pour ne plus souffrir, accepte volontiers de se laisser abuser, celle-ci n'a pas relevé les seize kilos qui manquent à sa fille ; ni ses dysfonctionnements hormonaux, conséquences d'une anorexie sévère, qui la privent de sa féminité.

Non, malgré la maigreur de sa fille, la mère meurtrie ne peut imaginer que le pilier le plus robuste de la famille vacille. Pas Laure, qui les a tous tenus à bout de bras si longtemps. Pas Laure-parfaite, pas Laure-héroïque. Son caractère trempé est tenu pour acquis. D'ailleurs, si elle n'a pas envisagé de quitter Sainte-Thérèse malgré les épreuves subies entre ses murs, c'est bien parce qu'elle tient admirablement le choc.

Que Laure puisse, comme d'habitude, essayer de protéger sa mère de la réalité ne lui est pas venu à l'esprit.

Jamais la jeune fille n'a abandonné devant l'épreuve. Pourquoi commencerait-elle ? Charles Beauprais est sous les verrous, Jean-Baptiste Béranger a quitté Sainte-Thérèse… Quant à ses condisciples, s'ils sont froids avec elle, ils ne l'agressent – verbalement – que lorsqu'elle tente d'aborder le sujet du bizutage. Elle a vite appris à parler d'autre chose, et l'ambiance s'est détendue. Elle a même noué quelques camaraderies superficielles, Bonsoir, tu as compris l'exo de maths pour demain ? Tu peux m'expliquer ?

Rentrer vaincue dans sa ville natale, tomber dans les bras de sa mère en sanglotant, s'offrir quelques séances de psychothérapie avant de s'inscrire à l'université en milieu de trimestre… non : elle n'y a pas songé. Et le temps a passé. Deux longues années de travail et de solitude, d'anorexie et de cauchemars.

Laure sort du pavillon d'accueil où les cabines téléphoniques attendront sa prochaine visite, dans une semaine. Elle presse le pas sous le ciel humide. Au détour du bâtiment Saint-François-Xavier, une puanteur familière l'assaille ; des cris trop souvent entendus lui coupent le souffle.

Le bizutage est de retour entre les murs de Sainte-Thérèse.

Il y a deux ans, Laure subissait cette initiation dont elle ne se remettrait pas. En septembre dernier, elle refusait de jouer le rôle de bon samaritain échu aux deuxième année complices du bizutage. À présent sa dépression et, en corollaire, son échec à tous les concours la contraignent au redoublement. Les autres 5/2, qui rempilent comme elle, sont aujourd'hui les maîtres de cérémonie. Pendant une semaine, ceux qui ont été bizutés en même temps que Laure vont à leur tour se priver de travailler, de manger et de dormir pour ce qu'ils croient sincèrement être le bien des nouveaux élèves.

Ainsi la boucle sera bouclée. En œuvrant à leur tour au lavage de cerveau des ressortissants de Sainte-Thérèse, les anciens finiront d'imprimer en eux-mêmes la nécessité de cette intronisation démente.

À travers le rideau d'arbres, Laure distingue des créatures qui rampent sous les insultes. Pour la première fois depuis sa propre mésaventure, ses pas la dirigent vers un troupeau de bizuts. Les effluves discrets qui flottent toute l'année entre les murs de Sainte-Thérèse, aux pierres et parquets irrémédiablement encrassés de nourritures séchées, explosent de nouveau en une cacophonie de pestilences.

N'y va pas... Ne regarde pas...

Derrière le tronc d'un cyprès, Laure dérobe quelques images de la mise en scène qui se répète ici depuis plus de cent ans. Elle observe les bizuts qui s'arrachent à la boue, se lèvent, luttent pour conserver, malgré le chaos, l'inconfortable position qui leur vaudra peut-être une minute de tranquillité. Elle a envie de hurler, elle en a un besoin physique, douloureux ; mais elle se mord les lèvres et réprime son cri.

Elle se tait, se tait et se hait – mais elle a l'habitude.

Le sympathique Franck Loubat, recal des premières heures, a été élu Chargé du Bizutage Intensif Général : au milieu du terrain de rugby, sous un masque sanguinolent et un treillis, il aboie dans un porte-voix ; sa cravache siffle aux oreilles du bizut le plus proche. Pierrick et Patrice ne sont pas de la partie, trop prompts à décrocher l'école de leurs rêves, mais Malo dissimule son éternel sourire derrière sa cagoule de Killer Officiel. Moins chanceux que Damien l'athlète, Ralph le tennisman, alias BO Bras-d'Acier, brandit un poulet éventré au-dessus de sa tête. Mathieu Reusault, l'ancien compagnon de chambre de Martin dont Laure détestait la tiédeur, s'offre le plaisir de s'asseoir sur le dos d'un garçon qui pompe avec trop de facilité. Chez les filles, Camille saute d'un bizut à un autre avec une combativité braillarde. Sophie se coule à côté des nouveaux pour leur glisser à l'oreille des insanités que Laure, depuis son poste d'observation, ne peut que deviner.

Le cœur de la jeune fille fait un bond dans sa poitrine : Martin. Martin est là, son ancien amour.

Major en juillet dernier du concours de l'École Polytechnique, le garçon déambule dans les rangs de bizuts. Laure avait presque oublié qu'en diverses occasions, les « vénérables intégrés » sont invités à revenir hanter Sainte-Thérèse pour contribuer au formatage des aspirants préparationnaires. Elle se recroqueville derrière le tronc de l'arbre. Elle voudrait disparaître, faire disparaître ce qu'elle a sous les yeux. Elle serre les paupières. Ne peut s'empêcher de les rouvrir.

Martin est toujours là, visage passé au charbon, calot enluminé sur la tête, batte de base-ball à la main. Il arbore un rictus de cruauté, cruauté de façade qui n'en transperce pas moins Laure d'une douleur aiguë. Le jeune homme s'approche d'un bizut, par-derrière, et lui décoche un coup de batte dans les mollets. Sa voix qui autrefois suffisait à la réchauffer est remplacée par le glapissement sifflé des anciens :

– *EN PI SUR DEUX, LES PIEDS, GUEUZEU ! T'ES DÉBILE OU QUOI ?*

Le reste se perd dans une rafale. Laure détourne les yeux. Dans ce corps si léger qu'on croirait qu'il va s'évaporer, elle fait demi-tour et s'éloigne du troupeau terrorisé.

Bientôt ils pleureront, se dit-elle. Bientôt ils hurleront, vomiront, boiteront, s'évanouiront ; ils se mépriseront, oublieront qui ils sont, qui ils aiment, ce dont ils rêvent. Puis, parce que l'épreuve perdra en difficulté, parce que les sévices seront dosés avec brio, parce qu'on permettra aux bizuts de croire qu'ils se sont endurcis, parce qu'émergeront des comportements faussement héroïques, l'inconscient des victimes parviendra à ériger des barrières salutaires entre elles et la réalité. Il leur modèlera de nouveaux souvenirs, plus tolérables. Ceux d'une joyeuse partie de rigolade, épanouissante et formatrice, qui leur aura enseigné tant de valeurs primordiales.

Le reste sera effacé. Les bizuts doivent mourir pour apprendre à renaître.

Sauf moi, qui resterai seule et incomprise : j'ai succombé à une barbarie qui n'a jamais eu lieu. Je suis morte et je n'ai rien appris.

NOTE DE L'AUTEUR

Je me suis efforcée de ne pas abuser du jargon spécifique à l'univers des Classes préparatoires aux Grandes Écoles ou à celui du bizutage qui a parfois lieu en leur sein.

Aussi les connaisseurs remarqueront-ils nombre de simplifications dans les termes utilisés, les acronymes, les descriptions que je fais de l'organisation de la Prépa et de ses hiérarchies internes.

REMERCIEMENTS

Merci à Aude Wacziarg, ma condisciple de Classes préparatoires, première à avoir brisé la loi du silence. Tout mon respect également à Matthieu Savin, agrégé de mathématiques qui, pour avoir dénoncé le bizutage au sein du lycée où il enseignait, a été muté d'autorité à la rentrée 2006.

Merci à Patricia Parry et Emmanuelle Urien pour leurs commentaires impitoyables sur ma prose, ainsi qu'aux autres « filles du noir », Fabienne Ferrère et Magali Duru, pour leur amitié et leur indéfectible soutien moral.

Composition IGS
Impression : Imprimerie Floch, juillet 2007
Éditions Albin Michel
22, rue Huyghens, 75014 Paris
www.albin-michel.fr
ISBN 978-2-226-17960-9
N° d'édition : 25352 – N° d'impression : 68609
Dépôt légal : août 2007
Imprimé en France.